KB057399

다음 생에

다시 만나고 싶은

시인을 찾아서

- 일러두기

1. 본문에 인용된 시는 전문全文 수록을 원칙으로 했지만, 길이가 긴 시는 일부만 싣기도 했습니다. 이럴 경우에는 …중략… 또는 …전략…으로 표시했고, 시 마지막 행 다음에 '일부' '전문'을 밝혔습니다.

2. 시인들의 생애 흔적을 취재하는 시점과 상황에 따라 일대기 형식의 글도 있고, 흔적 한 곳 한 곳을 소개하는 짧막한 취재기사 형태도 섞여 있습니다. 전작全作으로 집필한 것이 아니기 때문입니다.

3. 수록 작품은 원문을 최대한 살렸습니다. 따라서 현재의 맞춤법과 맞지 않는 표현이 적지 않습니다.

4. 본문에 수록한 사진은 일부 자료사진을 제외하면 필자가 현장에서 직접 찍었습니다. 다만 지면이 넉넉하지 않아 많은 사진 중에서 중요도에 따라 한 시인 당 5~7 정도로 선별해 실었습니다.

5. 취재한 지 3~4년이 지난 경우 더러 현장이 많이 바뀌고 사라지고 훼손된 곳이 있습니다. 앞으로 다시 취재하게 되면 수정하겠습니다.

6. 본문 구성은 편의상 7개 코스로 구분했습니다. 그러나 시인의 중요도, 순서, 시대, 시 경향 등과는 관계가 없습니다.

7. 한정된 지면과 편집의 제약 때문에 시인의 생애와 관련된 일부 사진들이 본문 내용 바로 옆이 아닌 지면에 편집되거나 상당히 많은 사진들을 수록하지 못했습니다.

다음 생에
다시 만나고 싶은

시인을 찾아서

민윤기

스타북스

'다음 생에 다시 만나고 싶은 시인'을 만나겠습니다.

저는, 여섯 해 동안 시인들의 생애 흔적을 찾는 취재를 해왔습니다. 월간 시 '한 편의 시를 위한 여행'에 싣기 위해서지요. 그 중의 일부를 정리해 실었습니다.

처음에는 문학잡지 편집자를 만드는 저널리스트 입장에서 냉정하게 팩트 위주로 취재를 하자고 했었지요. 그러다가 차츰 저는 그분들의 후배시인 입장에서 시인들에게 다가가는 글을 쓰게 되었습니다.

그래서, 중국 용정 윤동주 생가에서 '중국 조선족 애국시인 생가'라는 경계석을 보고는 분통이 터졌고, 후쿠오카에서 윤동주 시신을 화장한 화장터를 찾았을 때는 밀려오는 슬픔에 가슴이 먹먹했습니다. 또한 노천명 시인 묘소에 '친일시인'이라고 폄하하는 인쇄물이 놓여 있는 것을 보고는 안타까웠고, 김기림의 기념비를 세운 센다이 도호쿠대학의 국경을 초월한 정성에 감동했고, 고향 옥천보다 서울에서 30년 이상 살다간 정지용의 서울 생가, 소개지 등을 확인할 때는 보람을 느꼈습니다.

시인들 중에는 생사조차 확인할 수 없는 시인들도 있지요. 관련 자료들이 터무니없이 부족해서 취재를 하는 데 헛수고를 하기도 했구요. 게다가 우리 근현대사에 몰아친 좌우의 이념 갈등, 서로 편을 갈라 증오하고 미워한 사실들은 시인으로서 제가 어떻게 처신해야 하는가를 되돌아보게 했습니다.

이 책을 읽을 분들을 위해 –

한 분 한 분 시인들의 전 생애를 다루지는 않았습니다. 저널리스트적 관점에서 시인의 생애를 발견해내는 작업에 치중했습니다. 따라서 이 책에서는 시인들의 전 생애를 다 보여드리지는 못합니다. 취재내용 중 오류가 있을 수도 있겠습니다. 알려주시면 바로잡겠습니다.

2019년 가을
저자 민윤기

c o n t e n t s

백 석이 유학했던 청산학원은
현재의 아오야마가쿠인
다이가쿠(青山學院大學)이다.
도쿄 시부야 역에서 10분 정도
거리다. 학교 담벼락에 그려진
육상부 포스터에서 역동적인
청춘을 느낄 수 있다.

course 1

이즈 반도 시모다 항에서는 파도처럼 바람이 몰려왔다

백 석 1

도쿄 아오야마대학–센다가야 하숙집 터–시모다 항–가키사키 민숙촌

천양희 시집을 하필이면 왜 마감을 앞두고 읽었을까? 원래 박용철 시인의 고향을 취재할 생각이었다. 그래서 박용철의 고향 광주를 다녀오려고 했는데, 자료들을 아무리 찾아 확인해도 시인의 묘소가 어디에 있는지 알 수 없었다. 광주에 있는 분들에게 전화를 했지만 꼭 집어 이곳이라고 시원한 답변을 해주는 분이 없었다.

그러다가 얼마 전에 천양희 시인에게서 받은 시집 『새벽에 생각하다』를 읽게 되었다. 심쿵! 요즈음 젊은 애들이 잘 쓰는 말 그대로, 내 심장이 주저앉는 것 같았다.

이제까지 읽었던 천양희 시집도 있었지만 그 시집들과는 달랐

다. 어떤 시는 송곳 같기도 하다. 어떤 시는 마음을 안마해 주기도 한다. 어떤 시는 주먹질하는 것 같다. 또 어떤 시는 냉철해서 그만 영혼이 얼어 버릴 것 같았다.

그 시들 중에서 백 석白石에 대한 시가 두 편 있었다. 백 석의 「흰 바람벽이 있어」를 떠올리게 하는 작품과 일산 백석역을 지나면서 백 석의 고향 정주와 연인 자야를 그리워하는 내용이었다.

그 이튿날 나는 천양희 시집 한 권 들고 도쿄 행 비행기를 탔다. 오래 전부터 일본유학 시절의 백석을 취재해야겠다며 별렀었다. 그런데 지금 당장 백 석 취재를 다녀오라고 천양희 시인이 채근하는 것 같았다.

오늘 저녁 이 좁다란 방의 흰 바람벽에
어쩐지 쓸쓸한 것만이 오고 간다
이 흰 바람벽에
희미한 십오촉十五燭 전등이 지치운 불빛을 내어던지고
때글은 다 낡은 무명샷쯔가 어두은 그림자를 쉬이고
그리고 또 달디단 따끈한 감주나 한 잔 먹고 싶다고 생각하는
내 가지가지 외로운 생각이 헤매인다
그런데 이것은 또 어인 일인가
이 흰 바람벽에
내 가난한 늙은 어머니가 있다
내 가난한 늙은 어머니가

이렇게 시퍼러둥둥하니 추운 날인데 차디찬 물에 손을 담그고 무이며 배추를 씻고 있다

또 내 사랑하는 사람이 있다

내 사랑하는 어여쁜 사림이

어늬 먼 앞대 조용한 개포가의 나지막한 집에서

그의 지아비와 마조 앉어 대구국을 끓여놓고 저녁을 먹는다

벌써 어린 것도 생겨서 옆에 끼고 저녁을 먹는다

그런데 이즈막하야 어늬 사이엔가

이 흰 바람벽엔

내 쓸쓸한 얼굴을 쳐다보며

이러한 글자들이 지나간다

–나는 이 세상에서 가난하고 외롭고 높고 쓸쓸하니 살어가도록 태어났다

그리고 이 세상을 살어가는데

내 가슴은 너무도 많이 뜨거운 것으로 호젓한 것으로 사랑으로 슬픔으로 가득찬다

그리고 이번에는 나를 위로하는 듯이 나를 울력하는 듯이

눈질을 하며 주먹질을 하며 이런 글자들이 지나간다

–하늘이 이 세상을 내일 적에 그가 가장 귀해하고 사랑하는 것들은 모두

가난하고 외롭고 높고 쓸쓸하니 그리고 언제나 넘치는 사랑과 슬픔 속에 살도록 만드신 것이다

초생달과 바구지꽃과 짝새와 당나귀가 그러하듯이

시모다 항. 이즈 반도 최남단에 있다.
미국 페리 해군 제독이 흑선黑船을 이끌고 상륙해
당시 쇄국정책을 펼치던 일본 정부(도쿠가와 막부)에
개항을 요구한 역사가 있는 항구이다.

그리고 또 프랑시스 쨈과 도연명陶淵明과 라이나 마리아 릴케가 그러하듯이

—백석의 시 「흰 바람벽이 있어」 전문

도쿄에서의 첫날은 백석이 다닌 청산학원 캠퍼스와 백 석이 하숙했다고 알려진 집을 찾아 낯선 주택가 골목을 헤맸다.

'청산학원 학생' 백 석의 흔적을 찾기 위해 아오야마가쿠인대학靑山學院大學 시부야 캠퍼스를 찾아가면서 문득 그의 시 몇 행을 떠올린다. 왜냐 하면 백 석이 다닌 청산학원이 기독교 계통의 미션스쿨

이고, 백 석은 이 학교 다닐 때 학교 교회에서 세례를 받았다는 연보를 확인했기 때문이다.

백 석의 만년 대표작 중의 하나인 「흰 바람벽이 있어」에는 기독교 사상을 담은 구절이 발견된다. "하늘이 이 세상을 내일 적에 그가 가장 귀해 하고 사랑하는 것들은 모두/ 가난하고 외롭고 높고 쓸쓸하니"에서 나는 예수의 풍모를 연상한다. 이어지는 "언제나 넘치는 사랑과 슬픔 속에 살도록"이라는 구절 또한 기독교적 사유가 스며 있다.

우연이 아니다. 백 석은 물론이고, 윤동주와 정지용이 다닌 학교 모두 미션스쿨이다. 윤동주가 다닌 릿교立教대와 정지용 윤동주가 다닌 도시샤同志社대학도 모두 미션스쿨이다. 아마도 미국 선교사들이 세운 미션스쿨의 학풍이 자유롭고 반도조선 청년들에 대한 차별 또한 적었을 것이다.

젊은이의 거리로 유명한 시부야渋谷로 가려면 도쿄 도심을 한 바퀴 도는 야마노테센山手線 시부야 역에서 내리면 된다.

역에서부터 걷기에는 거리가 만만치 않지만 물어물어 찾아가는 재미도 있다. 지금은 일본어로 '아오야마가쿠인다이가쿠'로 불러야 한다. 하지만 나는 그냥 백 석 시절 그대로 청산학원이라고 부르겠다. 어쩐지 청년다운 기개라고나 할까, 아니면 물러서지 않는 청춘의 꿈을 꾸는 사자처럼 갈기를 휘날리는 학생들이 다니는 학교였으면 하는 상상이 맞았으면 해서다. 백 석이 다닐 때는 어했는지 모르지만 지금은 일본에서 아오야마가쿠인다이가쿠 학생이라고 하면 왠지 부잣집 엄친아 같은 이미지다. 우리나라로 따지면 연고대延高大 같은 명문 상위권 사립대학의 이미지가 강해서인지 일본인들은 '오카네모치' 즉 부잣집 애들이 다니는 학교라는 편견을 갖는다.

"나 아오가쿠청산학원대학 출신이야." 하면 대뜸

"너네 집 부자구나." 하고 묻는다. 그렇게 귀족학교의 이미지로 굳어진 데는 캠퍼스가 있는 위치가 도쿄에서도 땅값이 비싸다는 시부야구 아오야마에 있기 때문인지도 모른다.

아무튼 청산학원대학은 담벼락부터 젊음의 활력이 넘친다. 유엔대학교와 마주보고 있는 청산학원 교문 옆의 담은 온통 청산학원대학 육상부 대형 벽화로 뒤덮여 있다. 진한 녹색 바탕 철판에 새겨진 교명 '아오야마가쿠인青山學院'이 자유로운 학풍과는 낯설고, 굳게 입을 다문 수위의 표정이 어째 이방인의 교내 출입을 막을 것 같아 나는 정문을 피해 스포츠센터 후문으로 해서 들어갔다.

학교 건물은 1관, 2관… 하는 식으로 재미없게 건물이 배치되어 있다. 학교 식당을 지나면 제법 널찍한 뒤뜰이 나온다. 그 뒤뜰을 지나니 고색창연한 학교 교회가 있다. 백 석은 이 교회에서 세례를 받았을 것이다.

백 석은 1930년 4월 2일 청산학원에 입학해서 4년 후인 1934년 3월 20일 졸업한다. 정확하게 만 4년간이다. 이 4년 동안 영어사범과를 다녔다는 사실과 학교 교회에서 세례를 받고 교회에서 선교사들과 친하게 지냈다는 것 외에는 청산학원 학생으로서, 구체적으로 무슨 공부를 어떻게 했는지, 하숙생활은 어땠는지 등은 거의 알려진 게 없다.

다만 백 석 연구에 생애를 걸다시피 한 백 석 연구가 송 준 선생이 청산학원 다닐 때 하숙을 길상사吉祥寺(기치조지)1875번지에서 했다는 정도가 정설처럼 알려졌을 뿐이다. 그런데 최근 백 석 연구로 인하대학교에서 박사학위를 받은 이세기 선생은, 백 석이 하숙했던 집이 사실은 '기치조지1875번지'가 아니라 '센다가야167번지'라는 사실을 자료를 제시하며 주장했다. 나는 송 준 선생의 주장과 이세기 선생의 주장이 모두 맞는다고 생각한다. 4년이면 짧지 않은 기간이다. 기치조지1875번지에서 하숙했을 수도 있고 센다가야167번지로 하숙을 옮겼을 수도 있는 것이다.

나는 청산학원대학 캠퍼스를 둘러 본 다음 이세기 선생이 새로운 자료를 제시하며 백 석의 하숙집 터라고 주장하는 센다가야167번지를 찾아 나섰다. 우선 마루젠 서점 고古지도 코너에서 쇼와昭和 7년(1932년)에 제작된 동경 시가지 지도를 한 장 샀다. 그 지도에 나와 있는 센다가야167번지를 찾기 시작했다.

JR센다가야 역에서 내린다. 도쿄체육관 쪽 출구를 나온다. 도쿄체육관을 옆으로 끼고 골목길로 들어간다. 제법 큰 규모의 신사神社 네거리에서 그대로 직진한다. 산내농장山內農場 간판을 조금 더 지나 오른쪽 주택가로 들어선다. 고지도에서 센다가야167번지로 표시된 지점은 현재 센다가야 2-7번지이고 현재 요코야마橫山 씨

개인주택이다. 도쿄 사정을 잘 아는 분에 따르면 제2차 대전 종전 후 1개 쬬町였던 센다가야 구역이 4개 쬬온쬬메로 개편되면서 주소가 바뀐 때문이라는 것이다. 따라서 센다가야 2-7번지는 백석 당시에는 센다가야167번지라고 했다. 아쉽지만 더 이상 확인하고 입증할 방법이 없으므로 하숙집 찾기는 이쯤에서 끝냈다.

이튿날은 백 석이 일본 유학 시절에 쓴 단 두 편의 시의 무대였던 '가키사키柿崎 해안'으로 향했다. 이즈 반도伊豆半島의 이즈큐시모다 역까지는 두 시간이 더 걸렸다.

열차를 타자마자 나는 다시 천양희 시집을 읽기 시작했다. 차창 밖으로는 일본인들이 '황홀하다'고 찬탄하는 바다와 동화 같은 마을 풍경이 그냥 스쳐 지나가고 있었다.

저녁밥때 비가 들어서
바다엔 배와 사람이 흥성하다

참대창에 바다보다 푸른 고기가 께우며 섬돌에 곱조개가 붙는 집의 복도에서는
배창에 고기 떨어지는 소리가 들렸다

이즉하니 물기에 누굿이 젖은 왕구새자리에서 저녁상을 받은 가슴 앓는 사람은
참치회를 먹지 못하고 눈물겨웠다

어득한 기슭의 행길에 얼굴이 해쓱한 처녀가 새벽달같이

아 아즈내인데 병인病人은 미역냄새 나는 덧문을 닫고 버러지같이 누었다

—백 석의 시 「시기柿崎(가키사키)의 바다」 전문

백 석은 청산학원 유학 시절 도쿄의 동남쪽 이즈반도 가키사키 지방을 여행하며 두 편의 시와 한 편의 짤막한 산문을 남긴다. 시의 제목이 되어 있는 시기柿崎, 가키사키는 이즈 반도 남쪽 시모다 항 바로 옆에 있는 작은 어촌이다. 안타깝게도 백 석이 정확하게, 언제, 무슨 이유로 이즈 반도를 여행했는지 구체적으로 알 수는 없다. 다만 두 편의 시와 산문을 통해 간접적으로 백 석의 내면을 추측할 뿐이다.

「시기가키사키의 바다」를 읽으면 백석은 도쿄 만에서 기선을 타고 이즈 반도로 들어갔다는 사실을 짐작할 수 있다. 기선 여행은 기차보다 훨씬 낭만적이고 세련된 여행이기도 해서 백 석은 신문물의 상징인 대형 기선요즈음 말하는 크루즈을 타고 따뜻한 남국의 바다를 눈에 담으며 여행했을 것이다.

도쿄 시나가와 역에서 아타미까지는 신칸센, 아타미에서 이즈큐시모다伊豆急下田행 급행열차를 갈아타고 나는 2시간 40분만에 이즈큐시모다 역에 도착했다. 역에서 내리니 바람이 세차다. 우선 가키사키를 찾아가기 전에 먼저 페리포트를 향해 걸었다. 페리포

백 석의 하숙집 터로 알려진 센다가야 167번지.
행정 구역이 바뀌어 현재 주소는 센다가야 2-7번지이고
요코야마(橫山) 씨 개인주택이다.

가키사키 민숙촌. 백 석은 이곳 민숙(民宿)에서 묵었다.
민숙을 운영하기 위해 주인은 고기잡이를 했다.
그런 정황을 그린 시가 「가키사키의 바다」이다.

아오야마대학 안에는 고색창연한 교회가 있다. 백 석은 이 교회에 출석하며 영어 학습 활동을 했다.

트는 글자 그대로 미국의 페리 제독이, 일본인들이 말하는 '흑선黑船'을 이끌고 상륙하여 개항을 요구했던 바로 그 부두였다. 도쿠가와 막부가 쇠퇴해가는 무렵이었으니 출현한 흑선을 보고 일본인들이 얼마나 놀랐을까 짐작하기 어렵지 않다.

말하자면 시모다 항은 우리나라의 강화도와 비슷한 역사의 현장인 셈이다. 페리포트와 이즈큐시모다 역 중간 지점에 있는 부두가 옛날 기선이 상륙하던 시모다항이다. 아마 백 석은 이곳에서 배를 내렸을 것이다. 이곳에서 가키사키 어부촌은 2킬로미터쯤의 거리이다.

세찬 바닷바람을 맞으며 가키사키 해변을 향해 걸었다. 웬만한 지도에도 가키사키는 나와 있지도 않을 정도로, 알려진 관광지가 아니라 작은 어촌이다. 이 가키사키 해변에는 지금도 민숙民宿(여관, 민박)이 많다. 민숙에는 온천이 딸린 집도 있다. 배편으로 시모다에 도착한 백석은 일부러 가키사키 같은 작은 포구에서 여러 날 묵었을 것이다. 어업이나 민박 등으로 생업을 꾸려가는 사람들의 소박한 삶이 있는 곳이기 때문이다.

백 석의 시에도 있듯이, 배창에 고기 떨어지는 소리가 들릴 정도로 포구와 가까운 방에 묵었을 것이다. 죽창에 고기를 꿰어서 말리는 집, 그 어부의 집에서 백 석은 아프고 약한 사람들을 만났을 것이다. 민숙이 늘어선 가키사키 해변 마을을 둘러보면서 이곳에 머물렀던 백 석을 떠올렸다.

이즈 반도를 여행하면서 백석이 남긴 또 다른 시는 「이두국주가도伊豆國湊街道」이다.

녯적본의 휘장마차에
어느메 촌중의 새 새악시와도 함께 타고
먼 바닷가의 거리로 간다는데
금귤이 눌한 마을마을을 지나가며
싱싱한 금귤을 먹는 것은 얼마나 즐거운 일인가
–백 석의 시 「이두국주가도」 전문

이즈반도의 해안 길을 마차를 타고 지나가는 모습을 그린 시다. 마차를 탄 백 석은 금귤을 먹는다. 금귤은 식민지 조선에서는 구하기 힘든 과일이다. 일본의 남쪽 해안지대에서나 볼 수 있는 과일이다. 이즈 반도의 금귤은 겨울이 제철이라고 하니 백 석은 겨울에 이즈 반도를 여행한 것으로 짐작할 수 있다.

취재를 끝내고 돌아오는 열차 속에서 이즈 반도를 여행하는 백 석을 상상하였다. 유학생활의 어려움을 겪던 어느 날, 열정과 포부가 컸던 청년은 따뜻한 남쪽 해안의 유혹과 새롭게 등장한 낭만적인 기선 여행의 유혹, 그리고 당시 선풍적인 인기를 끌었던 가와바타 야스나리의 소설 『이즈의 무희』속의 로망…. 이런 것들이 한데 뒤섞여 유학생 백 석은 여행지를 이즈 반도로 정하지 않았을까.

특히 백 석은 당시 일본 근대 문인들의 요양과 집필, 사교의 장소로 유명한 이즈 반도를 문학적 공간으로 인식하고 학업과 독서의 공간인 도쿄를 떠나 창작의 열정을 확인하는 문학적 방황을 정리하는 데 필요했는지도 모른다.

백 석은 가키사키의 민숙에 머무는 동안 '참대창'에 참치를 꿰어 말리는 어촌 풍경을 만났고 참치를 먹지 못하는 가슴앓이 하는 병인의 쓸쓸한 모습을 만났던 것이다. 저녁상을 받았지만 '가슴앓이 하는 병인'이 참치회도 먹지 못하는 모습을 보고는 백 석은 눈물겹다는 시를 쓸 수밖에….

가키사키 해변 주위 시모다항 일대는 정말 바람이 거셌다.
앞으로 걸을 수 없을 정도의 바람이 파도처럼 몰려왔다.
백 석이 이즈 반도를 여행하며 남긴 두 편의 일본 기행 시에서는

'가키사키'가 핵심어이다. 또한 '참치회'와 '금귤' 등 그 지역의 토산 음식 이름도 핵심어이다. 이런 음식을 그들과 함께 맛보며 백석은 그들의 삶을 이해하려고 했을 것이다.

백 석이 며칠 간 머물렀던 어촌마을 가키사키(柿崎) 앞바다.
풍광이 수려하여 유람선이 운행되고 있다.

내 재산 천 억은 백 석의 시 한 줄만 못해요

백 석2

통영-영생고보-만주-길상사

노리다케 가쓰오는 '뛰어난 시인 백 석, 무명의 나'라고 백석을 노래한, 일찍이 그의 천재성을 높이 평가한 일본 후쿠이 현을 대표하는 시인이다. 천재적인 재능을 가졌지만 남북 분단이라는 역사 속에 묻혀 버린 시인 백 석을 그는 평생 존경했다.

그 백 석에게는 총각 시절에 비록 정식으로 부부의 연을 맺지는 못했지만 그의 인생을 송두리째 뒤흔든 두 번의 사랑이 있었다. 그 여성들은 백 석의 작품 속에 생생한 시어로 영원히 살아 숨 쉬는 백 석의 뮤즈가 되었다.

파를 드리운 백석

백白이라는 성에, 석石이라고 불리는 이름의 시인

나도 쉰세 살이 되어서 파를 드리워 보았네
뛰어난 시인 백석, 무명의 나
벌써 스무 해라는 세월이 흘렀구나
벗, 백 석이여, 살아 계신가요
살아 계십시오
백白이라는 성과 석石이라는 이름의 조선의 시인
–노리다케 가쓰오 시「파」전문

백 석은 1912년 평안북도에서 태어났다. 특이하게도 그는 열아홉 살 때 조선일보 신춘문예에 소설「그 모母와 아들」이 당선되어 등단했다. 당선 후 백 석은 몇 편의 단편을 더 발표했는데 발표하는 작품마다 죽음과 같은 삶의 어두움을 이야기하는 짙은 회색빛 색채를 띠고 있었다. 그러다가 시를 쓰기 시작하면서 긍정적인 삶을 그리는 문학의 세계로 전환한다. 바로 이 무렵 백 석은 생애 첫 사랑을 만나게 된다. 백 석이 '란蘭'이라고 불렀던 박경란이다.

란과 백석의 첫 만남은 1935년 6월 조선일보에서 근무하던 동료 기자 허준의 결혼식 피로연이었다. 란은 통영 출신으로, 이화고녀에 재학 중인 18살 소녀였다. 백 석은 '머리가 까맣고 눈이 크고 코가 높고 목이 패고 키가 호리낭창한 여인'이라고 표현한 란에게 첫눈에 반해 온 마음을 빼겨 버린다.

옛날에 통제사가 있었다는 낡은 항구의 처녀들에겐
옛날이 가지 않은 천희千姬라는 이름이 많다

미역오리같이 말라서 굴껍질처럼 말없이 사랑하다 죽는다는
이 천희의 하나를 나는 어느 오랜 객주客主집의
생선가시가 있는 마룻방에서 만났다.
저문 유월의 바닷가에선 조개도 울을 저녁
소라방등이 불그레한 뜰에 김냄새나는 실비가 나렸다
–백 석의 시 「통영」 전문

1936년 발간된 백 석의 처녀시집 『사슴』에 실린 작품 「통영」은 백 석이 마음속으로 깊이 사랑하게 된 란의 고향인 통영에 내려가

영생학교 영어 교사 시절의 백 석.
시골학교 선생질(?)을 하다 보니
경성 조선일보 기자 시절보다는
소박한 모습이다.

쓴 작품인데, 사랑하는 이가 있는 곳을 그리는 사내의 절절한 마음이 그대로 드러나 있다. 마음속에서는 마치 화산과 같은 사랑이 용솟음치고 있지만 막상 사랑하는 이와의 만남은 그저 수줍고 설레기만 하다.

서울로 돌아온 백석은 란을 잊지 못해 이듬해 그녀를 만나러 두 번이나 더 통영을 찾았지만 방학이 끝나 학업을 위해 다시 서울로 돌아간 란과 길이 엇갈리고 만다. 그토록 그리던 이를 만나지 못한 백 석의 안타까운 상실감이 작품 「통영 2」에 고스란히 드러난다.

구마산舊馬山의 선창에선 좋아하는 사람이 울며 나리는 배에 올라서 오는 물길이 반날

갓나는 고당은 가깝기도 하다

바람맛도 짭짤한 물맛도 짭짤한

전복에 해삼에 도미 가재미의 생선이 좋고

파래에 아개미에 호루기의 젓갈이 좋고

새벽녘의 거리엔 쾅쾅 북이 울고

밤새껏 바다에 뿡뿡 배가 울고

자다가도 일어나 바다로 가고 싶은 곳이다

집집이 아이만한 피도 안 간 대구를 말리는 곳

황화장사 영감이 일본말을 잘도 하는 곳

처녀들은 모두 어장 주한테 시집을 가고 싶어 한다는 곳

산 너머로 가는 길 돌각담에 갸웃하는 처녀는 금錦이라는 이 같고
내가 들은 마산 객주집의 어린 딸은 난蘭이라는 이 같고

난이라는 이는 명정골에 산다던데
명정골은 산을 넘어 동백나무 푸르른 감로 같은 물이 솟는 명정샘이 있는 마을인데
샘터엔 오구작작 물을 긷는 처녀며 새악시들 가운데 내가 좋아하는 그이가 있을 것만 같고

내가 좋아하는 그이는 푸른 가지 붉게붉게 동백꽃 피는 철엔 타관 시집을 갈 것만 같은데
긴 토시 끼고 큰머리 얹고 오불고불 넘엣거리로 가는 여인은 평안도서 오신 듯한데 동백꽃이 피는 철이 그 언제요

옛 장수 모신 낡은 사당의 돌층계에 주저앉아서 나는 이 저녁 울듯울듯 한산도 바다에 뱃사공이 되어가며
녕 낮은 집 담 낮은 집 마당만 높은 집에서 열나흘 달을 업고 손방아만 찧는 내 사람을 생각한다

–백석의 시「통영 2」전문

란에 대한 그리운 마음을 절절한 시로써 표현할 수밖에 없었던

백 석의 첫사랑은 '란'이다. 백 석의 조선일보사 동료 허 준의 결혼식 피로연에서 처음 만났다. 그래서 백 석은 통영으로 '란'을 찾아가 그녀를 향한 절절한 사랑의 시를 쓰기도 했지만 그 사랑은 이루어지지 못했다.

'란'이 신문사 동료와 결혼하자 실의에 빠진 백 석은 신문사를 그만두고 경성을 떠나 함경북도 영생학교 교사로 취직한다. 이곳에서 백 석은 '김진향'이라는 기명(妓名)의 여성을 만나는데 이 여인이 바로 '자야'이다. 본명은 김영한.

백 석은 란의 어머니에게 1936년 12월 마침내 란에 대한 깊은 사랑과 함께 그녀와 혼인하고 싶다는 의사를 알린다. 이에 란의 집에서 백석의 집안을 수소문하기 시작했는데, 란의 외삼촌인 서상호는 자신의 고향 후배이자 백 석의 절친한 벗인 신현중에게 백 석에 대해 묻게 된다. 이때 신현중이 백 석의 어머니 출신에 대한 소문을 서상호에게 말함으로써 백 석과 란의 혼사는 어찌해 볼 도리도 없이 순식간에 깨어져 버리고 만다. 오히려 그 틈을 타 백 석의 조선일보사 동료인 신현중이 란과의 혼인 의사를 밝히고 승낙을 받아 1937년에 란과 혼인을 한다.

지부작족知斧昨足이라 했던가. 사랑하는 여자와 절친한 벗을 한 번에 잃은 백 석의 상실감이란 이루 말할 수 없었을 터였다. 그 때문이었을까. 백 석은 근무하던 조선일보사를 사직하고, 함경남도 함흥에 있는 영생고보 영어 선생으로 부임한다. 그런데 운명의 장난처럼 이곳에서 자신의 두 번째 뮤즈이자 연인인 자야子夜를 만나게 되는 것이다.

백 석의 두 번째 사랑 역시 운명적이다. 첫 만남 순간에 찾아온 것이다. 어느 날 학교를 떠나는 동료 교사 송별회를 위해 요리집 함흥관에 간 백 석은 그곳에서 김진향이라는 기명妓名을 쓰는 여자를 만난다.

김진향은 부유한 집안에서 자랐지만 부친을 여의고 집안이 어려워지자 정악전 습소와 조선 권번에 들어가 지냈던 기생으로, 본명은 김영한이었다. 두 사람이 처음 만날 당시 백 석은 26세, 김진향은 22세였다. 훤칠한 외모에 뛰어난 언변을 갖춘 젊은 시인과 열린 사고방식을 가진 아름답고 젊은 여성이 만났으니 어찌 사랑에 빠지지 않을 수 있겠는가. 두 사람은 첫눈에 서로에게 강하게 끌리게 된다.

백석은 김영한에게 자야子夜라는 아호를 지어 준다. 이는 그때 김영한이 읽고 있었던 『당시선집』 속에 나오는 이 백의 시 「자야오가子夜吳歌」에서 따온 것이다. 서역 전쟁터에 나간 남편을 기다리는 애절한 여인을 지칭하는 이름인 자야를 백 석이 사랑하는 여인의 아호로 지어 준 이유는 평생 동안 자신만을 바라보며 사랑해 주길 바라는 진심 때문이었을 것이다. 백 석은 아호를 지어 주는 일 외에도 "오늘부터 당신은 나의 영원한 마누라야. 죽기 전에 우리 사이에 이별은 없어요."라는 말로 자야에게 영원한 사랑을 약속한다.

두 사람은 곧 동거를 시작한다. 그러나 백 석의 부모는 두 사람의 동거를 탐탁하지 않아 했다. 그래서 어떻게든 두 사람을 떼어 놓기 위해 백 석에게 다른 처자와 강제로 결혼하라고 강권한다. 장남이라는 책임과 부모의 강요에 이기지 못한 백석은 부모가 정해준 고향 여자와 혼인을 하게 되지만 곧 다시 도망쳐 나와 자야를 찾아온다.

그 후 두 사람은 서울로 올라와 청진동에 살림을 차리고 3년 동안 함께 동거한다. 정식 결혼생활은 아니었지만 두 사람은 이미 서로 마음으로 섬기는 단 하나뿐인 남편이자 아내였기에 사랑하는 이와 함께 한 집에서 생활하고, 한 이불에서 잠을 잔다는 것만으로도 꿈을 꾸듯 행복한 나날이었다. 어찌 보면 길고 긴 인생에서 순간이라 할 수 있는 이 3년 때문에 백 석의 연인 자야는 평생을 오롯이 백 석 한 사람만을 가슴에 품고 살아가게 되는 것이다.

이 시기에 백 석이 쓴 작품이 바로 「나와 나타샤와 흰 당나귀」이다.

가난한 내가
아름다운 나타샤를 사랑해서

오늘밤은 푹푹 눈이 나린다
나타샤를 사랑은 하고
눈은 푹푹 날리고
나는 혼자 쓸쓸히 앉어 소주를 마신다
소주를 마시며 생각한다
나타샤와 나는
눈이 푹푹 쌓이는 밤 흰 당나귀 타고
산골로 가자 출출이 우는 깊은 산골로 가 마가리에 살자

눈은 푹푹 나리고
나는 나타샤를 생각하고
나타샤가 아니 올 리 없다
언제 벌써 내 속에 고조곤히 와 이야기한다
산골로 가는 것은 세상한테 지는 것이 아니다
세상 같은 건 더러워 버리는 것이다

눈은 푹푹 나리고
아름다운 나타샤는 나를 사랑하고
어데서 흰 당나귀도 오늘밤이 좋아서
응앙응앙 울을 것이다

–백석의 시 「나와 나타샤와 흰 당나귀」 전문

작품을 통해 오롯이 나타나듯이 백 석의 마음속에는 자야가 깊

이 자리 잡아 그녀와 함께 할 아름다운 인생을 꿈꾸었다. 이 작품 이후 백 석의 작품에도 종종 나타샤의 존재를 찾아볼 수 있다.

그러나 두 사람의 사랑을 하늘이 시샘한 것일까. 백 석 부모의 간섭은 끝이 없었다. 첫 번째 결혼이 실패했음에도 불구하고 백 석의 부모는 또 다시 백 석에게 결혼할 것을 강요한다. 이번에도 역시 백 석은 혼례식만 올린 뒤 도망쳐 나와 다시 자야의 품으로 돌아온다.

부모에 대한 효孝와 자야에 대한 사랑 사이에서 고민하던 백 석은 이를 벗어나기 위해 자야에게 아무런 방해 없이 두 사람이 사랑할 수 있는 만주로 떠나기를 간청한다. 그러나 자야는 그 청을 받아들일 수는 없었다. 결코 사랑이 부족해서가 아니었다. 오히려 너무 큰 사랑이 그녀의 발목을 잡은 것이다. 자신이 끝내 백 석의 곁에 있겠다고 고집을 부린다면 젊고 앞길이 창창한 그의 앞날에 걸림돌이 될 수도 있다고 판단했기 때문이다.

상심한 백석은 결국 홀로 쓸쓸히 마주로 떠난다. 만주에서 백 석은 산간오지를 기행하고 많은 문인들과 교류하면서 많은 시를 창작해 여러 문예지와 신문에 발표한다. 이로써 백 석은 채 서른 살도 되기 전에 한반도에서 가장 뛰어난 서정시인으로 입지를 굳히게 된다.

만주에서 활발한 작품 활동을 펼치던 백 석은 1945년 해방을 맞아 신의주로 돌아와 잠시 머물다가 다시 고향 정주로 간다. 그리고 그곳에서 6.25한국전쟁을 맞는다.

김영한은 법정 스님에게 평생 모은 재산을 시주하며 "수 억 재산이 백 석의 시 한 줄만 못하다"는 명언을 남긴다. 법정 스님은 김영한이 시주한 그 터에 길상사(吉祥寺)를 짓는다. 백 석이 일본 유학 시절 하숙집 주소가 기치조지(吉祥寺)인데 김영한의 뜻이 반영된 절 이름으로 보인다.

그 때문에 백 석과 자야 두 사람은 분단된 남과 북에서 평생 서로를 그리워하며 각자 다른 인생을 살아야 했다. 언젠가는 다시 만날 수 있을 거라는 두 사람의 희망의 불씨는 영영 이루어지지 못하고 결국 그 사랑은 허무하게 꺼져 버리고 말았다.

북한에서도 활발한 문학 활동을 펼치려고 했던 백 석은 '붉은 편지 사건'에 연루되면서 북한의 유배지로 손꼽히는 삼수협동농장으로 옮겨가 양치기로 겨우 목숨을 부지해야 했다.

백 석과는 달리 남쪽에 남은 자야는 사업에 전념하며 치열한 인생을 살았다. 그러나 치열한 삶 속에서도 자야는 단 한 순간도 백석을 마음속에서 지우지 않았다. 그와 함께 한 사랑이 삶의 원동력이었으므로, 그녀는 사업을 함과 동시에 대학을 다시 다니며 백석이 전공했던 영문학을 전공하는 등 그와의 인연의 끈을 놓지 않았다.

자야는 1970-80년대를 통틀어 우리나라 최고의 요정으로 알려진 대원각을 운영해 오다가 사망하기 전에 이 재산을 법정 스님을 통해 불교에 시주했다. 성북동 북한산 자락에 자리잡았던 대원각은 700여 평 대지에 건물만도 40여 동으로 이루어진 요정이었다. 처음 자야의 시주를 완강하게 사양했던 법정 스님은 10년이란 세월이 흐른 뒤에서야 그 뜻을 받아들인다. 그 후 요정 대원각을 사찰로 바꾸고 자야의 법명인 길상화吉祥華의 이름을 따 절이름을 '길상사'로 지었다.

길상사를 방문한 이생진 시인은 「그 사람을 사랑한 이유」라는 제목으로 백 석 시인과 자야의 사랑을 기리는 시 한 편을 썼다.

여기서는 실명이 좋겠다
그녀가 사랑한 남자는 백 석이고
백 석이 사랑했던 여자는 김영한이라고

한데 백 석은 그녀를 자야라고 불렀지
이들이 만난 것은 20대 초
백 석은 시 쓰는 영어선생이고

자야는 춤추고 노래하는 기생이었다
그들은 죽자 사자 사랑한 후
백 석은 만주 땅을 헤매다 북한에서 죽었고
자야는 남한에서 무진 돈을 벌어
길상사에 시주했다
자야가 죽기 열흘 전
기운 없이 누워 있는 노령의 여사에게
젊은 기자가 이렇게 물었다

천 억을 내놓고 후회되지 않으세요?
무슨 후회?
그 사람 생각 언제 많이 하셨나요?
사랑하는 사람을 생각하는 데 때가 있나?

기자는 어리둥절했다
천금을 내놨으니 이제 만복을 받으셔야죠
"그게 무슨 소용이 있어"
기자는 또 한 번 어리둥절했다
다시 태어나신다면!
'어디서 한국에서?'
에! 한국?
나 한국에서 태어나기 싫어
영국쯤에서 태어나서 문학 할 거야

그 사람 어디가 그렇게 좋았어요?
"천 억이 그 사람 시 한 줄만 못해
다시 태어나면 나도 시 쓸 거야"
이번엔 내가 어리둥절했다

사랑을 간직하는데 – 시밖에 없다는 말에
시 쓰는 내가 어리둥절했다.

–이생진의 시 「그 사람을 사랑한 이유」 전문

자야는 『내 사랑 백 석』에서 "백석의 시는 자신에게 있어 쓸쓸한 적막寂寞을 시들지 않게 하는 맑고 신선한 생명의 원천수였다."고 적었다. 그리고 "눈이 푹푹 나리는 날 유해를 길상사 뒤뜰에 뿌려달라."고 유언한 자야는 인생의 마지막 밤을 길상사에서 보낸 뒤 육신의 옷을 벗었다. 그녀의 유해는 유언대로 첫눈이 내리는 날 길상사 뒤쪽 언덕에 뿌려졌다.

그 젊은 미남 시인은 어디 가고 삶에 지친 이 늙은이는 누구인가

백 석 3

삼수군 협동농장-관평리-가족사진

백 석이 북한에서 1980년으로 추정되는 해에 가족사진 한 장을 남긴다. 일제 강점기 시절 조선 최고의 미남 시인이라는 풍모는 온데 간 데 없고 생활고에 찌든 늙은이로 변해 있었다. 백 석 옆은 부인 이윤희, 뒤는 둘째아들과 막내딸이다. 1930년대의 백 석과 1980년대의 백 석은 같은 사람이라고는 말할 수 없을 정도다.

백 석은 처음에는 소설로 문단에 나왔다. 1930년 조선일보 신춘문예에 단편소설 「그 모母와 아들」이 당선되었다. 오산학교를 졸업했고 나중에는 일본 아오야마靑山 학원으로 유학한다. 그리고 유학을 마치고 돌아와 조선일보에 입사한다. 독일어, 영어, 러시아어, 일본어 등에 능통한 어학의 천재라고 알려졌다.

독립운동가이며 당시 오산학교 교사로 재직 중이었던 조만식은 백 석을 다음과 같이 회상하고 있다.

"내가 아는 백 석은 성적이 반에서 3등 정도였으며 문학에 비범한 재주가 있었다. 특히 암기력이 뛰어나고 영어를 잘했다. 회화도 썩 잘해 선생들에게 칭찬을 받았다. 백 석은 용모도 준수했고 재주가 비범했다."

또한 친구 김기림 시인은 말했다.

"백 석이 머리를 날리며 광화문에 나타나면 광화문 사거리가 온통 환해졌다."

그러나 제아무리 뛰어나고 잘생기고 실력이 월등한 백 석도 슬픈 시대의 총질은 비껴갈 수가 없었다. 당시 1930년대 후반은 일제의 탄압정책이 본격적으로 시작되던 시기였다. 조선의 많은 젊은이들은 이 탄압을 견디지 못하고 방황하고 모든 것을 포기하며 살아야 했다. 이런 시대의 비극 앞에 백 석도 예외일 수 없었다.

1937년 백석은 조선일보를 사직한다. 말로는 시작에 전념하기 위해 함경도로 떠난다고 했지만 식민지 통치에 염증을 느낀 도피나 다름없었다. 함경도에서 백 석은 「함주시초」 등 여러 편의 시를 쓰면서 시대의 슬픔을 속으로 삭이다가 다시 1940년 1월 만주 신경新京에 도착하여 친구들의 도움으로 만주국 경제부에 취직을 한다. 하지만 이곳에서도 여전한 일본인들 횡포를 견디지 못하고 그만둔다. 다시 1942년 만주 안동의 세관에 취직하여 러시아 작가 빠이코프의 원작소설 「밀림유정」을 번역하는 등 번역을 하다가 해방을 맞는다. 해방이 되자 고향과 가까운 신의주로 돌아가 얼마 후 고향 평북 정주에 정착해 작품생활을 시작한다.

우여곡절 끝에 백 석의 북한 생활은 이렇게 시작되었다. 그는 다른 월북문인들과 달리 처음부터 북한이라는 체제 속으로 들어간 것이 아니었다. 다만 그의 고향으로 돌아왔을 뿐이었다. 백 석에게는 이념이라는 것은 애초부터 없었다. 슬픈 시대를 방랑으로 보낸 그는 해방 후 지친 심신으로 고향에 안겼을 뿐인데, 이것이 그의 모든 것을 앗아가고 말았다.

해방 이후 고향 평안북도 정주로 돌아간 백 석은 아동문학과 번역에 몰두하고 시는 일절 발표하지 않았다. 그때 그가 번역하여 북한에 소개한 러시아 작가들의 작품들은 도스토옙스키, 고골리, 톨스토이, 체호프 등이었다. 그러다가 1957년 북한에서 아동문학 논쟁이 벌어지자 백 석은 계급적인 요소를 강조하기보다 아이들의 눈높이에 맞추는 게 옳다는 주장을 펼치다가 '낡은 사상의 잔재'라는 비판을 받고 1959년 1월 양강도 삼수군 관평리의 국영협동조합으로 이주하게 된다.

이곳에서 백 석은 다시 활발한 문학활동을 시작한다. 거의 쓰지 못했던 시를 발표하기도 하고 동시도 여러 편 발표한다. 삼수군

1980년대에 촬영한 것으로 추정하는 백 석 가족사진이다. 백 석 옆은 부인 이윤희, 둘째 아들과 막내 딸 일가족. 젊은 시절 경성 뭇 처녀의 마음을 흔든 멋쟁이 청년의 모습은 온데간데 없다.

국영협동조합 시절 백 석이 발표한 시와 동시를 보면 백 석이 삼수에서 느꼈던 심경의 변화를 알 수 있다. 백 석 연구가들은 "삼수 시절 백 석은 농촌의 협동화 과정에서 발견한 새로운 공동체의 단초를 노래한 자발적 시와 함께 북한 체제의 요구를 반영한 정치적 시들을 선보였다."고 평가했다. 그러나 북한에서 백 석이 겪었던 내적 갈등과 고뇌는 백 석 자신만이 알 뿐이다.

몇 년 전 가족사진과 함께 공개되어 충격을 준 북한에서 발표한 백 석의 시 세 편을 공개한다. 순수 서정시인이었던 백 석이 노골적으로 북한 체제를 찬양해야 했던 그동안의 사정이 느껴져 읽는 내내 고통이 느껴질 정도다.

이때 원수님은 원쑤들에 대한 증오로
그 작으나 센 주먹 굳게 쥐여지시고
그 온 핏대 높게, 뜨겁게 뛰놀며
그 가슴속에 터지듯 불끈
맹세 하나 올랐단다
'빼앗긴 내 나라 다시 찾기 전에는
내 이 강을 다시 건너지 않으리라
–백 석의 시 「나루터」 전문

「나루터」는 김일성의 항일운동을 찬양하는 내용의 시다. '어리신 원수님의 이 큰 맹세 이루셔서 오늘 너희에겐 자랑스러움 있음을'이라는 구절을 통해 김일성의 항일운동이 일제에 맞선 해방과 혁명을 가져왔다고 찬양하고 있다.

바다는 이 나라 사람을 위해
아담한 문화 주택 골고로히 세워주네
재봉기도 라디오도 사들이네
그 품에 듬뿍 안은 기름진 물고기들로
살찐 미역이며 다시마며 조개들로
딴 나라 사람들 이 나라로 와
이 바다 어떤 바다이냐 물으면
이 나라 사람들 선뜻 대답하리라
이 바다 사회주의 나라의

사회주의 바다라고

–백 석의 시 「사회주의 바다」 전문

이 역시 사회주의와 북한 체제를 찬양하고 미화시킨 시다. 뛰어난 외모와 학식을 고루 갖춘 당대 최고의 모던보이 백 석이 이런 시를 지었다는 것은 그곳에서 백 석이 겪은 모진 고난이 눈에 보이는 것 같아 안타깝기만 하다.

석탄도 장수 알곡도 장수

철도 물고기도 집들도 장수

그 가운데서도 가장 힘 센 장수

그는 강철장수란다

–백 석의 시 「강철 장수」 전문

당시 중공업 중시정책을 펼치던 북한의 입장을 반영한 시를 선보인다. 이처럼 노골적 체제 찬양으로 가득한 시어에서는 그동안 민족공동체의 모습을 민속어를 통해 아름답게 그려왔던 백 석의 모습은 조금도 드러나지 않는다. "시인이란 슬픈 운명을 지녀야 하는 사람"이라는 백 석 스스로의 말처럼 슬픈 세월의 시인으로 억압받는 공포 속의 시인으로 살다간 백 석은 집단농장에서 노동을 하다가 끝내 쓸쓸하게 생을 마감하게 된다.

1912년생 백 석은 1996년 1월 84세의 나이로 비로소 '시인의 슬픈 운명'의 멍에에서 벗어날 수 있었던 것이다.

선바위. 이 독특하게 생긴
바위를 지나면 바로 윤동주
생가마을 명동촌이다.
안중근 의사가 이토 히로부미를
저격하는 거사를 위해
사격연습을 한 현장이다.
선바위 앞으로는 두만강 지류인
'육도하'가 흐른다.

course 2

아름다운 또 다른 고향으로 가자 가자

윤동주 1

명동촌 생가–묘–송몽규 묘–영국덕이–은진중학 터

물어물어 윤동주 묘에 도착하였다. 잠시 땀을 훔치고 묘 옆에 앉았을 왜 하필 하고 많은 윤동주의 시 중에서 「또 다른 고향」이 떠올랐을까. 아마도 '고향에 돌아온 날 밤에 내 백골이 따라와 한 방에 누웠다'는 구절 때문이었을 것이다. 윤동주의 묘를 방문한 내가 지금 그의 백골과 한 방에 누워 있다는 착각이 들어서였는지도 모른다. 지금 묘소에 있는 시간만큼은 윤동주 시인과 가장 가까이 있는 '친구'처럼 '곱게 풍화작용을 하는 백골을 들여다보며' 눈물짓는 내 모습이 시 구절과 흡사하다.

고향에 돌아온 날 밤에
내 백골白骨이 따라와 한 방에 누웠다.

어둔 방은 우주로 통하고
하늘에선가 바람이 불어온다.

어둠 속에서 곱게 풍화작용 하는
백골을 들여다보며
눈물짓는 것이 내가 우는 것이냐
백골이 우는 것이냐
아름다운 혼魂이 우는 것이냐?

지조 높은 개는
밤을 새워 어둠을 짖는다

어둠을 짖는 개는
나를 쫓는 것일 게다.

가자 가자
쫓기우는 사람처럼 가자
백골 몰래
아름다운 또 다른 고향에 가자.

–윤동주의 시 「또 다른 고향」 전문

용정 명동촌 윤동주 생가에서 이곳까지는 한 시간 정도 걸렸다. 그러나 다음에 이곳을 다시 찾을 때는 생가보다 이곳을 먼저 들르는 게 좋겠다.

윤동주 생가에서 용정龍井으로 되돌아오는 중간 길가에 '자옥별장' 간판이 있는데, 이 간판 바로 건너편 골목이 윤동주 묘소로 올라가는 길이다. 여기서 2킬로미터 정도 야트막한 언덕 등성이 길을 굽이굽이 걸어가니까 '윤동주 묘소 50m' 입간판이 나타나고, 그 아래쪽이 공동묘지이다. 승용차는 바로 이곳까지 들어올 수 있다.

윤동주 묘소는 버스가 운행할 수 없는 농로 같은 좁은 길이다. 따라서 단체관광으로 오는 한국 관광객들은 거의 찾지 않는다. '윤동주 생가도 봤고, 윤동주가 다녔다는 대성중학도 가봤고, 일송정도 갔다 왔으면 됐지 뭘'하는 생각들을 했을 것이다. '자옥별장' 앞 건너편 골목길을 걸어 묘소까지 언덕 등성이 길을 걸으려면 넉넉히 30분은 걸릴 것이다.

윤동주 시인 묘는 공동묘지 거의 중앙에 있다. 전망도 좋다. 뒤로는 고만고만한 묘지들이 윤동주 시인을 보살피듯이 굽어보고 있다. 누가 심었을까. 윤동주 시인이 어릴 적 무척 좋아했다는 살구나무가 한 그루 있다. 윤동주 시인의 묘 바로 왼쪽 으로는 '청년문사' 송몽규의 묘도 있다. 윤동주의 동갑나기 고종사촌 형이다. 명동촌에서 함께 자라고 같은 학교를 다녔으며, 연희전문도, 일본 유학도, 독립운동도, 감옥 생활도 함께 했다. 둘이 똑같이 생체실험 대상이 되었고, 23일 후 윤동주를 따라 죽었다.

그야말로 윤동주와 송몽규는 같은 운명의 멍에를 지고 한 생을

나는 세 차례 윤동주 묘소를 참배했다.
참배의 횟수가 늘어날수록 민족시인, 대한민국 청년정신의 상징인
윤동주를 지키지 못했다는 자괴감이 깊어질 뿐이다.

살았다. 살아서 그토록 정다운 우의를 나누다가 죽어서도 한 곳에 묻혀 있으니 윤동주 시인이 외롭지는 않겠구나 하는 생각이 들었다.

윤동주 묘소에서 머문 시간은 짧았다. 하지만 무슨 큰 북으로 가슴을 울려댄 듯한 먹먹한 기분이 들었다. 윤동주 시인의 순결한 시심을 '부끄러움'이라고들 말하는데, 나는 도대체 무슨 시인으로 살고 있는가. 시 한 편 제대로 쓰지 못한 채 나이만 먹다니, 자괴감으로 휘청거렸다.

묘소에서 언덕 등성이 쪽으로 걸어 올라와서 북서쪽 방향으로 시선을 돌려보니 연변의 아이콘이라는, 아기가 모자를 쓴 듯 귀엽

게 생긴 모아산帽兒山이 보였다. 모아산 주변은 거의 평지이므로 낮은 봉우리 정도로 보이지만 해발 500m가 넘는 제법 어엿한 산이다.

묘소 참배를 마치고 걸어나오는 언덕길 양 옆으로는 연두색 크레파스로 그리다 만 그림 같은 풍경이 펼쳐진다. 야트막한 산들이 이어지고, 그 아래로 펼쳐지는 들녘 풍경 또한 애잔하다. 풍성해 보이지 않는, 어쩐지 가난해 보이는 마을의 인상 때문일까. 옥수수 밭은 아직 제철이 아니어서 바닥 흙이 그대로 드러난 채 황량하기만 하다.

다시 윤동주 생가에 와 보니 너무했다! 마치 쓰나미에 휩쓸리는 듯한 충격이다. 그 전에 왔을 때는 없었다. 마을 입구의 '명동촌'이라고 대문자로 쓴 건물매점이라고 하였다도 낯설다. 게다가 생가 입구에 떠억 절벽 같은 형태로 방문객을 막아서는 '중국 조선족 애국시인 윤동주 생가'라는 경계석은 사뭇 위압적이다. 이 거대한 경계석 표석은 무식한 중국의 음모이고 야만이다. 생가에 세워진 이 표석은, 연길에 와서 첫날 저녁 식사를 함께 하는 자리에서 "중국에서 태어나고 중국에서 학교 다니고 중국에 묻혀 있으니 윤동주는 당연 중국 조선족 시인 아닙니까?" 하고, "한국인이 가장 사랑하는 시인은 윤동주" 어쩌고 설명하려는 나에게 면박을 주다시피 말을 막은 그 조선족의 모습과 오버랩이 되었다. 생가를 둘러보는데 마음이 영 불편하기만 하다. 생가로 들어서자마자 맨 처음 만나는 광장은 사각형 대리석으로 깔았다. 예전처럼 흙마당이 아니다. 또

한국인이라면 윤동주 생가 앞에서 누구나 경악할 것이다. 집 앞 경계석에 새겨놓은 '중국 조선족 애국시인 윤동주'라는 문구 때문이다. 중국에 대해서 찍 소리 한 번 못내는 정부이니 이를 바로잡는 조치를 하라고 해 봤자 억장이 무너질 노릇이다.

윤동주 묘비 뒷면에 적힌 내용에 기가 막힌다. "강력한 반제(反帝) 반봉건(半封建) 사상이 담겨 있다"는 것이다. 중국은 물론 연변 문화계가 윤동주 시인에게 이념의 굴레를 씌워놓은 셈이다.

한 생가를 둘러보는 산책로도 모두 대리석으로 깔았다. 그 산책로 옆에 윤동주 시인의 거의 전 작품을 시비에 새겨놓았는데, 중국어로 번역된 시비도 이십여 편 섞여 있다.

오래 전에 두만강 탐사 팀 일원으로 윤동주 생가를 방문했을 때 보았던 소박한 시골집 풍취는 어디에도 없다. 기와를 얹은 고풍스러운 한옥 한 채와 '윤동주 생가'라고 편액을 단 일자형 한옥 한 채 등 건물은 그대로 남아 있지만 이제는 분위기도, 장식물도, 조경 시설도 모두 중국식이다. 다만 윤동주 생가 밖 서쪽은 전에 봤던 옥수수 밭 그대로다. 이 옥수수 밭 주위를 야트막한 산들이 둘러싸고 있고, 명동촌은 옥수수 밭 사이에 올망졸망 모여 있는 정다운 마을이다.

3박 4일 정도의 짧은 일정으로 백두산사실은 장백산(長白山)이다 관광을 다녀오는 사람들은 거의 전부 용정에 있는 대성중학을 방문한다. 가이드는 이 학교를 윤동주가 다닌 학교라고 소개한다. 그러나 사실은 윤동주는 대성중학을 다닌 적이 없다. 윤동주가 다닌 학교는 은진중학이다. 그 은진중학은 1945년 8.15해방 후인 1946년에 대성중, 동흥중, 은진중, 영신중, 광명여고, 영신여중 등 용정 내 6개 중학교를 통합하여 대성중학이 된 것이다. 그렇게 해서 대성중학을 윤동주의 모교로 둔갑해 놓은 것이다.

대성중학의 현재의 교명은 용정중학이다. 대성중학은 용정중학 교정 한켠에 건물 한 채만 덩그러니 남아 있다. 학생들이 공부하는 교사와 기념관을 분리하여 관광객이 찾아오더라도 학생들 수업에 지장이 없도록 하고 있다. 건물 안으로 들어서면 윤동주기념관, 그 옆에 이상설기념관과 '윤동주교실'이 있는데, 이것 또한 만화다. 윤동주가 다닌 사실이 없는데 윤동주 교실이라니 이건 한국 관광객을 노린 장삿속에 다름 아니다. 대성중학 정문 앞에 '사립 대성중학교'라는 교명 밑에는 '룡정시 청소년 애국주의 교육기지'라고 새겨져 있다. 윤동주시비는 건물 정문 옆에 있다. 「서시序詩」를 한글로 새기고 그 아래 다시 중국어로 병기하였다.

대성중학교를 둘러본 후에 나는 심하게 왜곡된 윤동주 시인의 모습을 보고 속이 상했다. 하나는 뜰 앞에 있는 윤동주 석상의 조잡하고 해괴한 모습과 이른바 '윤동주교실'이라는 곳에 놓여 있는 윤동주 시인의 두상頭像 때문이다. 우리가 상상하고 있는 윤동주의 이미지와는 달라도 너무나 달랐다. 마치 윤동주 짝퉁을 보는 것 같았다.

'윤동주교실'을 내세운 '윤동주기념관'이면서도 정작 윤동주 시인에 관한 자료는 초라하기 짝이 없다. 윤동주 시인 기념관이기보다는 용정중학 역사전람관이기 때문일 것이다.

윤동주 묘소에서 내려와 용정시에 있었다는 은진중학 터를 찾는데 시간이 걸렸다. 윤동주 묘소의 위치를 알려 준, 용정 시에 사는 조선족 노인의 기억이 정확하지 않아 은진중학이 있었다는 '영국덕이' 위치를 잘못 찾아다닌 탓이다. 이 골목 저 골목 몇 번 오르락내리락 하다가 그 동네 토박이로 보이는 노인에게 다시 물었더니 은진중학 터는 현재 제4용정중학교 교정 안이라고 확인해 주었다. 제4용정중학교는 쉽게 찾을 수 있다.

윤동주 시인이 다니던 때의 은진중학교는 규모도 규모지만 북간도 민족 교육의 산실로도 이름이 높았다. 윤동주, 문익환, 청년문사 송몽규 말고도 '오리선생'으로 유명한 전택부, 강원룡 목사, 영화감독 춘사 나운규 등 한국 근현대사의 수많은 인물들이 이 학교 출신이다.

은진중학교는 캐나다 선교회에서 세운 학교다. 그래서 그 무렵 다른 학교에서는 꿈도 꿀 수 없는 민족 교육을 거침없이 실시했다. 일제가 금지하던 우리말 교육은 물론 영어, 성경, 국사 등 민족의식을 일깨우고 지식인을 양성하는 수업이 은진중학에서는 가능했다. 은진중학교가 있던 곳은 '영국덕이'로 불렸다. '덕이'는 언덕이라는 뜻이다. 그러니까 '영국덕이'는 영국 사람들이 사는 언덕이라는 뜻이다. 캐나다를 영국의 식민지로 여긴 사람들이 잘못 붙인 이름이다. 은진중학 부근에는 캐나다 선교회가 세운 제창병원도 있었고, 모윤숙 시인이 교사로 봉직하던 명신여학교도 있었다. 아마 현재의 제4용정중학교 뒤쪽 언덕길 주변 일대에 남아 있는 옛 건물들이 그 흔적의 일부일 것이다. 그 시절에는 5년제 중학교를 졸업해야 전문학교에 진학할 수 있었기 때문에 소년 윤동주는 4년제인 은진중학을 졸업하고도 상급학교 진학을 위해서는 평양 숭실중학교로 전학해야 했다.

이 은진중학은 1946년 다른 5개 학교와 통합하면서 대성중학으로 학교 이름이 바뀌어 역사 속으로 사라진다. 어렵게 찾은 은진중학 터에서, 어지러운 벽돌더미와 공중화장실 옆 어수선한 공터에서 은진중학의 옛 모습을 상상하기는 어려웠다. 다만 교문을 나오면서 문득 그 옛날 체육시간에 학생들이 불렀다는 은진중학교 교가의 한 구절을 떠올리는 것으로 위안을 삼았다.

발해나라 남경 터에
흑룡강을 등에 지고
태백산을 앞에 놓은
장하다 은진~ 은진

생가에 들어서면 가장 먼저 만나는 게 이 '서시' 시비이다. 짝퉁 같은 솜씨의 윤동주 모습에다 엉터리로 번역한 중국 간자체에 둘러싸인 「서시」가 볼썽사납다.

윤동주가 다녔다는 대성중학교에는 웃기게도 '윤동주 교실'도 있고 '윤동주 시비'도 있고 '윤동주 흉상'도 있다. 이 대리석 짝퉁 흉상은 미안하게도 윤동주를 전혀 닮지 않았다.

관부연락선 대신 부관페리 타고 현해탄을 건너다

윤동주 2

부산항–시모노세키항–후쿠오카 형무소–히바루 화장장

'관부연락선'으로 불렸던 '부관페리'를 타고 현해탄을 건너기 위해 서울역을 출발했다. 부산항 국제여객선터미널에 도착하는 데는 3시간이면 족하다. 그런데, 일본 유학길에 오른 윤동주가 부산항에 도착하려면 대체 얼마나 많은 시간이 걸렸을까. 아마 이틀 이상은 걸렸을 것이다. 북간도 명동촌 집을 나와 용정 역에서 조선 함경도 상삼봉역으로 가는 기차를 타려면 반나절은 잡아야 하고, 하루 8편 정도 운행하는 2백리 길 상삼봉행 열차를 타고 조선 국경을 넘으면, 원산 행 열차로 갈아타야 한다.

원산 역에서 다시 경성 행 열차를 갈아타야 부산잔교 역 행 경부선 열차를 탈 수 있었을 것이다. 열차여행만 2천리 길이다. 환승은 세 번, 금방 갈아타지 못하고 대기하는 시간을 포함하면 스무

시간 가량을 열차 속에서 보내야만 했을 것이다.

오늘도 기차를 탄다
용정에서 이백 리 길을 달려야 조선 땅 상삼봉 역이다
마주 오는 기차는 석탄을 뒤집어썼다
팔도하 동성용 회경촌 개산돈 역 다음이
상삼봉 역이다

용정 역에서 헤어진 아버지는
금세 만주 벌판 눈발 속으로 걸어갔다.
"다음 방학 때나 올 거냐"
말소리만 귓가에서 먹먹하다.

경성 행 열차로 갈아탄다
부산까지는 천리 길이다
(중략)
현해탄엔 공습도 심해진다는데
왜 내지로 들어가서 공부를 한다는 것이냐
도항증 도장 찍어 주며 순사가 물었다
(중략)
부산 앞바다는 시대처럼 검고 청춘처럼 위험하다
시대의 똥구멍보다 더 깊고
청춘의 파도보다 더 거칠다

아아, 거기에 젊음은 남아 있을 수가 없겠구나

–민윤기 「상삼봉 역에서」 일부

부산 국제여객선터미널은 케이티엑스 부산역에서 바다 쪽 후문으로 나오면 빠른 걸음으로 10분 거리이다. 일제 강점기 때의 '부산잔교 역'은 배 타는 곳 바로 앞에 있었다.

일제 강점기 때는 '관부연락선關釜連絡船'이라고 불렀다. 지금은 '부관페리' 또는 '관부페리'로 부른다. 윤동주가 부산잔교 역에서 내려 부산항 관부연락선 부두에 도착했다고 해서 곧장 배를 탈 수는 없다. 도항증이 있어야 했다. 그들은 입만 열면 '내선일체內鮮一體'라면서 국내여행에 도항증 제도를 만들었다. 까다로운 '도항 목적' '신분증' 조사를 마쳐야만 비로소 '내지'로 들어가는 도항증이 나온다.

윤동주 시인은 생애 꼭 4회 관부연락선을 탔다. 1942년 3월 릿쿄立教대학에 입학하기 위해, 1942년 7월 여름방학 때 고향 용정으로 가기 위해, 그리고 1942년 8월 다시 일본 교토로 돌아갈 때였다. 그리고 마지막에는 유골이 되어 아버지 품에 안겨 관부연락선을 타고 '고향'으로 돌아왔다. 지금 나는 부관페리를 타고 윤동주가 오갔던 바닷길을 따라 그의 혼을 더듬어 보기 위해 떠나려는 것이다.

시모노세키下關로 가는 페리호는 매일 밤 9시에 부산항을 출항

일제강점기 때 유학생들은 '관부연락선'을 타고 현해탄을 건넜다.
물론 '도항증'이 있어야 한다. 이 도항증을 받기 위해 때문에 윤동주는 창씨(創氏)를 하는 굴욕을 겪는다. 현해탄을 건널 때의 윤동주 마음이 어땠을까 체험하기 위해,
'부관페리'로 이름이 바뀐 배로 현해탄을 건넜다. 어둠이 걷히자 일본 본토가 보이기 시작하더니 아침 8시가 조금 지나서 비로소 시모노세키 항에 도착했다.

하고 이튿날 아침 8시 전후에 시모노세키 항에 도착한다. 현해탄 바다 위에서만 11시간이 걸리는 긴 여정이다. 여행 비수기인 탓인지 11인 2등실 선실에는 나를 포함하여 승객이 네 명뿐이다. 선실은 특등, 1등 2등실로 구분한다. 2등실 운임은 95,000원이다.

나는 일본 배 '하마유호'를 탔다. 일본 배라고는 하지만 불편하지 않다. 안내 표지가 한글로 되어 있고 안내방송을 한국어로도 해 준다. 식당, 카페, 노래방, 파칭코 게임실 등이 있어서 단체로 여행한다면 재미있게 여행을 즐길 수 있다.

부산항을 출항하자마자 식당에서 저녁을 들었다. 전혀 낯설지 않은 메뉴다. 입에 잘 맞는다. 식사하면서 선창으로 점점 멀어져

가는 부산의 야경을 보며 문득 젊은 시절 전투복장으로 베트남으로 떠났던 때가 떠오른다. 배는 조용필의 "돌아와요 부산항에"에 나오는 오륙도를 거쳐서 캄캄해지는 현해탄으로 뱃머리를 돌린다. 잠이 쉽게 오지 않는다. 새벽 두 시까지는 갑판에서 아무것도 보이지 않는, 윤동주가 그리던 그 별마저 보이지 않는 캄캄한 어둠 속에서 바닷바람을 맞는다. 아아, 현해탄, 지금 내가 건너는 바다가 바로 그 현해탄인가….

'청년들은 늘 희망을 가지고 건너가, 결의를 가지고 돌아왔다'

'어떤 사람은 건너간 채 돌아오지 않았다'

시인 임 화林和가 노래한 그 현해탄이다. 이병주의 장편소설 『관부연락선』 주인공 유태림이 건넜던, 염상섭의 소설 『만세전』의 지식인 주인공 이인화가 바라보았던 그 바다다. 또, 1926년 시모노세키를 떠나 부산으로 향하던 도중 갑판에서 몸을 던져 정사情死한 윤심덕의 바다다. 실감되지 않는다. 그 대신 승선하면서 제 몸보다 큰 검은 색 가방을 든 보따리장사꾼들 모습이 떠오른다. 돈 몇 푼 준다는 말에 속아 일본으로 강제로 끌려가던 위안부 처녀들의 모습과 겹치는 더블 영상이다.

시모노세키 항에는 예정대로 이튿날 아침 8시에 도착하였다. 한 시간 남짓 입국수속을 하였다. 한국인들도 많았지만 중국 관광객들도 꽤 많았다. 여객선 터미널에서 시모노세키 역은 멀지 않다. 그러나 이 역에서는 하카다博多역으로 직행하는 신칸센 열차가 없다. 일단 JR선을 타고 가다가 고쿠라小倉역에서 다시 하카다 행으로 환승해야 한다. 몇 개의 역을 통과했는지 헤아릴 수 없을 만큼 열차는 역마다 섰다. 하카다 역은 거의 두 시간만에 도착할 수 있었다.

하카다 역에 도착하자마자 먼저 가까운 규슈九州대학교 의학부를 찾았다. 윤동주 시절에는 규슈제국대학 의학부로 불리던 의학대학이다. 이곳이 바로 악명 높은 731부대 마루타 실험은 물론 후쿠오카 형무소에 포로로 잡혀 온 미국 공군 조종사들과 조선인 죄수들을 대상으로 식염수 개발용 생체실험을 한 이른바 '의술을 개발한다는 명목으로 인간을 죽인' 군국주의 전쟁을 수행한 악덕 의사들의 서식지였다. 이 실험으로 그들은 윤동주와 송몽규를 비롯한 400명 가까운 사람을 살해한 것이다.

규슈대학 병원은 전철을 타면 하카다 역에서 가깝다. 역명이 좀 길다. 마이다시규슈다이가쿠마에馬出九州大學前역이다. 이 역에서 내려 10분 정도 걸으면 악명 높던 규슈제대 의학부 시절부터 사용한 병원 정문이 나타난다. 병동과 학교 건물은 최신 빌딩으로 지어졌지만 그 정문은 옛날 그대로다. 고색창연한 고적古蹟과 흡사하다. 의학부 경내에는 스웨덴 출신의 세계적 조각가의 작품 "신의 손"이 하늘을 찌를 듯이 솟아 있다. 바로 그 옆에 규슈대학 개교 100주년을 기념해 지은 의학역사관이 있다. 의학역사관을 관람하려고 했으나 평일인데도 잠겨 있다. 일반인에게는 공개하지 않는다.

다음은 후쿠오카 형무소를 찾았다. 건물을 새로 짓고, 형무소 이름도 '후쿠오카 구치소'로 바뀌었지만 이곳이 윤동주 시인이 살

규슈대학 역사관에서 제2차 세계대전 막바지 '역사'를 읽었다. '구주제국대학'이라고 되어 있는 학교 정문 표석과 함께 1945년 전후해 의학부가 저지른 '생체실험' 관련 자료를 적은 연보가 눈길을 끌고 있다.

해당한 그 장소다. 5년 전 취재 때는 방문증을 받고 접견실까지는 들어갈 수 있었다. 그러나 지금은 방문은 물론 구치소 정문을 촬영하는 것조차 금지하고 있다. 할 수 없이 후쿠오카 형무소 옛 건물 주위를 한 바퀴 돌면서 전경을 촬영하였다. 후쿠오카 형무소 촬영을 마친 뒤 곧바로 이웃하고 있는 바닷가로 걸어갔다. 그 바닷가 작은 다리 위에 서서 꽃집에서 사들고 온 꽃다발을 투화投花하였다.

지금 내 옆에는 아무도 없다 친구들은 군대에 끌려갔다 어머니는 머나먼 북간도에서 나를 얼마나 기다리고 계실까 강해져야 해 그날이 올 때까지 살아 걸어나가야 해 미군기들의 공습이 잦아졌다 죄수들은 매일같이 방공호를 파는 노역에 동원되었다 하루하루 기력이 떨어졌다 똥통을 들고 내다 버리는 사역도 할 수 없다 그놈의 주사 때문이다 수술실 앞에서 줄을 서서 기다리면 흰 가운을 입은 의사들이 히라누마 도쥬 내 이름을 호명했다 식염수라고, 급성 전염병 치료용이라고 했다 사실은 살해용이었다 주사액은 바닷물 같았다 아아 바다, 아아 형무소 옆은 바다다 밤마다 사정없이 벽을 뚫고 들려오는 현해탄의 해조음 고통스런 그 파도소리는 죽음의 신호인지도 모른다 너무 춥구나 겨울은 긴 꼬리를 거두지 않았다 한 평 감방 작은 창문은 별조차 볼 수 없다 이월인데 봄은 아직도 멀었나보다

–민윤기의 시 「후쿠오카 형무소–1945년 윤동주」 일부

윤동주는 이 후쿠오카 형무소에서 1945년 2월 16일 새벽 3시 36분에 절명하였다. 조국 해방을 꼭 여섯 달 앞둔 날이었다.

'윤동주가 사망했다'는 전보를 받은 아버지 윤영석은 지체하지 않고 현해탄을 건넌다. 당시 미군 공군기 폭격이 심해 현해탄은 너무 위험하니 가지 말라는 주위의 만류를 뿌리치고 단숨에 후쿠오카 형무소로 왔다. 형무소를 방문하여 아들과 함께 수감되어 있던 송몽규에게서 윤동주가 참혹하게 죽어갔다는 이야기를 들었다. 아버지는 시체실로 들어가 의학실험용 방부제 처리를 해놓은, 그래서 잠자는 듯 주검으로 변한 아들의 시신을 확인하였다. 아버지는 아들의 시신을 후쿠오카 시내의 히바루 화장장에서 화장한 후 유골을 안고 용정으로 돌아왔다. 돌아오는 현해탄 배 위에서 청춘의 꿈을 이루지 못한 아들의 원혼이라도 달래야겠다는 생각으로

아버지는 유골 일부를 현해탄에 뿌렸다.

후쿠오카 형무소에서 '생체실험' 후유증으로 죽은 윤동주를 화장했다는 건 분명한 팩트이다. 그런데 윤동주를 추모하는 여러 기록에서 그 화장장이 어디인지는 밝혀진 게 없다. 하다못해 '정밀하게 윤동주 생애를 실증했다'는 평을 듣는 송우혜 선생의 『윤동주 평전』에도 '화장했다'고만 씌어 있다.

간절하게 생각하면 이루어지는가. 하카다 역 건물 내에 있는 대형서점 마루젠丸善에서 이런 내용이 기록된 책을 찾아냈다. 후쿠오카福岡시가 펴낸 『후쿠오카 전쟁 유적지』에 수록되어 있는 기록이다.

쇼와昭和 17년 시내의 화장장을 통합하여 시 중앙 화장장을 만들었다. 현現 히바루檜原 로꾸쪼메六丁目 후쿠오카 시 화장장이다. 인접지 8/9 8/15에 8인, 14인의 미병 참살. 8/15는 패전 후 구봉口封하였다.

후쿠오카 시에서 펴낸 책이므로 공식문서와 같은 기록이다. 쇼와 17년은 1942년이다. 1942년에 후쿠오카 시는 여러 곳에 산재해 있던 화장장을 모두 통합하여 시 종합 화장장을 지었다는 것이다. 이는 윤동주 시인을 화장한 화장터가 현재 후쿠오카 시가 운영하는 시 화장장과 같다는 결정적인 근거이다.

이 기록을 토대로, 하카다 역 광장에서 만난 80대 후반의 후쿠오카 토박이 노인에게 물었다.

히바루 화장장에 있는 위령탑 앞에서 윤동주의 혼을 위로하는
작은 시간을 가졌다. 동행한 목사님이 기도하고 연희전문 후배인
연세대 의대교수 김기준 시인은 추모시를 낭송했다.

후쿠오카 시 '히바루 화장장' 내부 '쇄골실' 앞. 모든 시설은 윤동주 시인 당시와는
비교도 안 될 만큼 현대화 되어 있지만 화장장 분위기는 음산함 그대로였다.
1943년 전후 후쿠오카 시 당국은 여기저기에 산재되어 있던 화장장을 모두 통합해
이곳에 시립 화장장을 지었다. 윤동주가 1945년 2월 16일 옥사한 후 2주 정도만에
삼촌과 아버지는 형무소에 도착해 시신을 인계받았다. 이 히바루 화장장에서
한줌 재로 변한 유해를 안은 윤동주 아버지는 부산행 관부연락선에서 못다 이룬
아들의 한을 생각하며 유해 일부를 뿌렸다.

후쿠오카 형무소가 있던 자리에는 후쿠오카 구치소로 이름만 바꾼 '형무소'가 있다.
구치소 정문 앞에서 현해탄을 건너 온 시인들이 단체사진을 찍었다.

"옛날 후쿠오카에 있던 화장장을 아십니까?"

명쾌한 답이 돌아왔다.

"히바루檜原 가소바火葬場가 바로 그 화장장."

노인은 기억도 정확하고 논리도 정확한 분이었는데, 공교롭다고나 할까. 그 노인의 성은 아베일본 수상과 같다 씨였다.

그 노인이 가르쳐 준 히바루 화장장을 찾아갔다. 하카다 역에서 전철을 타고 텐진미나미天神南역에서 나나고메七隈선으로 갈아탄 다음 후쿠다이이마에福大前역에서 내렸다. 그리고 화장장까지는 역 앞에서 택시를 탔다. 요금은 1,080엔이 나왔다. 과연 화장장은 현대식 건물로 지어져, 화장터라는 칙칙한 분위기가 전혀 나지 않는다. 시내에서는 상당히 멀다. 아부라야마油山 산자락에 있다. 잔디 광장이 널찍하다. 주변은 잘 자란 삼나무 숲이 에워싸고 있다.

그런데 한 시간 이상 머물렀는데도 단 한 대의 영구차도 들어오지 않는다. 사진을 찍으며 이곳저곳을 살펴보다가 영구차 주차장 한 구석에서 무궁화나무 한 그루를 발견하였다. 반가운 마음에 셔터를 누르면서 보니 그 옆 부용나무는 탐스런 꽃송이로 자태를 뽐내고 있는 데 비해 무궁화는 꽃송이도 벌레가 먹고, 나무도 왜소하여 보는 마음이 몹시 불편하였다. 이 무궁화나무 모습에서, 순간 화장장에서 재로 변한 아들의 유골을 품에 안아든 아버지의 심정이 어땠을까 생각하며 먹먹해졌다.

옛 거리에 남은 나를 사랑과 희망처럼 그리워하다

윤동주 3

다카다노바바 역–윤동주 하숙집–릿교대학–도쿄 한국YMCA호텔

김포공항을 아침 8시에 이륙한 비행기는 예정시간에 맞춰 도쿄 하네다 공항에 도착하였다. 지문을 찍는 '까칠한' 입국수속을 받은 후 공항 밖으로 나와 공항 주차장에 대기하고 있던 대절버스를 타고 곧장 릿교대학으로 향했다.

릿교대학은 이케부쿠로 역 부근에 있다. 대학 정문 앞 도로는 버스 한 대가 겨우 지나갈 정도로 좁다. 릿교대학 정문에 들어서자 미리 연락을 받은 듯 학교 안내인이 맞아 주었다. 잠시 기다리니까 윤동주 연구자로 명성이 높은 야나기하라 야스코楊原泰子 시인이 환하게 웃는 얼굴로 도착했다. 나이답지 않게 곱고, 꼼꼼하고, 소녀 같은 분이었다.

야나기하라 야스코 시인은 1968년 일본 릿교대학 사학과를 졸

업한 후 20여 년 동안 윤동주 시인을 연구한 분이다. 현재 '윤동주 시인을 기념하는 릿교회'에서 활동하면서 윤동주에 관한 일이라면 발벗고 나서는 분이다. "윤동주의 아름다운 시와 짧은 생애를 처음 접했던 순간의 고통을 잊을 수 없었다"며 "훌륭한 시인을 없앤 일본인으로서 사죄하는 마음으로 연구 활동을 시작했다"는 분이다.

윤동주는 1942년 릿교대학 영문학과 선과예비과에 입학하여 한 학기를 다녔다. 그가 릿교대학에서 수강한 과목은 '영어학연습'과 '동양철학사' 두 과목이었다. 야나기하라 시인은 1104호 동양철학사 강의실, 교내 채플, 도서관, 식당, 매점으로 안내했다. 안내를

릿교대 본관 건물은 시계가 유난히 시선을 끌었다.
윤동주는 이 학교를 단 한 학기밖에 다니지 않았다. 육군 퇴역 장교 출신
교관의 일본제국 군대 형식의 강압적인 군사훈련이 싫어 윤동주는 학교를
자퇴하고 송몽규가 있는 교토 도시샤대로 옮겼다.

받지 않고 릿교대학에 왔다면 그냥 학교 건물 정도만 보고 끝낼 뻔했다. 안내하는 틈틈이 야나기하라 야스코 시인은 연신 윤동주에 관한 이야기로 말을 이어갔다. 윤동주 시인 외에는 다른 것은 아무것도 관심 없는 분 같았다.

야나기하라 시인과 함께 릿교대학 학생식당에서 점심을 들었다. 이 식당은 윤동주도 학교 다닐 때 자주 이용했던 식당이라고 했다. 주문한 음식을 배식 받기 위해 학생들과 함께 줄을 서서 기다리니까 마치 릿교대학 유학생 윤동주가 된 듯한 느낌이 들었다. 식사를 마치고 학교 안의 채플예배당, '늙은 철학교수가 강의했던' 1104호 강의실, 고향에 편지를 붙이던 매점, 릿교대학 전시실을 차례차례 둘러봤다. 릿교대학 탐방을 마칠 때쯤 야나기하라 야스코 시인은 윤동주 관련 자료들이 잔뜩 들어 있는 두툼한 파일 속에서 지도 한 장을 꺼내 펼쳤다. 도쿄 하숙집 터를 표시한 지도인데, 그 지도는 일일이 지번地番이 표시되어 있는 지적도였다.

창밖에 밤비가 속살거려
육첩방六疊房은 남의 나라.

시인이란 슬픈 천명天命인 줄 알면서도
한 줄 시를 적어볼까.

땀내와 사랑내 포근히 품긴
보내 주신 학비 봉투를 받아

일본 여류 시인 야나기하라 야스코 씨. 릿교대 재학 중 우연한 기회에 윤동주 시인이 릿교대를 다녔다는 사실을 안 뒤부터 평생을 윤동주를 널리 알리는 일에 앞장 서고 있는 고마운 분이다. 다카다노바바에 있는 윤동주 도쿄 하숙집 터 위치를 찾아내기도 했다.

대학 노-트를 끼고
늙은 교수의 강의 들으러 간다.

생각해보면 어린 때 동무를
하나, 둘, 죄다 잃어버리고

나는 무얼 바라
나는 다만, 홀로 침전하는 것일까?

인생은 살기 어렵다는데
시가 이렇게 쉽게 씌어지는 것은

부끄러운 일이다.

육첩방은 남의 나라
창밖에 밤비가 속살거리는데
등불을 밝혀 어둠을 조금 내몰고
시대처럼 올 아침을 기다리는 최후의 나.

나는 나에게 적은 손을 내밀어
눈물과 위안으로 잡는 최초의 악수.

–윤동주 시 「쉽게 씌어진 시」 전문 (1942년 6월 3일)

야나기하라 야스코 시인에게서 지도를 받기 전에 그 하숙집 터 취재를 한 적이 있다. 그러나 야나기하라 시인이 준 지도는 좀 더 세밀해서 위치가 정확했다.

JR야마노테선 다카다노바바 역 근처 도츠카戸塚 제2소학교 근처다. 소학교 방향 표시를 따라 골목길을 올라간다. 소학교 담을 낀 왼쪽 막다른 골목에는 2층짜리 '일본플라워디자인학원'이 있다. '플라워디자인'은 꽃꽂이를 가리키는 말이므로 '꽃꽂이학원'일 것이다. 이 학원 건물 들어선 자리가 첫 번째 윤동주 하숙집 지번과 같다. 두 번째 하숙집 터가 있는 '일본점자도서관'은 플라워디자인 골목을 나와 왼쪽 오르막길에 있다. '쇠고리'를 연결한 특이한 외관 건물이 일본점자도서관이다. 이곳이 두 번째 하숙집 터다. 두 곳 다 전형적인 일본주택으로, 하숙방은 윤동주 시인 의 시에서 표현한 대로 '육첩방' 다다미방이었을 것이다.

기차는 아무 새로운 소식도 없이

나를 멀리 실어다 주어,

봄은 다 가고— 동경 교외郊外 어느 조용한 하숙방에서, 옛거리에 남은 나를 희망과 사랑처럼 그리워한다.

오늘도 기차는 몇 번이나 무의미하게 지나가고,

오늘도 나는 누구를 기다려 정거장 가차운 언덕에서 서성거릴 게다.

—아아 젊음은 거기 남아 있거라.

—윤동주 시 「사랑스런 추억」 부분 (1942년 5월 13일)

1942년 4월부터 9월까지 짧은 기간인데 두 번씩이나 하숙을 옮긴 이유는 알려지지 않았다. 또한 릿교대학과 상당한 거리인데, 굳이 이곳에 하숙을 정한 이유도 궁금했다. 이 하숙집 터가 윤동주 연구에서 중요한 이유는 바로 이 하숙집에서 중요한 작품들인 「쉽게 씌어진 시」 「사랑스런 추억」 「흐르는 거리」 「흰 그림자」 등을 썼기 때문이다.

우리는 한국YMCA호텔에서 오후 5시부터 진행하기로 한 행사 때문에 탐사를 서둘러 마쳤다.

우지 강 푸른 물
꽃 한 송이 던지니
청둥오리들이
반기더라

윤동주 4

도시샤 대학–시모가모 경찰서–다케다 아파트 하숙집–우지 강–아마가세 구름다리

교토 도시샤 대학 캠퍼스 윤동주 시비 앞에는 꽃다발이 그득하게 쌓여 있었다. 아마 그 전날 2월 16일이 윤동주 기일이어서 윤동주 팬들이 헌화한 듯하였다.

윤동주 시비 앞에서 묵념을 하고 기념사진을 찍었다. 이근배 시인은 서울서부터 가지고 온 윤동주 시집 초판본 『하늘과 별과 바람과 시』를 보여 주며 윤동주 유고시집에 관련해 잘못 알려져 있는 서지학적 사실들을 설명하였다.

잠시 후 박희균 회장이 도착하였다. 1995년 도시샤 대학 캠퍼스에 윤동주 시비를 건립하는 일을 주도한 분이다. "일본에 살게

되면 언제나 통일을 소망하게 되는데, 남과 북이 모두 좋아하는 예술가를 찾다 보니 윤동주 시인"이었다며, 윤동주 시인을 선택한 배경을 설명하였다. "그런데 처음엔 학교 측이 시비 건립을 반대하는 겁니다. 기독교 대학이므로 예수님과 십자가 이외에는 모두 우상이니까 '시비'도 일종의 우상이라는 거죠." 그래서 5년 동안, 집요하게 학교 측과 밀당 하여 "마침내 1995년에 시비를 건립하게 되었다"고 비화를 공개하였다.

도시샤 대학 교정의 윤동주 시인이 다녔던 예배당 앞에는 홍매화가 활짝 피어 있다.

도시샤 대학에서 버스로는 채 10분도 안 되는 거리에 윤동주를 잡아 가둔 시모가모下鴨 경찰서가 있다. 도중에 시모가모 대교를 건너면서 '압천鴨川' 다리 위에서 잠시 흐르는 강물을 바라보았다. 압천의 '압'은 갈매기란 뜻이다. 아마 정지용이 도시샤를 다니던 시절에는 이 강에 갈매기가 많이 날아왔던 모양이다.

압천 십리十里 벌에
해는 저물어… 저물어…

날이 날마다 님 보내기
목이 자졌다… 여울 물소리…

찬 모래알 쥐어짜는 찬 사람의 마음,

쥐어짜라. 바시어라. 시원치도 않아라.
역구풀 우거진 보금자리
뜸부기 홀어멈 울음 울고,

제비 한 쌍 떴다,
비맞이 춤을 추어.

수박 냄새 품어오는 저녁 물바람.

오렌지 껍질 씹는 젊은 나그네의 시름.
압천 십리十里 벌에
해는 저물어… 저물어…
–정지용 시 「압천」 전문

1923년 휘문고보를 졸업하고 도시샤 대학 영문과에 유학 온 망국 청년 정지용은 '압천'을 걸으며 무슨 생각을 했을까. '저물어' '자졌다' '보내기' '찬 모래알' '쥐어짜는'. '찬 사람의 마음' '홀어멈' '울음 울고' '나그네의 시름' 같은 말들로 보아 많이 외로워했던 것 같다. 그러나 이 '압천'이란 강 이름이 훗날 윤동주 시인 때문에 슬픔의 상징으로 다가올 줄 누가 알았으랴.

시모가모압천 경찰서를 확인하고 이내 윤동주 교토 하숙집 터로 이동하였다. 경찰서에서 10분 정도 가까운 거리였고, 윤동주가 7월 14일 체포될 때까지 약 10개월 머문 하숙집인 타케다武田아파트

우지 강은 강심이 깊고 물살이 세다. 이 위험한(?) 강물 물살을
거스르며 힘차게 놀고 있는 청둥오리 떼를 만났다. 이 청둥오리에서
시대의 압박에도 굴하지 않은 청년 윤동주를 떠올렸다.

터다. 당시 70여 명의 조선유학생이 하숙하던, 제법 규모가 큰 하숙집이었다. 현재 교토조형예술대학 다카하라高原 분교 건물이 들어서 있으며 '윤동주 유혼의 장소'라는 기념 표지석이 세워져 있다.

윤동주의 교토 하숙집 터에서 다음 방문 장소는 우지 강이다. 우지 강은 윤동주 시인의 마지막 흔적이 남아 있는 장소다. 우지 강으로 가는 도중 마트에 들러 70송이의 국화꽃을 사서 버스에 실었다. 우지 강 아마가세 구름다리 위에서 윤동주를 기리는 작은 행사를 하는 한편 '일본유학생 윤동주'와 아름다운 작별을 하기

일본 교토 도시샤대 캠퍼스에 있는 윤동주 시비는 1995년 건립되었다. 윤동주 시비를 방문하는 김에 윤동주 시비 옆의 정지용 시비, 시모가모 경찰서와 교토 시절 윤동주 하숙집 터, 그리고 마지막 촬영지 우지강 아마가세 구름다리를 잇는 '윤동주 투어' 코스를 여행하는 한국인 방문객들이 해마다 늘고 있다.

윤동주가 하숙했던 다케다아파트 터는 현재 일본조형미술대가 들어서 있다. 이 학교 건물 앞에 '윤동주 유혼의 터'라는 작지만 가치 있는 윤동주 시비가 세워져 있다.

윤동주 시비 뒷면에는 "윤동주는 KOREA의 시인"이라는 것, "1917년 12월 30일 출생했다"는 것, "1942년 일본에 유학 왔다는 것" "1943년 7월 14일 체포, 1945년 2월 16일에 죽었다는 것"과 "기독교 신앙에 근거한 시를 썼다"고 적혀 있다.

위해서였다.

40여 분만에 우지宇治역을 지나면 '아마가세 댐'이라고 표시된 방향 표지판이 나오고 이 표지판을 따라가면 우지 강이다. 마을을 지나 2킬로미터 남짓 왼쪽으로 우지 강을 끼고 걸었다. 길은 나무데크로 조성된 걷기 편한 길이다. 아마가세 구름다리는 댐이 바라보이는 지점에 있다. 이 다리에서 찍은 윤동주 사진을 야나기하라 야스코 시인이 오래 전에 '현대문학'에 사진과 함께 글을 기고함으로써 알려졌다. 이곳이 바로 윤동주 최후의 사진촬영 장소이다.

한국에서 단체로 이곳을 방문한 시인들은 윤동주 시인이 그때 한 것처럼 아마가세 구름다리의 로프 난간을 배경으로 사진을 찍은 다음 윤동주 시인과 작별하는 작은 퍼포먼스를 했다. 손영란 목사가 추모기도를, 허형만 시인이 「또 다른 고향」시 낭독을, 이청옥 서예가가 본인이 쓴 캘리그라피를 펼쳤고, 이근배 시인이 선창으로 「서시」를 한 구절씩 외치자 모두들 따라 외쳤다. 그리고 마지막으로 난간을 부여잡고 우지 강 급류 위로 국화꽃을 투화投花하는 의식을 진행하였다. 한 송이 두 송이…. 겁나게 무서운 속도로 흐르는 우지 강 강물 위로 꽃은 떨어졌다. 그 꽃에 우리는, 우리 마음속에 윤동주가 한 송이 꽃으로 늘 살아 있으라는 염원을 담았다.

삼형제는 모두 시인이었다

윤동주 5

맏아들 윤동주–둘째아들 윤일주–막내아들 윤광주

윤동주(1917~1945) 시인 남동생으로는 둘째 윤일주(1927~19 85)와 막내 윤광주(1933~1962)가 있다. 이 3형제가 모두 다 시인이었다. 맏형 윤동주는 우리나라 사람들이 제일 좋아하는 시인이고, 둘째 윤일주는 평생을 성균관대 건축학과 교수로 봉직하였지만 시인으로도 단단한 입지를 다졌다. 막내 윤광주는 해방 후 한국으로 내려오지 못하고 그곳에 남아 두 형과 마찬가지로 시인으로 활동하였다.

이 3형제는 유전학적으로 문학에 관한 탁월한 재능을 지닌 사람들이었다. 안타까운 것은 다들 너무 일찍 세상을 떠났다는 사실이다. 윤동주 시인은 1945년 29세의 나이로 일본 후쿠오카 감옥에서 옥사했고, 둘째 윤일주 시인은 간암으로 1985년에 58세 때 세상을 떠났다. 또한 막내 윤광주 시인은 1962년 폐병으로 연변에서 30세의 나이로 요절하였는데, 안타깝게도 아직도 묘지를 찾지 못하고 있다.

윤동주는 현재 우리나라 사람들이 제일 좋아하는 시인이다. 일제강점기의 암울한 현실 속에서 민족에 대한 사랑과 독립의 절절한 소망을 「하늘과 바람과 별과 시」에 견주어 노래한 저항시인이요 민족시인이다. 비록 독립투쟁의 최전선에서 총과 칼로 싸운 적은 없지만 자신만의 열렬한 시 정신으로 무장하여 어느 독립투사 못지않게 자신의 한 몸을 민족의 재단에 제물로 바쳤다. 한때 윤동주 시인의 독립정신에 대해 일부 사실이 왜곡되고 과소평가된 적도 있었다.

윤동주는 어릴 때부터 유순하고 눈물이 많았다. 동갑내기 고종사촌 송몽규와 문익환 목사는 명동소학교 동기동창들이었다. 이들은 모두 문학적 재능이 많았다. 특히 윤동주는 소학교 5학년 때 자신의 원고를 모아 편집해서 '새 명동'이라는 잡지를 등사판으로 발간하기도 했다.

윤동주의 아명은 '해처럼 빛나라'는 뜻으로 아버지가 '해환海煥'으로 지었다. 아버지 는 자식들 이름에 '해' '달' '별'을 차례로 붙여, 윤동주의 아우인 일주에게는 '달환達煥' 갓난애 때 죽은 동생에게는 '별환'이라는 아명을 지어 주었다.

윤동주는 재주가 많았다. 학교에서 교지 편집도 했으며, 축구선수로도 활동을 했다. 동생 윤일주는 "옷맵시를 내느라 혼자 재봉틀을 돌리기도 하였고, 교내 웅변대회에 나가 1등상을 받기도 했고 문학적 취향에 걸맞지 않게 기하학에도 흥미를 보이는 등 활기찬 학창생활을 보냈다"고 형을 회상했다.

우리 아기는
아래 발치에서 코오코올

고양이는
부뚜막에서 가릉가릉

아기바람이
나뭇가지에 소올소올

아저씨 해님이
하늘 한가운데서 째앵째앵.
―윤동주의 시 「봄」 전문

1935년 10월 평양의 숭실중학교 청년회 발행 '숭실활천'에 실린 시 「공상」은 최초로 활자화된 윤동주 시인의 작품이다. 1936년 1월 윤동주는 조선총독부 당국이 신사참배 명령을 거부했다는 이유로 선교사 출신 교장 윤산온尹山溫을 파면하자 학생들의 항의 시위로 학교가 무기휴교에 들어가 문익환과 함께 용정으로 돌아와 광명학원 중학부 4학년에 편입한다. 이 무렵 윤동주는 정지용鄭芝溶의 시, 특히 동시에 심취해 새로운 시 세계에 빠져든다.

윤동주 묘소에 모인 형제들. 맨 왼쪽은 훗날 여동생 윤혜원의 남편이 되는 오형범, 그 옆은 광주, 묘비 다음에 있는 소녀가 윤혜원이다.

그 후 연희전문에 입학한 윤동주는 한글학자 최현배 교수를 스승으로 모시게 된다. 누구보다 최현배 교수의 강의를 열심히 들었으며 그에게서 많은 영향을 받았다. 윤동주와 연희전문 입학 동기인 유 영 시인전 연세대학교 영문과 교수은 "동주가 얼마나 '우리말본' 강의를 열심히 들었던지, 항상 앞자리에 앉곤 하던 동주의 모습이 지금도 눈에 선하다."고 밝혔다. 또한 윤동주와 하숙을 함께 했던 정병욱 전 서울대학교 교수는 생전에 "동주의 한글에 대한 애착과 흠모의 정은 대단했다. 방학 때마다 고향에 가면 연희전문 자랑을 하는 가운데 특히 한글을 배울 수 있어 기쁘다는 말을 누구에게나 떳떳이 말하곤 했다."고 회고했다.

민족주의 경향을 띤 윤동주의 시 대부분이 연희전문 시절 씌어졌다는 것은 결코 우연이 아니다. "자기를 구하려거든 먼저 민족을 구하라."고 강조하던 최현배 교수의 영향이 윤동주의 시어와 시 정신에 고스란히 새겨진 것이다.

윤동주가 연희전문에 입학한 1938년은 일제가 '국가총동원법'을 조선에도 적용해 한민족 전체를 전시 총동원 체제의 수렁으로 몰아넣던 시절이다. 당시 윤동주를 포함해 모든 학생들의 고뇌와 번민은 더욱 깊어갈 수밖에 없었다. 윤동주는 그때 대학 기숙사를 나와 하숙생활을 시작하면서 그동안 써왔던 동시 쓰기는 사실상 중단했다. 어릴 때부터 써온 동시에는 평화를 지향하는 순수성이 가득했지만 연희전문 재학 시절은 일제강점기의 암울하고 마냥 어두웠던 암흑 같은 절망의 시대나 다름없어 동시로는 그 현상을 표현할 수 없었기 때문이었다.

둘째 윤일주는 1927년생으로, 형 윤동주와는 열 살 차이이다. 만주의 간도성 용정가龍井街 공립 홍중弘中소학교, 만주 광명光明, 영신永信중학교를 졸업하고 만주에서 의과대학을 다니기도 했다. 해방이 되자 1946년 대학 진학을 위해 두만강을 건너 남한으로 내려와 서울대 공대 건축학과에 입학했다. 서울 공대 졸업과 동시에 해군에 입대해 장교로 근무했다. 해군 장교 시절인 1955년에 종합 문예지 '문학예술'에 두 차례에 걸쳐 「설조雪朝」와 「전야前夜」가 추천되어 시인으로 데뷔했다. 그러나 군 복무할 때는 동안 열정적으로 이어지던 시 창작이 대학 강단으로 옮긴 후부터 중단되었다. 그래서 평생 그가 시를 쓴 기간은 20년 정도 되지만 작품 수는 65편,

과작이었다. 그의 시에서 자주 눈에 띄는 소재는 고향과 가족에 관한 회상이었다.

1995년 '신동아' 2월호에 윤동주 누이동생 윤혜원 씨 인터뷰가 실렸다. 윤혜원 씨는 그 무렵 오스트레일리아에 살고 있었다. 윤혜원 씨는 "우리 일주가 한평생을 건축가와 대학교수로 살았지만 사실은 국민학교에 들어가기 전부터 동시를 썼어요. 그건 순전히 동주 오빠의 영향이라고 봐야겠지요. 동주 오빠는 열 살이나 아래인 일주를 아주 좋아했어요. 그래서 일주에게 동시 짓는 법을 가르쳤지요. 「아우의 초상」과 「오줌싸개 지도」 두 편은 일주를 모델로 한 시지요."라고 회상했다.

윤일주도 형 윤동주처럼 유고 동시집 한 권을 남겼다. 윤동주의 시집 『하늘과 바람과 별과 시』 초간본을 발간했던 정음사에서 1987년 『민들레 피리』라는 제목으로발간한 것이다. 윤일주 동시집은 윤일주의 장남 윤인석성균관대학 건축학과 교수의 힘으로 이루어졌다. 윤인석 교수는 동시집 뒷부분에 다음과 같이 후기를 썼다. "큰아버지가 돌아가신 후에 저희 아버지께서 그 작품들을 모아 시집 『하늘과 바람과 별과 시』를 엮어 내셨듯이 이젠 저희 형제들이 아버지의 동시들을 정리하여 『민들레 피리』를 엮게 되었으니 유고집으로 시를 세상에 알리는 것이 두 분의 운명이었는지도 모르겠습니다. 큰아버지의 「아우의 초상」 「오줌싸개 지도」와 아버지의 「빨간 자전거」 「민들레 피리」를 보면 형으로서 동생에게 보내는 애정어린 눈길과 "언니, 언니" 하며 형의 뒤를 쫓아다니던 형제분들의 어렸을 적 모습을 그려 볼 수 있습니다."

햇빛 따스한 언니 무덤 옆에
민들레 한 그루 서 있습니다.
한 줄기엔 노란 꽃
한 줄기엔 하얀 꽃

꽃은 따 가슴에 꽂고
꽃씨는 입김으로 불어 봅니다.
가벼이 가벼이
하늘로 사라지는 꽃씨

―언니도 말없이 갔었지요
눈 감고 불어보는 민들레 피리
언니 얼굴 환하게 떠오릅니다.

날아간 꽃씨는
봄이면 넓은 들에
다시 피겠지
언니야, 그때엔
우리도 만나겠지요

―윤일주의 시 「민들레 피리」 전문

윤동주 바로 밑의 동생 일주. 유명한 건축학자이며 아동문학가이다. 특히 국교가 없는 탓에 고향 용정을 가 볼 수 없었던 때 일본인 교수 오무라 마스오가 중국 간다는 소식을 듣고 일본 도쿄에서 그를 만나 기억을 더듬어 작성한 묘지 위치 등 자료를 주면서 윤동주 묘를 꼭 찾아달라고 부탁했다. 덕분에 윤동주 묘소를 찾을 수 있었다.

지난 2004년에 다시 윤일주 시집 『동화』가 출간되었다. 1,2부로 나뉜 시집에는 모두 65편의 시가 실려 있다. 1부 수록 작품은 서울대에서 건축공학을 전공하고 해군 장교로 20여 년간 복무할 때 쓴 시다. 2부 수록 동시 31편은 1987년 출판한 동시집 『민들레 피리』를 다시 묶은 작품이다.

여름내 소를 이끈 할아버지와
꼴망태를 맨 손주가
다정스레 오르고 내리던 길.

오늘
손주는 목메어 흐느끼며
상여에 뒤따라 오르고,

하늘 비낀 눈망울을 꿈벅이며
새김질 하며
황소는 풀밭에 저만치 서 있고
–윤일주의 시 「언덕길」 전문

앞에서 말한 대로 윤일주의 시에서 특히 두드러진 내용은 '고향과 가족에 관한 회상'이다. 1947년에 씌어진 「언덕길」에는 할아버지 장례식 풍경이 잘 나타나 있다. 이 시를 보면 소가 등장하는데, 소도 가족의 일원처럼 생각하고 있다. 또한 다음 소개하는 「망향」을 보면 땅이나 밭고랑까지도 의인화하여 표현하였는데, 이것은 그 시절 우리들의 생활이 농경과 밀접했기 때문일 것이라고 평론가들은 평가하고 있다.

푸른 하늘이 멀리 국경을 넘어가고
송이와 송이 서로 부닥치며 휘감겨
눈보라를 일으키던 먼 하늘가,
이제 종달새 울음 넘쳐흐르며

대지의 가슴으로
사래 긴 이랑들
늑골처럼 휘어져 뻗는데

어느 이랑 끝에서
아버지는 또 소를 돌려 세우시는가

하늘, 저 깊은 곳에서
아스라이 들려오는 정다운 메아리,

뒷산 어느 바위에 서서
그리운 아이들이 노래 부른다
진달래를 꺾으며 흥얼거린다.
―윤일주의 「망향」 전문

시심詩心은 동심과 상통한다. 어느 평론가는 "시는 심정의 서술만으로는 현대시가 되기 어렵다. 윤일주의 시가 심정의 시이면서도 진부한 서정시가 아니라 세련미를 갖추고 있는 것은 언어의 그림, 즉 시각적 이미지의 제시라는 기법을 사용하고 있기 때문"이라며 윤일주는 타고난 시인이라고 평가했다. 그러면서 "윤일주의 시가 이처럼 평가 받는 데는 형 윤동주와 같은 유전자가 흐르기 때문"이라는 것이다.

윤일주는 시인으로서도 활동을 했지만 건축학 교수로도 두드러진 활동을 했다. 군에서 전역한 후 부산대학교 교수로 재직할 때부터 '한국 근대 건축사' 연구에 심혈을 기울이기 시작해 「1910년 이전의 부산의 양풍건축」과 「부산상품진열관현 저금관리국 건축에 대한 사적 고찰」이란 논문을 발표하면서 명성을 높였다. 그의 연구 업적을 대표하는 저서라고 할 수 있는 『한국양식건축80년사』는 한국 건축계의 가장 훌륭한 저서 중 하나로 꼽히며 학계에 큰 영향을 끼쳤다. 많은 건축인들이 현대 건축을 향해 앞을 다투던 시절, 그는 한국의 근대 건축 역사를 수집 정리한 것이다.

건축사에 대한 인식이 대체로 전통 건축사에 한정되고, 도시가 현대화되고, 개화기 이후의 건축들이 대부분 철거되던 시기에 그는 한국 근대 건축뿐만 아니라 개화기와 식민지기의 건축가들에게 관심을 기울여 그들의 업적을 발굴해냈고, 특히 그들이 건축사에 끼친 영향을 부각시킨 작업을 한 것이다.

막내 윤광주는 1933년생으로, 맏형인 윤동주보다 열여섯 살이나 어리고 둘째형 윤일주보다 여섯 살이 어리다. 막내 광주는 큰

형의 학업 때문에 늘 떨어져 살았다. 윤동주는 1945년 2월 세상을 떠났고, 1946년에는 둘째형 윤일주가 두만강을 건너 남한으로 내려왔다. 그리고 1948년 할아버지 윤하현과 어머니 김 룡마저 세상을 떠났다. 게다가 누나 윤혜원과 매형 오형범도 1948년 12월 남한으로 내려왔다. 결국 만주 용정에 남은 건 아버지윤영석와 광주 두 사람뿐이었다. 광주의 나이 열여섯 살 때였다. 2년 뒤인 1950년에 윤광주는 폐결핵을 앓기 시작해 1962년 11월 30일, 서른 살의 젊은 나이에 가엾게도 용정에서 사망했다.

윤광주는 당시 가난과 질병으로 대학진학은 꿈도 꾸지 못했다. 하지만 어려운 상황에서도 독학으로 공부를 했으며 연변 문단에 시인으로 그 이름을 올렸다. 연변 조선족 김성휘 시인은 "윤광주는 형인 윤동주의 영향을 받아 문학에 대한 신념을 굳히고 시를 쓰는 것을 문중門中의 일로 간주하였으며 시문학에 열심이었다." 고 말하면서 "윤광주는 마지막까지 윤동주 동생이라는 말을 하지 않았다."고 덧붙였다. 물론 윤광주 생전에는 용정의 문인들 대부분이 윤동주가 어떤 시를 쓴 시인인지, 윤동주의 존재 자체조차 모르고 있었던 까닭도 있었을 것이다. 그런 점에서 윤광주가 먼저 '시인'으로 대접을 받은 셈이었다.

윤광주는 1954년 6월 시 「그때면 알겠지」를 '연변문예'에 발표하면서부터 연변 문단에 데뷔하였다. 그 후 1955년부터 1962년 죽을 때까지 작품 활동을 계속했지만 그리 많은 작품을 발표하지는 못했다. 일찍 병사한 데다가 대다수 작품들이 유실되어 지금은 고작 10여 편의 작품만 남아 있을 뿐이다.

중국 길림성 출신으로 현재 절강 월수외국어대학에서 한국어과 부연구원으로 근무하고 있는 리광인은 문학평론집 『시인 윤동주 인생 여정 연구』에서 윤광주를 이렇게 소개하고 있다.

윤광주는 불행한 현실 앞에 머리를 숙이지 않고 집에서 휴양치료를 받으며 만형 윤동주가 남긴 숱한 문학서적을 읽으며 시 공부에 몰두하였다. 1954년에 '연변문예' 6월호에 처녀 시 「그때면 알겠지」를 발표하였다.

방풍장속 병합성육모
싱싱 푸르게 자랐네
하루는 웃마을 총각
모판을 돌아보고선
누가 가꾸었는지 잘 자랐다. 칭찬이지요

그 총각을
구모범대회 때마다
늘 만났지마는
만날 적마다
웬일인지
수줍어 얼굴 붉어지고
가슴만 설레었는데….

아이참! 이걸 어쩌나요
나더러 종합성육모 가꾼
이야기를 해달라지요

글쎄 어쩔 수 있나요
뛰는 가슴 진정시켜
그 총각께 얘기했더니
그 총각
벙긋 웃으며 하는 말이
그 솜씨 부럽다오
그러면서
배나무 주렁주렁 열매 맺을 때
과수원에 구경 오라지요

그러니 가볼 수밖에
이렇게 자주 만나면
그 총각도 내 마음
알아줄 테지!

–윤광주의 시 「그때면 알겠지」 전문

용정 윤동주 묘 옆에 있는 비문이 마음을 아프게 한다. 2003년 호주에 살고 있던 윤동주 여동생 혜원이 만든 비문으로 내용은 이렇다. "시인의 조부, 조모, 아버지, 어머니, 아우 광주 – 이 동산 어딘가에 잠들어 계시지만 묘소를 찾지 못함을 아쉬워하며 누이 혜원, 조카 인석, 인하, 경 새김"

윤광주의 처녀작 「그때면 알겠지」는 대번에 조선족 시단의 주목을 받으며 그 시기 조선족 시단의 '사랑 시'의 대표작으로 떠올랐다. 지난 세기 1950년대 중반기는 전국적인 농업합작화의 열기와 생산수단 사유제 개조를 완수하던 시절이어서 시인들은 너도 나도 농촌과 도시의 새로운 현실, 농민들의 약동하는 생활에 대한 감정, 새 시대 청춘사업을 서로 그려내기 시작했던 것이다.

윤광주의 사랑 시를 보면 약동하는 새 농촌의 생활을 잘 그리고 있다. 세련된 감정적 승화보다는 서술적인 생활이야기를 담고 있는 약점을 보이기는 하지만 그것은 어디까지나 진심의 발로여서 진실하고 소박하다는 평가다.

산기슭에 진달래 한창 붉으려만
산봉우리를 깔고 앉은 황량한 고원
꽃샘도 오르기 힘겨워 꽃눈 못 트는가
뭉게 치며 밀려온 떼구름은 심술궂어
윙윙 눈보라 실어와 상고대 일군다.

이제 봄은 겨울로 뒷걸음 치는가,
아니 봄은 진달래 가지에 물기 뿜었나니
워라, 마라! 땅 가는 이 고고성은
눈보라와 싸우는 자랑의 음향!
보라, 서걱서걱 보습 끝에 언 흙이 뒤채인다.

누르른 메풀을 뒤엎고 돌아누운
건실하게 펴져가는 허허벌판을
어찌 보습으로만 갈았다 하랴!

개간대 젊은이의 끓는 숨결이
눈보라를 녹이고 대지를 덥혔나니,

보드라운 흙밭은 찹찹히 발목에 감기며
담담한 흙냄새는 가슴을 안온히 친다.
진달래 붉게 피여서만 봄이런가?
마음에 봄 가꾸는 젊은 힘 뻗쳐
앞당긴 봄이, 봄이 더욱 좋다!

—윤광주의 시 「고원의 새봄」 전문

윤광주 시인의 누나 윤혜원 씨는 인터뷰에서 동생 광주에 대해 이렇게 말했다.

연변대학교 권 철 교수의 소개로 만난 광주의 친구와 광주보다 열 살 아래쯤 되는 남정하 이송덕 씨에게서 광주가 살아 있을 때의 이야기를 들었습니다. 광주는 시 외에도 희곡을 두 편 정도 썼다는 사실을 확인했습니다. 연극의 줄거리는 심 훈의 「상록수」나 이광수의 「흙」과 비슷했나 봐요. 이상촌을 꿈꾸는 젊은이들의 이야기지요. 거기까지는 괜찮았는데 그 다음이 문제였어요. 광주가 글쎄, 자기 연극의 주인공처럼 살아 보겠노라고 고산지대로 갔다는 거예요.

윤광주는 험준한 지역을 개간해서 새로운 농지를 만들겠다며

병든 몸을 이끌고 '청년개간대'의 대장으로 활동하였다. 하지만 이 사업은 결국 실패로 끝나고 말았다. 몸을 마구 굴려댄 광주가 병마를 이기지 못하고 숨진 이유도 무리한 개간작업이 원인이었다. 지난 1979년 9월 중국 연변 인민출판사에서 발간한 『선시집』에 실려 있는 다음과 같은 내용이 그 사정을 말해 주고 있다.

윤광주 동무는 중학을 졸업한 뒤 평두산 청년개간대에 참여했으며, 그 후 줄곧 농촌에 있으면서 많은 서정시들을 썼다. 「아침합창단」은 1962년 그가 병으로 사망하기 직전에 남겨놓은 마지막 시편이다.

윤동주 연구가로 잘 알려진 일본의 오무라 마스오大村益夫 교수가 평론서 『윤동주와 한국문학』2001년 소명출판에서 윤광주 시인에 대해 언급한 내용을 하나 더 첨부한다. 오무라 교수는 "서정시인으로서 본질적으로 동주와 일주는 같은 동시의 세계를 갖고 있었으나 광주는 사회주의 중국의 사회구조 속에서 충분히 개성을 발휘하지 못했던 것 같다." 오무라 교수의 지적처럼 윤광주 시인은 중국이라는 공산주의 체제를 잘 적응하지 못해 힘든 삶을 영위한 것으로 보인다.

윤광주 시인이 발표한 사랑 시 「쓰지 못한 사연」한 편을 더 공개한다.

웬일인지 그 처녀

내 마음에 파고만 들어
못내 그리워 속만 태우는데….

사의 생산계획 토론하던 날
그 처녀 나에게
쪽지를 보내 왔다오.

가슴속 뒤설레어
화끈한 마음 다잡아
그 쪽지 펼쳤더니
그건… 그건
사랑의 사연도 아닌 도전서였다오

그 쪽지에 실팍진 처녀모습
한결 싱싱하고 풍산 위한 참된 마음
샘물처럼 솟구쳐 흐르네

나의 젊은 힘
거기 함께
굽이쳐 흘러

단란한 집단농장
힘 다해 이룩하려

처녀에게 응전서 보냈다오
하지만 응전서에
쓰지 못한 사연
하나 있다네

그것은, 그것은
사무치게 그리운 이 마음을….
그래도 난 참겠노라

구슬땀 흘려서
오곡이 물결칠
풍년가 부를 때

마음속에 그 한 사연
고스란히 처녀에게
전하리라.

「윤동주와 한국 근대문학」
오무라 마스오 저작집 1권.
오무라 마스오 교수는 윤동주 묘를
찾아낸 일본인 한국문학
연구가이다.

한글과 한국을 사랑한 키워드는 바로 "윤동주였어요"

이바라기 노리코

"한국인들을 볼 때마다 굳고 맑은 결정처럼 단단하고 굳센 사람들이라고 느낄 때가 많은데, 모국어를 향한 마음이 그 중심적인 핵을 이루고 있는 듯하다."

한국을 한국인보다 더 존중하고 한글을 한국인보다 더 열심히 공부한 사람으로 유명한 일본의 이바라기 노리코茨木のり子 시인이 죽기 전에 한국의 한글날을 맞이하여 일본 신문에 기고한 글 속에 있는 말이다.

이바라기 노리코 시인은 지난 2006년에 별세하기 전 생전에 한 인터뷰에서 이렇게도 말했다. "일본 시는 희로애락 가운데 노怒가 없다. 그러나 한국시에는 그 노가 있다." 나는 이바라키 노리코의 이런 코멘트에 동감한다. 또 "일본에는 서정시인만 있다. 시인의 사회적 영향력도 한국에 비해 미약하다." 이 코멘트에도 동감한다. 일본 시인들을 향해 이렇게 거침없는 비판을 할 수 있는 이바라기 노리코의 시를 한 편 소개하는 것으로 글을 시작하자.

내가 가장 예뻤을 때
거리는 꽈르릉하고 무너지고
생각도 않던 곳에서
파란 하늘같은 것이 보이곤 했다

내가 가장 예뻤을 때
주위의 사람들이 많이 죽었다
공장에서 바다에서 이름도 없는 섬에서
나는 멋 부릴 실마리를 잃어버리고 말았다

내가 가장 예뻤을 때
아무도 다정한 선물을 바쳐 주지 않았다
남자들은 거수경례밖에 몰랐고
깨끗한 눈짓만을 남기고 모두가 떠나버렸다

내가 가장 예뻤을 때
나의 나라는 전쟁에서 졌다
그런 엉터리없는 일이 있느냐고
블라우스의 팔을 걷어 올리고 비굴한 거리를 쏘다녔다

이바라기 노리코(1926-2006)는 일본 오사카 출신의 시인으로, 제국여자약전(현 토호대학) 약학부를 졸업했다. 제2차 세계대전에서 일본이 패망한 후 일본인들의 무력감과 상실감을 담아낸 「내가 가장 예뻤을 때」란 시로 일본을 대표하는 여성 시인으로 자리매김했다. 윤동주 시인에 대해 관심을 갖기 시작하면서 한글을 배우기 시작했고, 한국을 사랑하게 되었고 한국문학 번역에도 많은 업적을 남겼다. 특히 일본의 극우파가 득세하는 현실을 신랄하게 비판한 시집 『기대지 말고』는 일본 사회의 반민주적인 현실을 고통스러워하는 독자들의 사랑을 받아 기록적인 베스트셀러가 되었다.

내가 가장 예뻤을 때
라디오에서는 재즈가 넘쳤다
담배연기를 처음 마셨을 때처럼 어질어질 하면서
나는 이국의 달콤한 음악을 마구 즐겼다

내가 가장 예뻤을 때
나는 아주 불행했고
나는 아주 얼빠졌었고
나는 무척 쓸쓸했다

때문에 결심했다 될수록 오래 살기로

나이 들어서 굉장히 아름다운 그림을 그린
프랑스의 루오 할아버지같이 그렇게…
–이바라기 노리코의 시 「내가 가장 예뻤을 때」 전문

1945년 일본이 제2차 대전에서 패전했을 때 이바라기 노리코의 나이는 열아홉 살이었다. 그 이듬해 그녀는 현재는 토호東邦대학으로 이름을 바꾼 제국여자약전帝国女子薬専 약학부를 졸업하였다. 말이 대학이지, 여학생들은 거의 모두 전쟁에 동원되어 해군 약 제조 공장에서 일하는, 이른바 '군국주의 정신대 소녀'들이나 다름없었다. 이 무렵부터 시를 쓰기 시작하였다. 그녀는 동인지 '카이櫂'를 창간하고, 1955년에 출간한 첫 시집 『대화』에 수록한 시에서부터 넘치는 상상력을 보여 주기 시작했다.

「내가 가장 예뻤을 때」는 이바라기 노리코의 대표작으로, 그녀가 32살 때 20대 처녀 시절을 회상하며 쓴 시다. 현재 일본의 국정 교과서에 실려 있다.

온 거리가 대공습으로 와르르 무너진 건물 안에서 천정을 보았을 때 '파란 하늘 같은 것'이 보였다는 증언으로 시작하는 이 시에는 죽어가는 사람들, 전쟁에 나가서 돌아오지 않는 남자들이 등장한다. 이 전쟁을 가리켜 시인은 '어처구니없는 일'이라고 단정 짓는다. 이는 남자도 흉내 내기 힘든 대담한 표현이다.

'비굴한 도시를 으스대며 쏘다녔다'는 표현처럼 그녀는 도시를 자유롭게 활보한다. 마지막 연에 나오는 루오 역시 뒤늦게 명성을 얻은 할아버지 화가이다. 루오처럼 뒤늦게라도 청춘을 즐기고 싶다는 역설적 표현을 통해 이바라기 노리코는 역경을 이겨내는 긍정적인 노래로 이 시를 승화시키고 있는 것이다.

이 시 뿐만 아니라 이바라기 노리코가 발표한 많은 시는 역사적인 어둠과 비극적 현장을 생생하고 분명하게 담고 있다.

예를 들어 보자.

이바라기 노리코의 시 「장 폴 사르트르에게」는 1923년 9월 1일에 발생한 관동대지진 당시 벌어졌던 조선인 학살을 증언한 시다.

(생략)

잘 안 되는 것은 모두 저놈들 탓이다

이바라기 노리코 대표 시집 『내가 가장 예뻤을 때』 한국어판. 2017년 스타북스.

조선 사람들이 대지진이 난 동경에서
왜 죄 없이 살해당했는지
흑인 여학생은 왜 칼리지에서 배우면 안 되는지
우리들조차 누군가가 잡은 총에
겨누어지고 있지 않은지
나에게는 한꺼번에 알 수 있는
연쇄적으로 일어나는 참혹한 사건의 가지가지가

사르트르 씨
나는 당신을 깊이 알고 있지 않다
유대인의 생태生態도 표정도 친숙하지는 않다
인간에 대한 전율이 또 하나 늘어났지만
여하튼 지금 있는 것은 순수한 하나의 기쁨!

현실의 수염이 이것 때문에
설령 조금도 실룩거리지 않는다고 해도
이것은 반드시 좋은 일임에 틀림없다
1947년 당신이 파리에서 집필한
유대인문제에 관한 고찰이
1956년
매일 아침 매일 아침 빨래를 만국기처럼 널고 있는
나의 생활 속에 다가왔다는 것은.

–이바라기 노리코 「장 폴 사르트르에게」 일부

이 시에서, '잘 안 되는 것은 모두 저놈들 탓이다'라며 일제 강점기 시절 유대인 못지않은 박해를 받아 온 한국인이 당한 아픔을 어느 누구보다도 뼈저리게 인식한 내용을 담았다. 그런데 이런 표현 속에도 패배주의적인 비장감이 없다. 오히려 낙관적이다. 밝다. 바로 이런 점 덕분에 전쟁의 풍경을 숨막히는 비극적 어둠으로 표현하는 다른 시인들과 달리 이바라기 노리코는 이 한 편의 시만으로도 전후시의 새로운 한 페이지를 열었다는 평을 얻는다.

일본의 한국 식민지 통치의 상흔을 묘사한 또 다른 시도 있다.

한국의 노인은
지금도 변소에 갈 때
조용히 허리를 일으키며
"총독부에 다녀올게"라고 말하는 사람이 있다는데
조선총독부에서 호출장이 오면
가지 않고는 못 배겼던 시대
어쩔 수 없는 사정
그것을 배설에 빗댄 해학과 신랄함
서울에서 버스를 탔을 때
시골에서 상경한 듯한 할아버지가 앉아있었다
한복을 입고
까만 모자를 쓰고
소년이 그대로 할아버지가 된 것 같은

순수함 그 자체의 인상이었다
일본인 여러 명이 선 채로 일본어를 조금 지껄였을 때
노인의 얼굴에 두려움과 혐오의 표정
획 달려가는 것을 봤다
천만 마디의 말을 쓰는 것보다 강렬하게 일본이 해온 짓을
거기에서 봤다

─이바라기 노리코의 시 「총독부에 다녀오다」 전문

일제 강점기 시절 한국인이 겪은 역사의 상흔과 아픔을 얼마나 잘 만져 주는 시인가. 목소리가 높지 않다. 조근조근 풍경 속의 작은 에피소드를 등장시키고 있는데도 실감이 난다. 조선총독부 식민지 통치 시절 한국인들이 겪었을 치욕을 생생하게 그린 시다.

이런 이바라기 노리코가 한글을 만난다. 남편과 사별한 후, 쉰 살 되던 해인 1956년에 이바라기 노리코는 자기 치유의 한 방법으로 한국어 공부를 시작한 것이다. "한국어에 대한 관심은 사실 열다섯 때부터 있었다."고 고백한 그녀는 김소운수필가 씨가 이와나미岩波문고에서 펴낸 『조선민요선』을 읽은 후, 그 속에 실린 한국어 단어들의 소박함과 유머 표현에 끌렸다. 이렇게 시작한 한글 공부는 10년 동안 계속 이어졌다. 그녀가 습득한 한글은 '한국인들이 쓰는 언어' 이상이었다. 한글은 그녀의 표현을 빌자면 '마치 뜨개질 기호 같은 문자'였고 '그 울림이 낭랑하고 아름다운 언어'였다. '바람둥이' '공부벌레' '치맛바람' '땅꾼' 같은 기발한 명사에 놀라

는 한편, '과부 사정은 과부가 안다' '구관이 명관이다' '밤새도록 울다가 누가 죽었느냐고 묻는다'는 식의 한국 속담의 표현력에도 감탄하였다. 한국인의 독특한 '멋'도 그에게는 흥미진진한 탐구 대상이었다. 한국인의 행동에 나타난 '멋'을 그녀는 '장난기와 우스꽝스러움, 박력과 세련미가 미묘하게 혼합된, 복합적인 양식'으로 해석하기도 하였다.

그렇다면 그녀가 한국에 끌린 가장 큰 이유는 무엇이었을까? 도자기 애호가였던 할머니가 "조선에 가고 싶다. 조선에 가고 싶다."고 입버릇처럼 말하는 것을 듣고 자란 때문이었을까? 한글을 공부하면서 그녀는 한국의 미술품을 사랑했던 미술평론가 야나기 무네요시柳宗悅의 『조선과 그 예술』에 감동 받기도 했다.

이바라기 노리코의 한국어 학습은 날이 갈수록 깊어지다가 마침내 한국 문화 전반으로 깊고, 넓게 파고들어갔다. 한국인의 눈에는 별로 특별할 것도 없는 사소한 풍경도 그녀에게는 하나의 문화적 신호등으로 다가왔다. 예를 들면, 한국 식당에서는 일본과 달리 깨지기 쉬운 자기 그릇이 아닌 스테인리스 식기가 유행하는 데서 외세 침략에 시달렸던 한반도 역사를 발견해내고, 할머니들이 모여 앉은 농촌에서는 그분들의 존댓말 사용에 대한 배경을 읽곤 하였다.

이바라기 노리코 시인이 한글의 세계에 푹 빠져 지은 시 한 편을 소개한다. 1982년에 펴낸 시집 『촌지寸志』에 실려 있는 시다. 제목은「이웃나라 말의 숲」이다. 그녀가 한글과 윤동주를 얼마나 동경하고 있는지 잘 보여 주고 있다.

숲속으로 깊숙히
가면 갈수록
나뭇가지 엇갈리며 더욱 깊숙해져
외국어의 숲은 울창해 있다
한낮이면서 역시 어두운 오솔길 혼자서 터벅터벅

구리栗는 밤
가제風는 바람
오바케는 도깨비
헤비蛇 뱀
히미츠秘密 비밀
기노코茸 버섯
무서워 고와이

첫머리 언저리에선
신명나게 떠들어댔다
뭐든지 신기해
명석한 표음문자와 맑디맑은 울림에
히노 히카리 햇빛

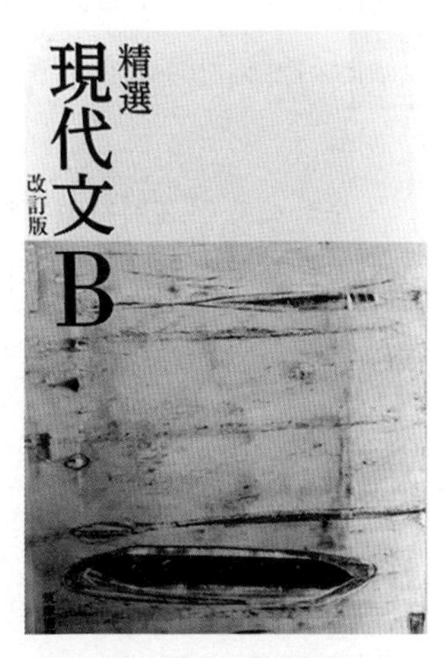

일본 고등학교 현대문 교과서(치쿠마쇼보 발행)에는「하늘과 바람과 별과 시의 시인 윤동주」라는 제목으로 윤동주의 대표적인 시 4편과 해설이 실려 있다. 이 글의 필자는 이바라기 노리코 시인. 이 교과서를 통해 해마다 146개 일본 전국 고등학교 약 46,000명의 학생들이 윤동주를 배우고 있다.

우사기 토끼

데타라메 엉터리

아이愛 사랑

기라이 싫어요

다비비토旅人 나그네

세계지도 위 이웃나라 조선국에

검디 검도록 먹칠해가면서 이 가을바람 듣네

타쿠보쿠의 명치 43년의 노래

일본어가 예전에 내차버렸던 이웃나라 말

한글

지우려 해도 결코 지워 없애지 못한 한글

용서하십시오 유루시테 쿠다사이

땀 뚝뚝 흘리며 이번에는 이쪽이 배울 차례이지요

어떠한 나라의 언어에도 끝내 굴복하지 않았던

굳센 알타이어족 하나의 정수에

조금이나마 가까이 가고 싶어

모든 노력을 기울여

그 아름다운 언어의 숲으로 들어가고 있지요

왜놈의 말예末裔인 나는

긴장을 놓고 있으면

순식간에 한恨이 담긴 말에

잡아먹힐 듯한
그런 호랑이가 확실히 숨어 있는지도 모른다
그렇지만
옛날 옛적 오랜 옛날을
호랑이가 담배 피우던 시절이라고
입버릇처럼 말하는 우스꽝스러움도 역시 한글만의 즐거움

어딘가 멀리서
재잘거리며 떠드는 소리
노래
시치미 딱 떼고
엉뚱한 소리를 해댄다
속담의 보고이며
해학의 숲이기도 하고

대사전을 베개 삼아 선잠을 청하면
"자네 들어오는 것이 너무 늦었어"라고
윤동주尹東柱가 다정하게 나무란다
정말 늦었다
하지만 어떤 일이든
너무 늦었다고 생각지 않기로 했지요
젊은 시인 윤동주
1945년 2월 후쿠오카 형무소에서 옥사

그것이 당신들에겐 광복절

우리들에겐 항복절인

8월15일을 거슬러 올라가면 겨우 반년 전이었을 줄이야

아직 교복을 입은 채

순결만을 동경하는 듯한 당신의 눈동자가 눈부시게 빛난다

-하늘을 우러러 한 점 부끄럼이 없기를

이렇게 노래하고

감연히 한국어로 시를 썼던

당신의 젊음이 눈부시고 그리고 애처롭습니다

나무 그루터기에 걸터앉아

달빛처럼 맑은 시 몇 편인가를

더듬거리는 발음으로 읽어보지만

당신은 조금도 웃어주지 않습니다

어쩔 수 없는 일이지만

앞으로

어디까지 더 갈 수 있을는지요

갈 수 있는 데까지

가다 가다가 쓰러져 병들어도 싸리 핀 들녘

–이바라기 노리코 시 「이웃나라 말의 숲」 전문

한글과 한국인, 한국 문화에 대한 사랑이 절절하게 배어 있지

않은가. 이 시는 '한글의 깊은 숲'으로 들어가는 어두운 오솔길부터 출발한다. 구체적으로 한글과 일본어를 하나씩 대비시키는 부분이 무척 재미있다. 일본어와 한국어를 모두 아는 독자들에게는 무척 흥미로운 구절이다. 시의 중반에 이르러 일본 군국주의가 한글을 없애려는 구절이 등장하면서 숙연한 분위기가 감돌기 시작한다. 그리고 숲속에서 윤동주가 등장하여, 화자와 대화를 나눈다. 윤동주는 시인이바라기 노리코에게 "늦었다"고 말을 건다. 이 말은 시인이 자신에게 스스로 던지는 자책감이다.

이바라기 노리코 시인이 1986년에 출간한 에세이집 『한글로의 여행』에서 한글 공부하는 과정을 설명하고 있다. 일본인들은 영어나 불어를 공부하고 있다면 운전을 배우는 것처럼 당연하게 보지만 한국어 공부를 시작한 그녀에게는 다들 "왜 하필 한국어를?"이라는 반응을 보이며 동기를 궁금해 했는데, 그때마다 그녀는 명쾌하게 대답했다고 썼다.

"이웃나라 말이잖아요." 그것은 바로 '한글'이었다.

『한글로의 여행』은 이전까지 한국을 방문한 일본의 지식인들이 쓴 한국여행기와는 아주 많이 달랐다. 그녀는 1976년부터 시작한 한국어 학습으로 익힌 언어 실력을 바탕으로 50대 후반의 나이에 혼자 한국을 여행한다. 책의 제목이 가리키듯이 그녀는 이 여행에서 한국어의 매력에 대해 언급하면서 여행 중에 있었던 많은 에피소드를 공개하고 있다. 한국을 객관적으로 바라본 다른 일본 지식인들과는 달리 아주 따뜻한 시선으로, 적극적인 마음으로 한국인을 만나고 이야기했다.

이바라기 노리코는 이 여행을 통해 체험한 한국 문화와 풍속을 섬세한 감성으로 시로 쓰기도 했다. 모음에 달린 막대기가 하나인가 둘인가, 오른쪽을 보고 있는가 왼쪽을 보고 있는가, 위로 튀어나왔나 아래로 튀어나왔나, 그 작은 차이 하나로 발음도 의미도 완전히 달라지는 한글의 매력…. 그녀는 그런 힘이 일제 강점기 그 혹독한 조선어 말살 정책에도 끄떡없이 살아남은 저력이라는 데 감탄했다고 했다.

이바라기 노리코 시인의 한국어 공부를 도운 분은 홍윤숙 시인이었다. 홍 시인을 처음 만났을 때 홍 시인의 능숙한 일본어 실력에 놀라 미뤄두었던 한국어 공부에 더 열중하게 되었다고 고백했다. 홍윤숙 시인 댁을 방문한 적도 있었다. 다음에 소개하는 시는 바로 홍윤숙 시인 댁을 소재로 쓴 시일 것이다.

그것은 사람피부를 지니고 있는
부드러운 악수이고
낮은 톤의 소리이며
배를 깎아 주는 손놀림이며
온돌방의 따뜻함이다

시를 쓰는 그 여인의 방에는
책상이 두 개
답장을 써야 하는 편지다발이 산더미

왠지 타인의 아픔을 절실하게 느꼈다고

벽에는 늘어뜨린 커다란 곡옥이 하나

서울 장충동 언덕 위의 집

앞뜰에 감나무가 한 그루

올해도 주렁주렁 영글었을까

어느 만추

우리 집을 방문해 주었을 때

황량한 뜰의 풍정이 좋다고

유리문 너머 바라보면서 가만히 중얼거렸다

낙엽더미도 쓸지 않고

꽃은 시들어 있어

황량한 뜰이 주인으로서는 부끄럽지만

꾸밈이 없어 좋다던 객의 취향에 맞았던 것 같다

일본어와 한국어 짬뽕으로

지난날을 이것저것 얘기하며

나의 양심의 가책을 구제해주듯이

당신은 좋은 친구가 될 수 있다고 말해준다

솔직한 말씨

청초한 차림새

「한글로의 여행」 한국어판 표지.
뜨인돌, 2010년.

그 사람이 사는 나라
눈사태 같은 보도報道도 넘치는 통계도
그대로 삼키지 않는다
자기대로의 조정이 가능하다
지구의 여기저기서 이러한 일은 일어나고 있겠지
각자 경직된 정부 따위 내버려두고
한 사람 한 사람의 교제가
조그마한 회오리바람이 되어

전파는 자유롭게 덤벼들고 있다
전파는 빠르게 덤벼들고 있다
전파보다 느리기는 하지만
무언가를 낚아채고
무언가를 되던진다
외국인을 보면 스파이라고 생각하는
그렇게 교육받은
나의 소녀시대에는
생각지도 못한 일

—이바라기 노리코의 시 「그 사람이 사는 나라」 전문

에세이집 『한글로의 여행』에는 윤동주 시인에 대한 글도 실려 있다. 그녀는 윤동주 시를 좋아했지만 일본인들이 너무나 윤동주에 대해서 무관심하다는 데 대해 미안해했다. 특히 이 에세이집에 실려 있는 수필 「하늘과 바람과 별과 시의 시인 윤동주」를 치쿠마쇼보 출판사 편집국장이 우연히 읽고 감동하여 이 글을 고등학교 현대문 국정교과서에 11페이지에 걸쳐 싣게 된다. 이 수필에는 윤동주의 「서시」 「쉽게 씌어진 시」 「돌아와 보는 밤」 「아우의 인상화」 등 4편의 시와 이바라키 노리코 시인의 해설이 곁들여졌다. 이바라기 노리코 시인은 "윤동주는 일본 검찰의 손에 살해당한 것이나 다름없다. 그 통한의 감정을 갖지 않고서는 이 시인을 만날 수 없다"고도 해설에 썼다. 1990년 이후 치쿠마쇼보의 국정교과서로 146개 일본 고등학교에서 해마다 약 46,000명이 윤동주를 배우고 있다.

이번에 저(이바라기 노리코)는 (2006)년 (2)월(17)일 (지주막하출혈)로, 이 세상을 하직하게 되었습니다. 이것은 생전에 써 둔 것입니다. 내 의지로, 장례 영결식은 하지 않기로 했습니다. 이 집도 당분간, 사람이 살지 않게 되니, 조의품이나 꽃 따위 아무것도 보내지 말아 주세요. 반송 못하는 무례를 포개는 것뿐이라고 생각되니까. "그 사람이 떠났구나" 하고 한순간, 단지 한순간 생각해 주셨으면 그것으로 충분합니다. 오랫동안 당신께서 베풀어 주신 따뜻한 교제는, 보이지 않는 보석처럼, 나의 가슴속을 채워서, 광망을 발하고, 나의 인생을 얼마만큼 풍부하게 해 주신 건가…. 깊은 감사를 바치면서 이별의 인사말을 드립니다. 고마웠습니다.
2006년 3월 길일

이 하직 인사 글은 2006년 2월 17일 지주막하출혈로 별세한 이

바라기 노리코 시인향년 80세이 생전에 교유했던 지인들에게 미리 보낸 '하직 인사'다. 이바라기 노리코 시인은 이 글을 미리 적어서 인쇄해 두었다가사망 일자와 사인만 유족이 기입하게 하여 별세한 후 지인들에게 보내 달라고 조카부부에게 발송을 부탁한 것이다.

생전에 그녀를 아는 지인들과 언론계 인사들은 '과연 그녀다운 작별 인사'라면서 그녀의 아름다운 죽음을 추모하였다. 그녀의 부음訃音을 전하면서 일본 최대 일간지중의 하나인 요미우리신문은 2006년 2월 21일자 1면 칼럼 '편집수첩'에서 "시대에 뒤떨어져"라는 제목의 시 하나를 인용하면서 이 시인의 죽음을 애도하였다.

자동차도 없고
워드프로세스도 없고
비디오데크도 없고
팩스도 없고
퍼스콤이건 인터넷이건 본 적이 없다
그래도 특별한 지장이 없어
그렇게 정보를 모아서 뭐에 쓰는 건데?
그렇게 서둘러서 뭐 하게?
머리는 텅빈 채 말이야….

요미우리신문이 극찬한 전후 현대 일본 시단의 으뜸이었던 이바라기 노리코의 시를 한 편 더 읽어 보자.

바싹바싹 말라가는 마음을
남의 탓으로 돌리지 마라
스스로가 물주는 것을 게을리 하고서는
나날이 까다로워져 가는 것을
친구 탓으로 돌리지 마라
유연함을 잃은 것은 어느 쪽인가

초조함이 더해 가는 것을
근친近親 탓으로 돌리지 마라
무얼 하든 서툴기만 했던 것은
나 자신이 아니었던가

초심初心이 사라져 가는 것을
생활 탓으로 돌리지 마라
애초에 깨지기 쉬운 결심에 지나지 않았던가

잘못된 일체를 시대 탓으로 돌리지 마라
가까스로 빛을 발하는 존엄尊嚴의 포기

자신의 감수성 정도는 자신이 지켜라
바보 같으니라고

–이바라기 노리코의 시 「자신의 감수성 정도는 지켜라」 전문

이 상 시인이 1910년 태어난
생가 터는 서울 사직동 165번지.
현재는 풍림 스페이스본
아파트 1단지 옆 주택가 골목
입구이다. 당시 등기부 확인
결과 소유주는 이 상의
큰아버지 김연필이었다.

course 3

한국 현대시의 대표선수 이 상의 생애 특별한 장소

이상1

사직동 생가 터–통인동 이 상의 집–마루노우치 빌딩–일본대학 병원

이 상李箱은 천재시인이자 소설가, 빼어난 건축가였고 화가였을 뿐만 아니라 훌륭한 편집디자이너였고 명수필가였다. 그가 죽었다는 소식을 들은 김기림은 "한국문학이 50년 후퇴했다."고 탄식했다. 그만큼 충격이 컸던 것이다. 말하자면 "이 상은 한국문학의 영원한 결번缺番, 메꿀 수 없는 공석空席과 같은 존재"다. 그 이 상의 흔적을 지도를 더듬어가며 한 곳 한 곳 찾아다녔다.

이 상이 태어난 집은 서울 종로구 사직동 165번지이다. 지금 많은 사람들이 알고 있는 서울 종로구 통인동 154번지는 이 상의 큰아버지 집이다. 사직동 165번지를 현장 답사한 결과 현재의 도로명 주소는 경희궁 3길이다. 2008년 이 일대가 대규모 아파트 단지

로 재개발되면서 사직동 165번지는 아예 지번에서 사라지고 집터도 없어졌다.

1910년 당시 경성의 등기부 등본에 따르면 사직동 165번지 소유자는 이 상의 큰 아버지 김연필이었다. 이 상의 아버지 김연창이 수백 평이나 되는 통인동 154번지 형네 집에서 살다가 분가分家할 때 형 김연필은 사직동 집을 마련해 주기는 했지만 명의만은 자기 이름으로 해놓은 것이다. 바로 이 집터에서 1910년 이 상이 태어난다. 현재 사직동 165번지의 위치는 '풍림스페이스본' 아파트 1단지 옆 산비탈 자락, 골목 어귀가 있는 도로가로 추정된다.

13인의 아해가 도로로 질주하오.
(길은 막다른 골목 길이 적당하오.)

제1의 아해가 무섭다고 그리오.
제2의 아해도 무섭다고 그리오.
제3의 아해도 무섭다고 그리오.
제4의 아해도 무섭다고 그리오.
제5의 아해도 무섭다고그리오.
제6의 아해도 무섭다고 그리오.
제7의 아해도 무섭다고 그리오.
제8의 아해도 무섭다고 그리오.
제9의 아해도 무섭다고 그리오.
제10의 아해도 무섭다고 그리오.

제11의 아해가 무섭다고 그리오.

제12의 아해도 무섭다고 그리오.

제13의 아해도 무섭다고 그리오.

13인의 아해는 무서운 아해와 무서워하는 아해와

그렇게뿐이 모였소.

(다른 사정은 없는 것이 차라리 나았소.)

그 중에 1인의 아해가 무서운 아해라도 좋소.

그 중에 2인의 아해가 무서운 아해라도 좋소.

그 중에 2인의 아해가 무서워하는 아해라도 좋소.

그 중에 1인의 아해가 무서워하는 아해라도 좋소.

(길은 뚫린 골목이라도 적당하오.)

–이 상의 시 「오감도」 제1호 전문

현재의 풍림아파트 단지 쪽으로 내려오는 골목 어귀의 맨 아랫집 주소가 사직동 174번지인 것을 생각하면 165번지는 아파트 바로 앞 도로가가 맞다. 아파트 건너편 인왕산 능선이 흘러내리는 서울성곽 쪽에 아직까지 오래된 골목이 그대로 남아 있다. 이 상의 시 「오감도 제1호」처럼 좁은 골목에서 뛰어노는 아이들을 연상하는 게 어렵지 않다.

이 상은 세 살 때 통인동 154번지 큰아버지 집으로 '양자'로 들어간다. 이곳은 사직동 165번지에서 사직단 쪽 큰 길 하나 건너면

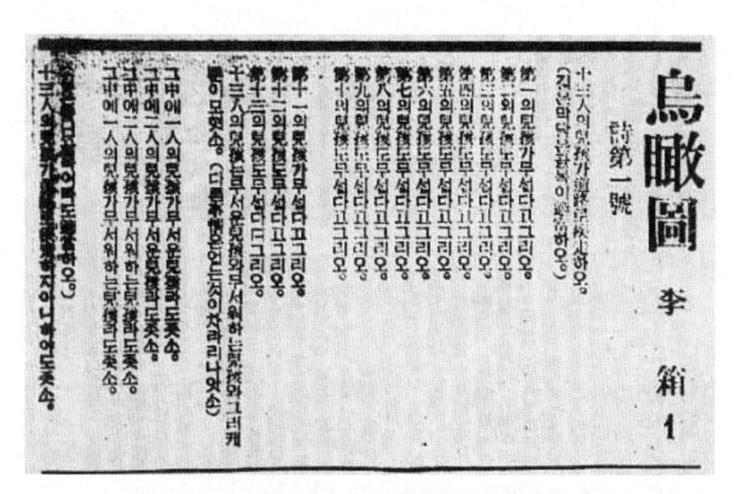
烏瞰圖 詩第一號 李箱 1

十三人의兒孩가道路로疾走하오。
(길은막다른골목이適當하오。)

第一의兒孩가무섭다고그리오。
第二의兒孩도무섭다고그리오。
第三의兒孩도무섭다고그리오。
第四의兒孩도무섭다고그리오。
第五의兒孩도무섭다고그리오。
第六의兒孩도무섭다고그리오。
第七의兒孩도무섭다고그리오。
第八의兒孩도무섭다고그리오。
第九의兒孩도무섭다고그리오。
第十의兒孩도무섭다고그리오。
第十一의兒孩가무섭다고그리오。
第十二의兒孩도무섭다고그리오。
第十三의兒孩도무섭다고그리오。
十三人의兒孩는무서운兒孩와무서워하는兒孩와그러케뿐이모혓소。(다른事情은업는것이차라리나앗소)

그中에一人의兒孩가무서운兒孩라도좃소。
그中에二人의兒孩가무서운兒孩라도좃소。
그中에二人의兒孩가무서워하는兒孩라도좃소。
그中에一人의兒孩가무서워하는兒孩라도좃소。

(길은뚤닌골목이라도適當하오。)
十三人의兒孩가道路로疾走하지아니하야도좃소。

이 상의 시 「오감도 제1호」는 한국의 난해시를 이야기할 때마다 가장 먼저 등장한다.
이 시에 나오는 13이라는 숫자에 대해서 문학평론가들의 다양한 해석이 있다.
13일의 금요일 같은 불길한 숫자다, 조선 지방 13개도를 상징한다 등등.
그러나 최근 김유섭 시인은 당시 조선인구 1,300만 명을 상징한다는
새 이론을 제시해 주목을 받고 있다.

되는 가까운 위치다. 통인동 154번지에서 이 상은 1932년 5월 7일, 큰아버지김연필가 별세할 때까지 산다. 이 상의 소년 시절 친구 문종혁은 통인동 집에 대해 이렇게 쓰고 있다.

안채와 뒤채, 그리고 행랑방이 하나, 따로 떨어져 있는 바라크 변소가 하나. 대지가 무척 넓었다. 백여 평도 넘는 밭이 딸려 있었다. 밭에는 철따라 마늘이나 상추 같은 것이 자라고 있었다. 늦가을에는 옥수수와 수숫대만이 까칠하게….

이곳은 현재 '이상의 집'이라는 현판이 있는 작은 한옥이 있다.

길가에서 집안이 훤히 들여다보인다. 등록문화재로 지정된 적도 있었으나 이 상이 실제 살았던 건물이 아니라는 사실이 알려지자 2008년에 지정이 취소되었다. 그 후 '문화유산국민신탁'과 '재단법인 아름지기'가 이 상을 기념하는 공간을 마련해놓고, 한동안 '제비' 다방 을 흉내 내기도 했었다.

사직동에서 이 상이 큰아버지 댁 양자로 들어갈 무렵, 이 상의 아버지는 바로 이 집 부근에서 이발소를 열었다. 이 상이 살던 통인동 154번지 큰아버지 댁은 대지가 300평에 이르는 큰 집이었다.

여덟 살이 되자 이 상은 신명학교에 입학한다. 신명학교는 인왕산 밑 누상동에 있었고 4년제였다. 현재는 배화여자대학 캠퍼스다. 신명학교에서 이 상은 생애 아주 중요한 역할을 하는 동무를 만난다. 구본웅具本雄이다. 구본웅은 이 상보다 나이가 네 살이나 많다. 그래서 이 상은 구본웅에게 깍듯이 존댓말을 사용했다. 집안이 넉넉한 구본웅은 경제적으로나 정신적으로 항상 이 상을 도왔다. 그림을 배우는 이 상에게 화구畵具 상자를 선물하기도 했다. 선물을 받고 감동한 이 상이 구본웅과 상의하여 자신의 필명을 '나무상자'라는 뜻의 '이 상李箱'으로 지었다는 증언도 있다.

이 상은 성인이 될 때까지 통인동 큰아버지 댁에서 학교를 다녔다. 열한 살 때 신명학교를 졸업한 후, 조선불교중앙연무원에서 운영하던 동광학교에 입학했으나 이 학교가 보성고보와 합쳐지는 바람에 보성고보 4학년으로 편입한다. 보성고보는 종로구 수송동 44번지, 도로명 주소로는 우정국로55로 현재 조계사 대웅

서울 종로 4가 대학로에 있는 한국방송통신대학 교사. 이 건물의 설계자는 이 상이다.

일본 도쿄 도쿄대학 의학부 관리동 건물. 이 상은 이 병동에서
아내 변동림이 지켜보는 가운데 1937년 4월 17일 파란만장한 생을 마감한다.

전 앞마당이 학교 터다. 학교는 통인동 집에서 경복궁 광화문 앞을 지나 걸어서 다녀도 될 만큼 가까웠다. 그런데 학교가 1927년에 혜화동 1번지로 이전하면서 이 상은 경복궁 창덕궁 창경궁을 거쳐 먼 거리를 걸어 다니거나 전차를 타고 통학해야 했다. 보성고보에서 이 상은 미술선생 고희동高羲東에게 그림을 배우며 화가가 되겠다는 꿈을 키운다. 나중에 유명한 시인이 되는 임 화, 정치인 유진산, 기업인 원용석, 평론가 김기림 등이 모두 보성고보 동기들이다.

보성고보를 졸업한 이 상은 경성고공京城高工으로 진학한다. 경성고공은 경성고등공업학교 약칭으로, 서울대학교 공과대학 전신이다. 이 상의 경성고공 동기 동창인 원용석은 학창 시절 이 상을 이렇게 회고하고 있다.

나는 이 상과 함께 '난파선'이라는 문학동인지를 만들었다. 이 상은 실제로 난파선의 주간이었다. 표지 그림이나 삽화를 그린 것은 말할 것도 없고 아예 편집을 도맡다시피 했다. 그의 그림 솜씨는 뛰어나서 고공 3학년 때 선전鮮展에 '초상화'란 유화가 입상할 정도였다. 이 상은 통인동 큰아버지 댁 행랑채에서 살았다. 내가 톨스토이나 모파상을 읽고 있을 때에 그는 랭보나 보들레르에 빠져 있었다.

경성고공을 졸업한 후 스무 살 난 이 상은 조선총독부 내무국 건축과 기수가 되었다.

**이 상이 다닌 보성고보 학교 자리에는 현재 조계사가 들어서 있다.
조계사는 일제강점기 시절에는 흥천사였다.**

1933년 폐결핵이 심해지고 각혈을 하기에 이르자 조선총독부 건축기수를 사직한다. 친구 이 상을 그대로 둘 수 없어 구본웅은 그를 데리고 황해도 배천 온천으로 휴양을 떠난다. 이곳에서 이 상은 운명의 여인을 만나게 되는데, 술집 작부로 일하던 금홍이다. 그녀와 함께 경성으로 올라 온 이 상은 1933년 6월 큰아버지의 유산을 일부 받아 제비다방을 연다. 말하자면 금홍이는 다방 마담이자 '내연의 처'가 된 셈이다.

그런데 이 상의 문학에서 이처럼 중요한 존재인 '제비다방' 위치를 오랫동안 확인할 수 없었다. 최근 1930년대에 제작한 경성지적도가 세상에 알려지면서 이 지적도에 청진동과 종각 사거리 사이에 있던 '조선광무소' 위치가 확인되면서 제비다방의 실제 위치를 알 수 있게 되었다. 이 상의 절친 박태원이 쓴 글에 나오는 '제비다방 2층이 조선광무소'라는 구절이 단서였다. 제비다방 위치는 현재의 GS타워 빌딩 길모퉁이이다. 지하철 1호선 종각역 1번 출구 에스컬레이터 바로 앞이다. 일부 평론가들은 '금홍이'의 존재를 이 상의 '성적' 욕구를 푼 대상이라고 폄하하는 분들도 있지만 이 상은 시 「지비紙碑」를 통해 '금홍이는 일시적인 동거녀가 아니라 사랑하는 정식 아내'임을 밝힌다.

이 상의 절친 소설가 박태원이 살던 '다동77번지'는 제비다방에서 300m나 될까. 종로에서 무교동으로 건너는 청계천 길가 전 한국관광공사 서울빌딩 자리다. 박태원은 이 상과 함께 '구인회' 동인이기도 하지만 누구보다도 이 상의 재능을 아끼고 응원한 문학적 동지였다. 집이 가까운 탓도 있지만 워낙 이 상을 좋아했으므로 그는 하루도 빠짐없이 일과처럼 제비다방을 들르곤 했다. 금홍이와 부부싸움이라도 하다가 집에서 쫓겨나게 되면 이 상은 그때마다 박태원 집으로 가 하룻밤 신세를 지곤 했다.

홍천사 주소는 서울 성북구 돈암동 595번지다. 도로명 주소로는 홍천사길29이다. 홍천사에서 이 상은 변동림과 1936년 6월 결혼식을 올린다. 홍천사는 절 이름이 바뀌어 지금은 신흥사로 부른다. 이 상이 결혼식을 올린 1930년대에는 170여 간이나 되는 큰 절

집이어서 명문 집안의 결혼식, 회갑연이 열리는 장소로 유명했다. 제비다방을 적자 운영으로 폐업하고, 폐결핵 증세는 심해지고, 벌이는 사업마다 실패를 거듭하자 황해도 배천에서 데리고 온 금홍이는 더 이상 견디지 못하고 이 상을 버리고 가출하고 만다. 금홍이와 헤어진 이 상 앞에 친구 여동생 변동림이 등장하고, 두 사람은 급속도로 가까워져 결혼하게 된다.

변동림은 경기고녀를 나와 이화여전에서 영문학을 전공한 '모던 걸'이었다. 그러나 두 사람의 결혼생활은 이 상이 일본에서 갑자기 죽게 되자 오래 지속하지 못했다. 1936년 10월 말에 동경으로 떠난 이 상이 이듬해 4월 17일에 죽었으니 실제로 함께 산 기간은 4개월이 채 안 된다.

제비다방이 있었던 서울 종로구 청진동 식객촌 상가 모퉁이.

동림아,
멜론이 먹고 싶어

이상 2

도쿄대 부속병원–센비키야 총본점–마루노우치 빌딩

이 상을 가리켜 "19세기 스타일로 20세기를 산 시인" "다다에서 쉬르리얼리즘까지 모더니즘의 바다에 빠졌다가 무인도로 표류한 시인" "약간의 해학과 야유와 독설을 즐겼던 시인"이라고 평한다.

이 상李箱은 1937년 4월 17일 일본 도쿄에서 죽는다. 그 전 해 10월 말정확한 날짜를 확인할 수 없다에 현해탄을 건너 도동渡東했으니 일본에 머물렀던 기간은 고작 여섯 달이다. 그것도 2월 12일에 불심검문에 걸려 니시간다西神田 경찰서에 구금되었으니 일본에서 자유롭게 활동한 기간은 두 달 반에 지나지 않는다.

일본 센다이에 있는 도호쿠東北제국대학에 유학 중이던 김기림 시인이 동경으로 와서 이 상의 하숙집을 들른 것은 니시간다 경찰서에 구금되었다가 폐병이 악화되어 풀려난 지 꼭 나흘 째 되는 날인 1937년 3월 20일이었다. 이 상은 일기장에 쓴 낙서 때문에 '후데이센징不逞鮮人'으로 찍혀 구금된 지 한 달 나흘 만에 풀려난 것이다. 그때까지도 경성서울의 아내 변동림은 사정이 여의치 못해 동경에 오지 못했다. 김기림이 방문했다는 구단시다九段下 뒷골목진보쬬에 있었다는 이 상의 하숙집은 찾지 못했다.

이 상의 임종을 지킨 아내 변동림(1916–2004). 이화전문을 나온 신여성으로, 1936년 이 상과 결혼했다. 이 상 사후에 김환기 화백과 결혼하면서 이름마저 김향안으로 개명했다.

오랫동안 이 상의 자료를 수집해 그 자료를 근거로 이 상의 행적을 추적해 온 나는 이 상이 긴 수염에다 봉두난발의 수상한 행색으로 돌아다니다 불심검문 당했다는 많은 문학평론가들의 주장에 동의하지 않는다. 그는 이미 일본으로 가기 위해 '도항증'을 신청할 때부터 '요시찰인'으로 찍혀 도항증 발급도 지연되었었다. 동경에 온 후에도 그의 행동거지를 일본경찰은 계속 감시했다. 그의 하숙집 소지품에서 발견한 작품들과 난해한 시가 경찰들에게는 괴상하게 보였을 것이며 영어와 러시아어로 쓴 노트 또한 불온사상 혐의를 덧씌우는 데 충분했을 것이다.

니시간다 경찰서에 구금된 이후 이 상은 지독한 취조와 지병폐

병이 악화되어 각혈이 심해지고 몸 상태가 더욱 나빠졌다. 겁이 난 경찰은 혹시 사망이라도 하게 되면 뒤처리가 귀찮겠다고 판단해 3월 16일에 가석방시킨다. 그리고 3월 20일 김기림 시인이 하숙집으로 찾아온 것이다. 몸 상태가 심상치 않다는 사실을 확인한 김소운수필가과 '삼사문학' 후배 유학생들은 이 상을 동경제국대학 부속병원에 입원시키고 경성의 아내 변동림에게도 연락을 하였다.

연락을 받자 변동림은 경성에서 부산까지 열두 시간 넘게 기차를 타고 부산에서 내려 도항증명서를 끊어 관부연락선을 타고 현해탄을 건넌다. 일본 시모노세키항에 도착하여 다시 동경까지 스물네 시간 기차를 타는 강행군 끝에 4월 15일추정 동경에 도착하여 동경제국대학 부속병원으로 직행한다. 변동림훗날 김향안(金鄕岸)으로 개명한다은 1986년 '문학사상'에 발표한 회고문에 이렇게 쓰고 있다.

동대東大병원 입원실로 직행直行하였다. 이 상의 입원실, 다다미가 깔린 방들, 그 중의 한 방문을 열고 들어서니 상이 거기 누워 있었다. 인기척에 눈을 크게 뜬다. 나는 무릎을 꿇고 그 옆에 앉아 손을 잡았다. 안심하는 듯 눈을 다시 감는다. 나는 긴장해서 슬프지 않았다. 어떻게 해야 살릴 수 있나, 죽어간다고는 믿어지지 않는다. 상은 눈을 떠보다가 다시 감는다. 내가 귀에 가까이 대고

"무엇이 먹고 싶어?" 하니

"센비키야千匹屋의 멜론" 하고 답한다.

그 가느다란 목소리를 듣고 나는 철없이 센비키야에 멜론을 사러 나갔다. 멜론을 들고 와서 깎아서 대접했지만 상은 받아넘기지 못했다. 향

이 상의 사망 장소로
알려진 일본 도쿄대학 병원.
현재 이 건물은 도쿄대학
의학부 관리병동으로
사용되고 있다.

운명 직전 이 상은 변동림에게 부탁했다.
'센비키야'에서 파는 멜론이 먹고 싶다고.
센비키야 과일점은 현재도 그 장소에서
같은 이름으로 성업 중이다.

취가 좋다고 미소 짓는 듯 표정이 한 번 더 움직였을 뿐 눈은 감겨진 채로. 나는 다시 손을 잡고 앉아서 가끔 눈을 크게 뜨는 것을 지켜보고 오랫동안 앉아 있었다.

담당 의사가 운명殞命은 내일 아침 열한 시쯤 될 것이니까 집에 가서 자고 아침에 오라고 한다. 나는 상의 숙소에 가서 잠을 잤다.

다음 날 아침 입원실이 열리기를 기다려서 그의 운명을 지키려고 그 옆에 다시 앉았다. 눈은 다시 떠지지 않았다. 운명했다고 의사가 선언할 때까지 나는 식어가는 손을 잡고 있었다.

1937년 4월 17일[음력 3월 7일] 동경제국대학 부속병원, 오전 내내 사경을 헤매던 이 상은 변동림이 지켜보는 가운데 정오를 지난 12시 25분에, 만 26년 7개월간 머물던 지구를 떠났다. 변동림은 5월 4일, 화장한 유해를 안고 현해탄을 건너 경성에 와 버티고개[전철 6호선]에 있던 시댁으로 갔다. 5월 15일 부민관에서 3월 29일 유명을 달리 한 작가 김유정과 합동추도식이 열렸다. 그리고 유월 어느 날, 변동림은 49재에 맞춰 미아리 공동묘지에서 들꽃 여러 송이를 따서 이 상의 묘소에 뿌렸다. 그 전 해 유월에, 결혼식을 마친 후 이상이 변동림에게 뿌려 주었던 것과 같은 들꽃이었다.

이 상이 죽어간 동경제국대학 부속병원의 병동을 찾아갔다. 현재는 건물이 노후해서 치료 용도로는 사용하지 않는 관리연구 병동으로 변했다. 도쿄도 분쿄구 도쿄대학 종합캠퍼스 안에 있다. 현재의 정식 명칭은 도쿄대 의학부 부속병원이다. 도쿄대 의학부 부속병원 지상 4층으로 지어진 옛 병동은 원형이 잘 보존되어 연구관리 등 용도로 사용하고 있다. 모든 진료활동은 새로 지은 병동에서 하고 있다.

센비키야[千疋屋]는 일본 도쿄에 있는 고급 과일 전문점이다. 1834년에 창업했다. 무로마치[室町] 미쓰코시[三越] 백화점 옆에 총본점이 그대로 있다. 니혼바시[日本橋]와 가까워 '총본점'이라는 호칭보다는

'니혼바시 센비키야'로 더 많이 불린다. 변동림은 이 상이 멜론이 먹고 싶다고 하자 바로 이 센비키야 총본점에서 멜론을 샀다.

이 상은 일본에 도착하자마자 일본 문명의 상징이자 일본인들이 자랑스러워하는 동경역과 마루노우치丸內 빌딩을 일부러 찾아갔다. 지금도 이 상이 보던 그 동경역은 옛 모습 그대로다. 이 상은 마루노우치 빌딩과 동경역을 처음 만난 인상을 '가솔린 냄새만 나는 서양문명의 모조품'이라고 혹평했다.

이 상이 일본에 건너간 것은 근대의 첨단과 세계정신의 중심지라는 동경을 직접 몸으로 겪어보기 위해서였다. 경성에서는 더 이상 새로운 방식으로 비상할 희망이 전혀 없다고 판단했다. 그래서 동경에서 새로운 예술의 돌파구를 찾으려고 했다. 그러나 네온사인이 명멸하는 긴자銀座와 신주쿠新宿의 소란함과 마루노우치 빌딩에서 바라본 동경역 모습은 낡아빠진 식민지 수도 경성과 크게 다를 바 없었다. 고작 서양의 흉내를 냈을 뿐인 '모조품 문명'이라는 생각이 들자 이 상은 깊이 절망하고 환멸을 느끼고 만다.

이 상은 간다神田 진보초神保町 산쬬메三丁目 10-1-4 이시카와石川 하숙집에서 칩거하며 소설과 수필을 썼다. 동경으로 떠날 때 이상은 「오감도」나 「날개」 같은 실험적인 작품이 아닌, 정통적인 시와 소설을 쓰겠다는 야심을 품었다.

바다에 빠진 나비였을까
나비를 홀린 바다였을까

김기림

일본 센다이 도후쿠대학–가지야마마에쵸 하숙집 – 마쓰시마–서울 충신동

문대통령이 김기림 시인을 불러왔다. 한국 모더니즘의 시운동과 I.A.리차즈의 문학이론을 소개해서 5, 60년대 한국 시문학 이론의 토대를 마련했고 '과학주의 시평론'을 발표한 뛰어난 시인임에도 아직 제대로 된 전집조차 발간되지 못한 김기림이었다. 그런 김기림 시인을 '시를 엄청 좋아한다'는 문대통령이 불러 온 것이다. 고마운 일이다. 그런데 왜 딴죽을 걸고 싶을까. 왜냐 하면 문대통령이 2019년 8.15광복절 경축사에서 인용한 김기림의 시는 「새나라 송」에서 단 두 줄이었는데, 그마저도 그 시를 발표한 시인의 의도와는 아주 다른 메시지로 왜곡해 사용했기 때문이다. 대통령은 경축사에서 "해방 직후 한 시인은 광복을 맞은 새 나라의 꿈을 이렇게 노래했다"면서 시 구절을 인용해 "아무도 흔들 수 없는 새나

라 세워가자"고 강조하면서 최근 우리나라를 화이트리스트 국가에서 배제하고 수출규제 정책을 펴고 있는 일본을 향해 대한민국은 '아무도 흔들 수 없는 나라'라고 선언했다.

그렇다면 대통령은 김기림이 어떤 시인이었는지, 1948년 「새나라 송」을 발표할 무렵 좌우이념의 갈등과 대립으로 우리 사회가 얼마나 심각했으면 김기림 시인이 나서서 그 싸움과 대결을 집어치우고 "지금은 오로지 새나라를 건설할 때"라고 큰 목소리로 외쳐대야 했는지, 그것이 「새나라 송」에 담긴 메시지라는 것을 알기나 했는지 궁금하다. 이 시를 앵무새처럼 읽은 대통령은 물론 경축사 연설문 작성에 참여한 시인 출신 비서관은 「새나라 송」을 의도적으로, 정략적으로 이용한 셈이다.

거리로 마을로 산으로 골짜구니로
이어가는 전선은 새 나라의 신경
이름 없는 나루 외따른 동리일망정
빠진 곳 하나 없이 기름과 피
골고루 돌아 다사론 땅이 되라

어린 기사들 어서 자라나
굴뚝마다 우리들의 검은 꽃묶음
연기를 올리자
김빠진 공장마다 동력을 보내서
그대와 나 온 백성이 새 나라 키워 가자

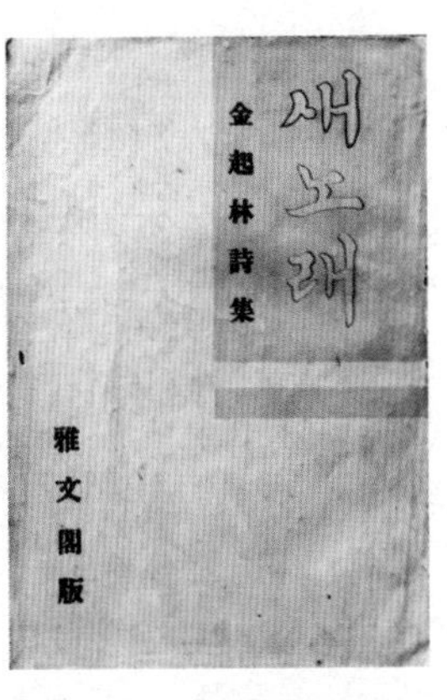

「새나라 송」이 실린 김기림 시집
『새노래』(아문각, 1948년)

산신과 살기와 염병이 함께 사는 비석이 흔한 마을에 모터와
전기를 보내서
산신을 쫓고 마마를 몰아내자
기름 친 기계로 운명과 농장을 휘몰아 갈
희망과 자신과 힘을 보내자

용광로에 불을 켜라 새 나라의 심장에
철선을 뽑고 철근을 늘이고 철판을 피리자
세멘과 철과 희망 위에
아무도 흔들 수 없는 새 나라 세워 가자

녹슬은 궤도에 우리들의 기관차 달리자
전쟁에 해어진 화차와 트럭에
벽돌을 싣자 세멘을 올리자
애매한 지배와 굴욕이 좀먹던 부락과 나루에
내 나라 굳은 터 다져 가자

–「새나라 송」 전문

「새나라 송」은 1948년 간행된 김기림 시집 『새노래』에 실린 작품으로, 그 무렵 좌우로 갈려 온 나라가 혼란에 빠져 허우적거리는 모습에 경종을 울리는 한편 새나라 건설에 매진하자는 메시지를 담은 시인데, 대통령은 이 시 중에서 '아무도 흔들 수 없는 나라'를 강조하며 "일본의 부당한 수출 규제에 맞서 우리는 책임 있

일본 센다이 시 도호쿠대학 교정에 「바다와 나비」가 새겨진 김기림 기념비가 세워졌다.

는 경제 강국을 향한 길을 뚜벅뚜벅 걸어갈 것"이라고 강조하며 반일 프레임을 씌웠다. 희망찬 새 나라에서 공업을 위주로 한 경제 건설에 진력해, 앞으로는 어떤 나라도 흔들 수 없는 부강한 독립 국가를 만들자는, 교훈적이고 사회 참여적인 시를 왜곡한 것이나 다름없다.

최근 김기림전집에 들어갈 새 작품 발굴에 몰두하고 있는 권영민 교수는 이 시를 쓸 무렵의 김기림 시인에 대해서 "해방 공간의 김기림을 이해하기 위해서는 1945년 해방이 가지는 특이한 역사적 아이러니를 주목해야 한다"며 "일제의 강점으로부터 벗어나 자유와 독립의 길을 걷게 됐다는 엄중한 사실에도 남과 북은 민족 분단의 더 큰 시련의 길을 걷게 되었다"고 분석한 뒤 "김기림은 해방 공간에서 '계급의 시인'이 되는 길과 '민족의 시인'이 되는 길 두 갈래 길이 나뉘어져 있었는데, 김기림은 '민족의 시인'이 되는 길을 택했다"고 설명했다.

아무튼, 문재인 대통령 덕분에 나는 김기림 시인의 생애 흔적을 찾으러 일본 센다이행 비행기를 탔다. 지난 해 12월에 김기림 기념비가, 김기림 시인이 유학했던 일본 센다이 시 도호쿠대학東北大學에 건립되었다는 소식을 듣고도 차일피일 미루어 오던 참이었다.

아무도 그에게 수심水深을 일러 준 일이 없기에
흰 나비는 도무지 바다가 무섭지 않다.

청靑 무우밭인가 해서 내려갔다가는
어린 날개가 물결에 절어서
공주처럼 지쳐서 돌아온다.

삼월달 바다가 꽃이 피지 않아서 서글픈
나비 허리에 새파란 초생달이 시리다.

김기림의 대표작 「바다와 나비」가 진흑색 글씨로 새겨진 김기림 기념비는 도후쿠대학 캠퍼스 대학 본관 앞에 있었다. 센다이 공항에서 급행 전철을 타고 이십 분만에 센다이 역에 내렸다. 도호쿠학교까지는 걸어서 도착했다. 태풍이 올라오고 있다는 걱정스런 기상예보도 무시하고, 또 지금 일본여행을 하는 것은 '매국노'라는 웃기지 않는 여론몰이에 뒤통수가 따가워도 김기림 시인의 흔적을 만난다는 이유 하나만으로도 마음이 급했다.

센다이 역에서 도후쿠대학까지는 택시를 타지 않아도 될 만한 가까운 거리였다. 주오욘쵸中央4町 큰길을 따라 계속 직진하니까 도후쿠대학 가타히라片平 캠퍼스 정문이 나왔다. 카타히라 캠퍼스는 고색창연한 정문의 위용도, 오랜 역사를 은근 뽐내는 듯한 클래식한 학교 건물도 없는 그저 조용하고 아담했다. 학교 식당에서는 몇 몇 학생들이 늦은 점심을 들고 있었고 대학본관 앞 루쉰 흉상 주변에서는 담배를 입에 물고 열띤 토론을 하는 학생들이 있었다. 김기림 자료가 소장되어 있는 대학사료관은 아쉽게도 문이 굳게 닫혀 있었다. 아침 여섯 시 왕십리 집을 나와 오후 세 시 지나 도호쿠 대학 캠퍼스에 도착했으니 꼭 아홉 시간 만에 도착한 것이다. 일제 강점기 시절 동북제국대학에 입학했던 김기림 시인은 어땠을까. 아마 경성에서 새벽밥을 먹고 출발했더라도 최소한 꼬박 3일 이상은 걸렸을 머나 먼 길이었다.

나는 친구들에게 말하곤 했다. “이 상李箱은 내 둘째 형이고 큰형은 김기림이다.” 무슨 실없는 농담이냐고 힐난하는 친구도 있었지만 사실은 사실이다. 1966년 대학 2학년생일 때 월간 ‘시문학’에 나를 추천한 문덕수 시인도 비록 서툴기는 하지만 내 작품이 모더니즘 경향을 띠고 있어서 선뜻 시인 모자를 씌워 주었는지 모른다. 그래서였겠다. 나는 김기림의 「바다와 나비」는 물론 김규동의 「나비와 광장」 이 상의 「오감도」를 좋아했다.

특히 김기림의 「바다와 나비」에 필이 꽂혔다. 도대체 나비는 왜 바다로 갔을까? 이 화두를 오랫동안 붙들고 있었다. 마지막 두 줄 “삼월달 바다가 꽃이 피지 않아서 서글픈 나비 허리에 새파란 초생달이 시리다”는 데 이르러서는 완전 소름이 돋았다.

김기림은 바다일까 나비일까? 예전에는 ‘나비’가 김기림의 분신이라고 생각했었다. 1930년대 지식인들 중에는이 상마저도 실체도 제대로 알지 못하면서 새로운 근대 문명을 맹목적으로 선망하는 이들이 많았다. 그러다가 결국 근대 문명이 생각과는 달리 이상적인 것이 아니고 반인간적이라는 것을 알고는 모두들이 상도 그랬다 낙담할 수밖에 없었다. 무작정 새로운 세계바다를 찾아 나섰던 나비김기림는 근대 문명의 거대한 소용돌이에 압도되어 좌절하거나 절망했을 것이다. 알기 쉽게 말하자면, 바다를 처음 본 나비는 바다가 젖과 꿀이 흐르는 청무우 밭인 줄 알았는데 그냥 바다여서 절망하게 된다. 김기림의 「바다와 나비」는, 거대하고 강폭한 존재인 바다와 한 마리의 조그맣고 연약한 나비의 대비를 통해서, 바다청색와 흰색나비의 선명한 색채 대비를 통해서, 회화적 심상을 중시하는 모더니즘의 시적 표현에 성공했다.

그런데 생각이 바뀌었다. 요즘은 김기림 시인을 ‘바다’라고 생각하게 되었다. 호기심 많은 지식인인 ‘나비’를 빠지게 하는 보물창고 같은 시의 세계를 김기림이 갖고 싶어했을 거라는 생각이 들었기 때문이다. 김기림 시인이 처음 ‘여성’에 이 작품을 발표할 때는 제목을 「나비와 바다」로 했다가 시집에 수록할 때는 「바다와 나비」로 바꾼 것만 봐도 그렇다. 그래서 나는 앞으로도 바다에 빠

김기림 하숙집 터. 현주소는 가메가후쿠로14번지.

김기림이 1941–1944년 살았던 서울 충신동 집터.

진 '나비'가 된 김기림이 아닌, 지적 호기심 많은 나비를 유혹하는 '바다'가 바로 김기림이라고 생각하고 싶다.

김기림 시비는 교토 도시샤대학의 윤동주 시비, 정지용 시비에 이어 세 번째로 일본의 대학캠퍼스에 세워진 한국 시인의 시비다. 윤동주 정지용의 경우와는 달리 김기림 기념비는 건립하자는 얘기가 나온 지 딱 1년만에 제막식을 가질 수 있었다. 남기정 서울대 일본연구소 교수가 실행을 주도하고, 김민수 서울대 디자인학부 교수가 기념비의 디자인을 맡았다. 「바다와 나비」 일본어 번역은 김기림 연구가 아오야기 유코柳優子 씨, 그리고 일한시민네트워크 많은 회원들이 힘을 모은 덕분이었다.

김기림 기념비를 디자인한 김민수 교수는 디자인 의도를 이렇게 밝혔다. "시에 나오는 '초승달'이 상징어였습니다. '서글픈 나비 허리에 새파란 초승달이 시리다'는 대목에는 초승달이 보다 큰 만월로 향해가는 의지로서, 미래를 위해 시린 마음을 벼리는 나비, 곧 김기림 자신의 마음이 담았습니다." 또한 김기림의 시를 일본어로 번역한 아오야기 유코 씨도 한 마디 거들었다. "최근 빙하기를 맞았다는 평가가 나오고 있는 한일 관계를 김기림 시비가 녹여내기를 소원한다"면서 "센다이 시민들은 김기림의 평화사상을 받아들여 언젠가는 센다이가 '김기림의 마을'로 알려지길 바랍니다."

김기림 기념비를 찬찬히 살펴보니까 흰 나비를 상징하듯 흰 색의 기념비 몸체와 그 밑의 잔디 위에 기념비를 떠받치고 있는 초생

달 모양의 디자인이 여느 시비와는 달라 보였다.

기림대인起林大人

여보! 참 반갑습니다. 가지야마에쵸鍛治屋前町 주소를 조선으로 물어서 겨우 알아가지고 편지했는데 답장이 얼른 오지 않아서 나는 아마 주소가 또 옮겨진 게로군 하고 탄식하던 차에 반가웠소.

이 상이 1937년 1월경에 김기림에게 보낸 편지 중의 한 대목이다. 이 상은 1936년 10월경에 일본으로 건너와 도쿄 진뽀쵸神保町 어느 뒷골목 햇빛도 들지 않는 하숙집에 머물고 있었다. 1936년 11월 14일에도 "기림 형, 기어코 동경 왔소. 와 보니 실망이오. 실로 동경이라는 데는 치사스런 데로구료!" 하는 편지를 김기림에게 보냈었다. 또 "방학이 언제나 될른지 모르지만 그 전에 편지 한 번 주기 바라오. 그리고 동경 올 때는 도착 시각을 조사해서 전보쳐 주오. 나는 이곳에서 외롭고 심히 가난하오."라고도 썼다. 김기림이 동경으로 와 자기를 만나 주기를 소망하는 간절한 내용의 편지였다. 김기림은 이 상보다 훨씬 전 1936년 봄에 센다이로 유학을 왔고 도호쿠제국대학 영문과에 적을 두고 있었다.

이 상의 편지로 미루어 생각해 보면 이 상이 얼마나 김기림에게 의지하고 있었는지를 알 수 있다. 이 상이 1910년생, 김기림이 1908년생이니 나이는 불과 두 살 차이다. 하지만 이 상에게 김기림은 친형 같은 존재, 아니 스승 같은 존재였다. 이 상이 건강도 좋지 않고 경제적으로도 몹시 군색한데도 일본행을 결행한 것도 김기림의 영향이 컸던 것이다.

맨 앞에 소개한 이 상의 편지에 도후쿠제국대학 유학 당시 묵었던 센다이의 하숙집 주소가 나와 있다. 이 상의 편지에 적혀 있는 '가지야마에마치'는 도호쿠대학 바로 근처 히로세 강 방향의 마을 주소다. 이 주소를 확인해나가고 있었는데, 아주 구체적이고 정확한 하숙집 주소를 찾았다. 대한민국 센다이총영사관이 작성한 공문이다. 공문은 정확하게 하숙집 위치와 주소를 이렇게 찾았다고 했다.

이 상이 1936년 11월 29일 김기림에게 보낸 편지에 카지야마에쵸鍛冶屋前町라는 동네 이름이 있어서 짐작은 하고 있었지만, 도호쿠대학 학생 명부에는 좀 더 자세히 카지야마에14 토다 방鍛冶屋前14戸田方으로 기재되어 있다. 이곳의 현주소는 가메가후쿠로米ケ袋 1-4이다. 도후쿠대학 정문에서 서쪽으로 100여 미터 정도 떨어져 있다. 지금도 이곳에 사는 토다戸田 문중 사람들에 의하면 그 당시 14번지 일대는 하숙집이었다고 한다.

이 기록을 좀 더 정확하게 찾기 위해 센다이 역전에 있는 마루젠 서점에 들러 고지도 코너에서 쇼와 14년(1939년)에 제작된 '센다이 시 중심지도'를 구입했다. 이 지도에는 이 상이 지적한 '가지야마에쵸'도 나와 있고 '14'번지라는 번지도 적혀 있다. 이 지도와 함께 최근 제작한 '센다이 지도'를 함께 비교하며 김기림 하숙집을 찾기 시작했다. 그래도 한 시간 정도 골목을 헤맸다. 가메가후쿠

가지야마메쵸 14번지(둥근 점선 안)와 부근 일대 지도.

로우편국, 요시오카클리닉, 스토상회… 한 집 더듬어가다가 겨우 가메가후쿠로14번지를 찾았다. 물론 옛 하숙집 흔적 같은 건 남아있지 않았다. 일본 동북부 지방의 한 작은 도시 골목일 뿐이었다. 그러나 주소는 정확하고 하숙집 터는 분명했다. 김기림 시인이 이 하숙집에 살 때 쓴 수필이 한 편 있다. 센다이 도후쿠제국대학 시절에 쓴 유일한 산문이다.

몇 번이고 뜯어고친 서투른 자서전이다. 영구히 만족할 수 없었다. 오직 얼마 안 되는 숙박 뒤에는 초조한 출정出程이 있을 뿐이다. 한편에서 인생은 언제고 그 탁류 속에 끌어넣으려고 꾄다. 눈을 부릅뜨고 위협한다. 무척 탐이 나서 끌어안으려는 순간에 현실은 가면을 벗고 검은 이마를 들추어 내놓는다. 청춘이 좋다는 것은 그는 꿈과 환영幻影으로써 인생의 유혹을 물리치는 까닭이다. 그러나 그도 조만간에 '유토피아'라는 무기를 꺾어버리고 인생의 관문 앞에 엎디고 만다. 예외로 내 의지 아닌 것에 끌리지 않고 스스로의 길을 창조하려는 무모한 영웅들도 있다. 모든 벗들이 인생의 나래 안에서 가정家庭을 가지고 예금預金을 가지고 전지田地를 가지고 번영할 때 영웅은 사장沙場을 피로써 물들이고 자빠진다. '랭보' '고갱' '이 상李箱. (조선일보 1939년 2월 16일자, 「센다이 피날레」 일부)

「센다이 피날레」 글 속에는 이웃 동네의 혼례 관련 풍습, 인근 절에서 들려오는 종소리, 센다이 주변 산세, "오직 한 권이라도 좋으니 괴로워하는 마음의 벗이 될 수 있는 작품을 쓰고 싶다"는 등 머지않아 유학을 마치고 고향으로 돌아갈 무렵의 여러 가지 생각들을 담고 있다.

김기림과 이 상으로 다시 돌아가자. 이 상은 김기림에 대해 "암만해도 성을 안 낼뿐더러 누구를 대하든 늘 좋은 낯으로 대하는 타입의 우수한 견본見本"이라고 말하고 다닐 만큼 두 사람은 스스럼없는 사이였다. 김기림을 부를 때도 "대형" "대인" 라고 깍듯하게 대했다. 김기림도, 앞에 예를 든 수필 「센다이 피날레」에서 '랭보' '고갱'과 함께 나란히 '이 상'의 이름을 거명할 정도로 시인으로서의 이 상을 높이 평가했다. 천재는 천재가 아는 법이라는 평범한 진리를 두 사람에게 그대로 적용해도 되겠다. 그런 이 상이 급사했다는 소식을 듣고 김기림은 장문의 추도문을 발표했다.

상箱은 필시 죽음에게 진 것은 아니리라. 상은 제 육체의 마지막 한 조각까지라도 손수 길러서 없애고 사라진 것이리라. 상은 오늘과 같은 환경과 종족과 무지 속에 두기에는 너무나 아까운 천재였다. 상은 한 번도 잉크로 시를 쓴 일은 없다. 상의 시에는 언제든지 피가 임리淋漓한다. 그는 스스로 제 혈관을 짜서 '시대의 혈서'를 쓴 것이다. 그는 현대라는 커다란 파선破船에서 떨어져 표랑漂浪하던 너무나 처참한 선체船體 조각이었다.

이어서 추도문은 이렇게 이어진다.

흐리고 어지럽고 게으른 시단詩壇의 낡은 풍류에 극도의 증오를 품고 파괴와 부정에서 시작한 그의 시는 드디어 시대의 깊은 상처에 부딪혀서 참담慘憺한 신음 소리를 토했다. 그도 또한 세기의 암야暗夜 속에서 불타다가 꺼지고 만 한 줄기 첨예尖銳한 양심이었다. 그는 그러한 불안 동요 속에서 동動하는 정신을 재건하려고 해서 새 출발을 계획한 것이다. 이 방대한 설계의 어귀에서 그는 그만 불행이 자빠졌다. 상의 죽음은 한 개인의 생리의 비극이 아니다. 축쇄縮刷된 한 시대의 비극이다.

하숙집을 확인한 다음 김기림의 대표작 바다와 나비가 탄생한 마쓰시마松島 해안으로 가기 위해 센다이 역으로 향했다. 마쓰시마행 열차는 센세키선仙石線을 타야 한다. 열차 매표구 앞에는 '일본 절경3 마쓰시마'라는 포스터가 붙여져 있다. 평일인데도 제법 많은 관광객들이 열차 칸을 채웠다.

여행을 좋아한 김기림 시인은 센다이 유학 시절 학우들과 함께 자주 마쓰시마로 놀러갔다. 당일치기 여행은 물론 하루를 묵으며 온천을 즐기기도 했을 것이다. 그 무렵에도 열차가 운행되었다. 「바다와 나비」는 1939년 4월호 '여성'에 발표했고 졸업을 얼마 앞두고 쓴 것으로 추정된다. 마쓰시마 해안으로 가는 열차 속에서 나는 나비가 빠졌음직한 바다, 그 시퍼런 바다는 어떤 모습일까 하고 몹시 궁금해지기 시작했다.

짐작한 대로 마쓰시마 해안은 절경이라고 할 만큼 아름다웠다. 작은 부두에서는 유람선이 관광객들을 계속 태우고 있고 파도가 치지 않은 바다는 호수처럼 고요했다. 절과 당집이 있는 절벽 위에 올라서서 바다를 내려다보면서 바다에 빠지는 나비의 모습을 상상했다. 작은 섬들이 여기 저기 떠 있는 바다를 바라보며 하염없이 서서 떠오르는 시상을 가다듬는 김기림 시인을 연상하는 건 어렵지 않았다. 바다는 수심을 알 수 없었다.

김기림 시인의 유학생활을 취재하는 데는 양왕용 시인이 한 세미나에서 발표한 내용을 많이 참고했다. 1936년 유학을 준비할 때 도쿄에 있는 와세다대학과 동북제국대학 두 군데서 입학 허가가 나왔다. 그 무렵 유학생들이 선호하던 학교는 도쿄의 와세다였다. 그런데 김기림은 왜 시골구석 센다이를 선택했을까. 양왕용 시인은 조용한 것을 좋아하는 김기림의 성정과 공부에만 몰두하려는 학구적인 태도 때문이었을 것이라고 추정한다. 나는 양왕용 시인의 의견에 동감한다. 여기서 한 가지만 덧붙이자면 물리학자 아인

마쓰시마역 플랫폼. 김기림의 「바다와 나비」가 태어난 장소라 알려지고 있다.

김기림의 시 「바다와 나비」가 태어난 마쓰시마 바다.

슈타인이 동북제국대학을 방문했다는 뉴스에 영향을 받지 않았을까 하는 점이다. '과학을 중시하는' 김기림의 성향으로 보면 가능한 추측이다. 김기림은 유학 중엔 물론 유학에서 돌아온 후에도, 졸업논문을 쓰기도 한 I.A.리차즈의 '문학의 과학주의'에 깊이 경도되어 있었다. 동북제국대학은 윤동주 시인도 몹시 입학하고 싶어한 대학이었다.

1939년 유학을 마치고 돌아온 김기림 시인은 조선일보에 복직한다. 처음에는 사회부장을 맡았다가 1940년 조선일보가 조선총독부에 의해 강제 폐간될 무렵에는 문화부장으로 일했다. 조선일보에 근무하는 동안 노천명 시인을 몹시 좋아했다는 소설가 최정희의 글이 화제가 되기도 했다. 1940년부터는 조선일보뿐만 아니라 한글로 발행되던 신문 잡지가 모두 폐간되고 일본어로 된 매체만 발행할 수 있었다. 일본어 「인문평론」을 발행하던 평론가 최재서에게서 원고를 써달라는 간곡한 청이 있었지만 이를 뿌리치고 고향 함경북도 경성鏡城으로 낙향한다. 이후 김기림 시인은 일본어로 된 단 한 편의 글도 쓰지 않았다. 1941년부터 1944년까지 경성중학교에서 영어교사를 했는데, 영어가 적국 언어라고 해서 교과과목에서 제외되자 수학을 가르쳤다. 경성중학교 제자였던 김규동 시인은 "김기림 선생님은 문예반 학생들에게 문학에 관한 독서나 창작보다 영어 공부와 과학 공부를 더 하라."'고 했다고 말한다. 내로라하는 제국대학 출신이면서 시골 중학교 교사로 살아가는 김기림의 모습은 김규동이 여러 편의 글로 전하고 있다.

김기림은 1944년 경성중학교 교사를 사직하고 서울로 올라온다. 이때부터 '평화주의자' 김기림은 시인으로서 가장 힘든 시기를 보내게 된다. 좌도 우도 아니었지만 우정 때문에 좌파 문학계를 이끌고 있던 시인 임 화, 작가 김남천 등이 주도하던 조선문화협의회에 간여하고 조선문학건설본부, 조선문학가동맹 시분과위원장, 서울시문학가동맹 위원장 등 좌파 문학단체 간부를 맡게 된다. 1930년대 김기림과 함께 활동한 '구인회' 멤버 중 정지용, 이태준, 박태원 등이 모두 좌파였기 때문에 우정을 뿌리칠 수 없었던 것이다.

그러다가 1948년 8월 15일 대한민국 정부가 수립되자 김기림은 좌파 문학단체와 손을 끊는다. '전향서'를 작성하고 보도연맹에 가입하는 절차를 밟은 후 함북 경성에 있던 가족을 전부 서울로 올라오게 해 충신동에 거처를 정하고 중앙대, 이화여대, 연희대 등에 출강한다. 1950년 6.25한국전쟁이 발발하자 보도연맹 가입했다는 전력이 문제가 되었다. 서울을 점령한 인민군은 지주계급 출신에다 보도연맹에 가입한 김기림을 배신자로 낙인찍고 가족들이 보는 앞에서 체포해간다.

그 후 김기림의 생사여부는 물론 행적은 아무것도 공개된 것이 없다. 40대로서 한창 역량을 발휘할 나이의 영문학자이자 언론인이자 한국 현대시를 대표하는 시인 김기림이 어디서, 어떻게 최후를 맞았는지도 알 수 없다.

서울 원서동 134-8번지에는
지금도 박인환이 초등학교
시절 살던 원서동 옛집이
그대로 남아 있다. 사진 가운데
삼각형 지붕이 박인환네가
살던 원서동 집이다.
현재 한창 재개발 중인 집 앞
공터와 주변 상황으로 봐서는
곧 헐릴 것 같다.

course 4

인생은 그저 대중잡지 표지처럼 통속적일까

박인환

서울 세종로 생가 터-서울 원서동 집터-마리서사 터-명동-인제 생가 터

종로구 원서동 134-8번지는 도로명 주소 '종로구 창덕궁길 47-4'이다. 창덕궁 정문에서 왼편 담을 따라 북쪽으로 난 좁은 길을 따라 올라가다 보면 냉면과 만두가 맛있다고 소문난 '북촌면옥'과 한 상 잘 차려내는 한정식집 '용수산'을 지나면 바로 '마고카페' 간판이 있는 건물이 나온다. 그 건물 왼쪽으로 널찍하고 어수선한 공터가 나타난다. 이 공터 왼편 끝으로 삼각형 지붕이 반쯤 형체를 드러내는 2층 건물이 보이는데, 이 집이 1936년부터 1941년 사이 박인환 가족이 살던 집이다. 전통적인 한옥은 아니다. 그렇다고 완전한 일본식 집도 아닌, 이른바 '오까베집'이라고 부르는 일본식의 허름한 살림집이다. 그러나 이 집에는 박인환 시

인이 살았다는 표지판은 없다. 박인환 연표에 '원서동 언덕배기집으로 이사했다'는 집이 바로 이 집을 말하는 것이다. 창을 열면 바로 눈 아래 창덕궁 궁궐 안이 내 집 안마당처럼 바라보인다.

인제에 살던 박인환 가족은 처음엔 서울 종로구 내수동으로 이사했다가 다시 원서동 134-8번지 이 집으로 옮겨 왔다. 이곳에서 박인환 소년은 덕수공립보통학교 4학년으로 편입해 14살에 졸업한다. 그리고 1939년 열네 살에 5년제 경기공립중학교에 입학한다. 덕수공립보통학교는 현재의 덕수초등학교인데, 광화문과 서대문 사이 미대사관 방향으로 넘어가는 길가에 있었다. 경기공립중학교는 해방 전에는 '경성제2고보'라고 부르기도 했다. 이곳에서 다시 1940년 박인환이 열다섯 살 때 바로 이웃인 원서동 215번지로 이사하여 1년 남짓 살기도 했다.

박인환의 알려지지 않은 소년 시절 비화 한 가지가 있다. 1941년 3월 16일, 영화를 너무나 좋아하던 박인환 소년은 부민관현재 서울시의회 건물에서 영화를 보다가 선생님한테 들켜 퇴학당한다. 그래서 할 수 없이 한성학교 야간부를 다니다가 그 다음 해 황해도 재령에 있는 명신중학교 4학년으로 편입하면서 원서동을 떠난다. 이렇게 자주 이사를 다니고 이 학교 저 학교 전학을 하게 된 까닭은 박인환의 아버지가 산판업을 했기 때문으로 추정된다.

박인환 시인은 1945년 연말에 서점 마리서사를 열었다. 산판업을 하는 아버지에게서 3만 원, 이모부에게서 2만 원 도움을 받았다. 박인환의 나이 열아홉 살 때이다. '마리'라는 책방 이름은 프랑스의 여류화가 미리 로랑생에서 따왔다고도 했고 서울대 권영민 교수 같은 분은 일본 시인 안자이 후유에安西安西冬衛의 시집 『군함 말리』에서 따왔다는 주장을 했다. 또 재스민을 가리키는 '말리화' 末莉花에서 따왔다는 사람도 있었다. 그러나 박인환 시인의 아내 이정숙 씨는 직접 남편에게서 "마리 로랑생을 좋아해서 마리서사라고 지었다"는 말을 들었다고 밝힌 적이 있다.

마리서사를 운영하던 시기는 박인환 시인 생애에서 아주 중요한 전환점이다. 우선 이곳을 드나드는 재능 있는 시인 예술가들과 교분을 맺음으로써 시인으로 활약하는 기회가 만들어졌을 뿐만 아니라 평생의 반려자인 아내 이정숙을 만난 장소이기도 하다. 이정숙은 진명여고 농구선수 출신으로, 170센티미터의 늘씬한 미인이었다.

마리서사에는 세계 여러 시인들의 시집과 화가들의 화집들이 많았다. 외서外書가 잘 구비되어 있다는 소문이 나서 시인 김광균, 김기림, 오장환, 장만영, 정지용은 물론 훗날 '신시론' 동인으로 합류하는 김수영, 양병식, 김병욱, 김경린 등과 '후반기' 동인인 시인 조 향, 이봉래 같은 시인들은 단골손님처럼 서점에 드나들었다. 따라서 마리서사에 모여드는 시인과 화가들은 비록 느슨하기는 했지만 일종의 예술적 공동체를 이루었다고 볼 수 있다. 그들은 대부분 퇴행적인 전통과 토속적 미학에 머물러 있는 기존 문단의 전근대성을 혐오하고 이를 개혁하기 위해서 모더니즘 시운동이 필요하다는 데 공감하였다.

마리서사를 운영하면서 박인환은 비로소 한낱 문학 지망생에

"마리서사가 없으면 시인 박인환도 없고, 시인 박인환이 없으면 마리서사도 없다"는 말이 있을 정도로 중요한 장소다. '마리서사'는 당시 젊은 예술가들의 소굴이자 한국 모더니즘 시운동의 메카였다. 낙원시장 들어가는 골목 어귀 종로 2가 길모퉁이에 있다. 현재 '대한보청기'가 영업 중이다.

처음으로 공개하는 박인환 시인 사진이다. 널리 알려진 사진보다는 사진 상태가 많이 떨어지지만 포즈는 자연스럽고 활짝 웃는 표정이 보기에 좋다. 박인환 하면 떠오르는 트렌치코트, 멋진 칼라의 스카프, 잘 어울리는 넥타이, 다소 흐트러진 머리카락…. 그 때문에 김수영 시인은 외모가 잘 생기고 멋을 잘 부리는 박인환을 질투하고 미워하지 않았을까.

불과했던 신분을 떨치고 일어나게 되는데, 1946년 국제신보에 발표하는 시 「거리」를 통해 시인으로 정식 데뷔한다. 그러나 시인활동에는 절대적인 힘을 얻는 데 도움을 주고 있었지만 책 판매는 시원치 않아 쌓이는 적자를 견디지 못하고 마리서사는 결국 1948년 봄에 문을 닫는다. 이 마리서사 터는 현재 도로명 주소 '종로구 수표로 104'로 바뀌었다. 서점이 있던 바로 그 자리에는 '대한보청기'가 문을 열고 있다. 그렇지만 이 마리서사 터가 해방 후 모더니즘의 깃발을 내건 예술가들이 둥지 삼아 모여들던 문화 예술의 베이스캠프였다는 사실을 아는 이도, 어떤 표지도 없다.

단골손님 중의 한 사람이었던 김광균 시인은 수필 「마리서사 주변」에 이렇게 쓰고 있다.

1945년인지 그 다음 해인지 낙원동 골목을 나서 동대문으로 가는 좌변左邊에 마리서사마리서사라는 예쁜 이름의 서점이 문을 열었다. 20평이 채 되지 않아 보이는 서점으로, 책이 꽉 차 있지는 않았으나 문학서적이 대부분이어서 나는 책을 몇 권 샀다. 자기가 서점 주인이라는 20대 청년이 인사를 청하고, 이름이 박인환이라는 것이었다.

박인환 시인은 결혼식을 올린 후 원서동에서 온 가족과 함께 살던 원서동 집을 떠나 세종로 처가에서 신혼생활을 시작했다. 이 집은 죽을 때까지 살던 집이다. 서울 종로구 세종로 135번지다. 박인환과 이정숙 커플은 1947년 초겨울에 약혼을 한 후 5개월간의 교제 끝에 1948년 5월에 결혼했다. 신접살림을 시작한 세종로 집은 처가였다. 처가살이로 결혼생활을 시작한 것이다. 신부의 아버지는 이왕실 재정을 담당하는 관리였다. 처삼촌 또한 해방 후 장관을 지냈던 분으로 유복한 가문이었다.

박인환 내외가 신혼생활을 시작한 세종로 135번지 집은 디귿자형의 한옥이었다. 집 앞으로는 맑은 중학천이 흘렀다. 중학천은 북악산 산자락 삼청동에서부터 흘러내려와 청계천으로 합류하는 작은 개천이다.

종로구 세종로 135번지의 위치는 현재 교보문고 광화문 빌딩 뒤편 주차장이다. 표석에는 이렇게 새겨져 있다.

이곳은 모더니즘 시인 박인환(1926~1956)이 1948년부터 1956년까지 거주하며 창작활동을 하였던 장소이다. 1955년에는 〈박인환 시선집〉을 냈으며 「목마와 숙녀」는 그의 대표작으로 꼽힌다. 그가 마지막으로 남긴 「세월이 가면」은 노래로 만들어져 널리 불리어지기도 하였다.

이 짧은 표석의 문구는 두 군데나 사실과 다르다. 하나는 1955년에 출간한 박인환 시집의 제목은 『박인환시선집』이 아니라 『박인환선시집』이다. 시집의 제목은 엄연한 고유명사이므로 그대로 써야 한다. 시집의 제목도 창작의 연장선상이다. '시선집'과 '선시집'은 엄연히 다르다. 두 번째 오류는 박인환 시인이 발표한 마지막 작품은 죽기 바로 3일 전 한국일보에 발표한 「죽은 아포롱」이다. 천재시인 이 상李箱을 너무 좋아했던 박인환은 3월 17일을 그의 기일忌日로 착각하고 그날에 맞춰 추모 시를 발표했던 것이다.

오늘은 3월 열이렛날
그래서 나는 망각의 술을 마셔야 한다
여급女給 마유미가 없어도
오후 세시 이십오 분에는
벗들과 제비의 이야기를 하여야 한다.

그날 당신은
동경 제국대학 부속병원에서
천당과 지옥의 접경으로 여행을 하고
허망한 서울의 하늘에는 비가 내렸다.
운명이여
얼마나 애타는 일이냐
권태와 인간의 날개
당신은 싸늘한 지하에 있으면서도
성좌星座를 간직하고 있다.

정신의 수렵狩獵을 위해 죽은
랭보와도 같이
당신은 나에게 환상과 흥분과
열병과 착각을 알려 주고
그 빈사의 구렁텅이에서
우리 문학에 따뜻한 손을 빌려 준
정신의 황제.

무한한 수면
반역과 영광
임종의 눈물을 흘리며 결코
당신은 하나의 증명證明을 갖고 있었다
이상李箱이라고.
–박인환 「죽은 아포롱」 전문, 1956년 3월 17일 한국일보

이 시 구절처럼 박인환 시인은 3월 17일부터 이 상을 추모하는 모임을 갖는다면서 내리 3일간 술을 마셔댔다. 술이 약했을 뿐더러 사흘 내내 잘 먹지 못해 텅빈 뱃속에 독하고 값싼 술을 퍼부었으니 건강한 사람도 견디기 힘들었을 것이다. 아예 죽을 작정을 했는지도 모를 정도였다.

1956년 3월 22일자 한국일보가 보도한 박인환의 부음 기사다.

시인 박인환 씨는 지난 20일 하오 9시경 심장마비로 세종로 자택에서 별세하였다. 씨는 금년 33세의 젊은 시인으로서 가장 첨예하고 지적인 감각을 지니고 우리나라 시단에 새로운 작품을 제기시켜 주려고 노력하였는데, 작품으로서는 지난겨울에 1백여 편을 엮은 『선시집』을 내놓았다. 유가족으로는 부인과 2남 2녀가 있다. 그런데 동同씨의 장례식은 시인장으로 22일 상오 11시에 자택에서 거행하리라 한다.

박인환 시인의 죽음을 보도한 한국일보 기사이다. 이 기사 역시

앞에서 이야기한 세종로 생가 터 표석처럼 오류가 있다. 박인환 시인의 나이를 '33세'라고 한 점과 『선시집』에 실린 시가 백여 편이라고 한 점, 유가족이 2남 2녀라고 한 점은 오보이다. 사망 당시 박인환 시인의 나이는 서른한 살, 『선시집』에 실린 시는 54편, 유가족은 2남 1녀로 바로잡는다.

김광균 시인은 그때의 일을 이렇게 적었다.

어느 날 장만영이 회사로 허둥지둥 찾아왔다. 박인환이 죽었다는 것이다. 그길로 나는 청진동과 광화문 사이 천변天邊에 있던 그의 낡은 한옥을 찾았다. 박인환은 이미 관에 들어 있고, 그 앞엔 향로, 촛불, 성냥갑이 놓여 있었다. 신부 같은 젊은 부인이 우리를 보더니 울음을 터뜨렸다.

1956년 3월 17일 밤 9시, 박인환은 그렇게 세상을 하직했다. 장남박세형의 증언에 따르면 "집안 펌프 물가에서 술에 취해 돌아온 아버지가 토하는 것을 보았다"고 했다.

서른 살에 청상이 된 시인의 젊은 아내 이정숙 씨는 박인환이 죽은 후 생활전선에 뛰어들어 갖은 고생을 다 하며 아이들을 길러야 했다. 처음에는 장례식 때 지인들에게서 받은 부의금을 밑천으로 명동에 다방을 차렸다. 그러나 운영이 어려워져 급기야는 명동 뒷골목의 술집마담이 되기도 했다. 이런 사실은 박인환 시인이 죽은 지 일곱 해를 맞이하여 한 여성잡지에 기고한 그녀의 글을 통하여 세상에 알려졌다.

세월이 가면 사람도 가는 것, 박인환의 아내 이정숙 씨도 지난 2014년에, 반 백 년 전에 죽은 남편의 뒤를 따라 먼 길을 떠났다. 향년 87세였다.

2014년 7월 23일자 매일경제신문 부음 기사다.

이정숙박인환 시인 미망인 씨 별세, 박세형, 세곤가천대 명예교수, 세화 씨 모친상, 윤수항언주중학교 교사 시모상. 2014년 7월 25일, 강남 세브란스병원 장례식장

강원도 인제에서 태어난 박인환 시인 하면 으레 명동을 떠올린다. 명동을 떠올리면 으레 '은성' 주점과 시 「세월이 가면」과 「목마와 숙녀」를 끄집어낸다. 이제 이 레퍼토리는 단물이 빠질 대로 빠진 츄잉껌과 같다. 그래서 그 이야기는 그만두기로 하고 그 대신 명동 시절의 박인환을 떠올릴 때마다 부록처럼 딸려 나오는 「세월이 가면」 탄생 비화를 바로잡으려고 한다. 이미 EBS드라마를 통해서, 작가 이봉구의 소설을 통해서, 또 여러 편의 수필들을 통해서 드라마틱하게 전해져 오는 탄생 스토리는 이렇다.

어느 날 명동 술집에서 술을 마시던 박인환 시인이 시상이 떠올라 즉석에서 써내려간 가사에 이진섭이 작곡하였다는 것이다. 그러나 서지학자 김종욱 선생은 자료를 제시하며 그 비화가 사실은 잘못 알려진 전설이라고 했다. 김종욱 선생이 제시한 자료는 당시 30만부 이상 발행되던 주간 '희망'에 실려 있는 언론인 송지영 씨의 회고담이다.

쓸쓸한 3월 초 어느 날 박인환 시인과 친우 이진섭 씨 사이에 이런 대화가 오갔다.

박 : 오늘은 유달리 거리가 쓸쓸하구나.

이 : 비단 오늘만이 아니지.

박 : 아 그래도 옛날엔 이렇지 않았어. 발걸음 하나하나 눈에 들어오는 것이 모두가 따뜻했어. 참 슬픈 일이이야.

이 : 인환이 너 오늘 너무 센티멘탈하구아.

박 : 송장 지나간 길 같애. 메마르고 차디차고, 술 한 잔 마시면 가슴이 더 터지는 것 같애.

이 : 그럼, 그걸 시로 읊으려무나.

박 : 그래, 내가 해 보지.

이 : 그럼, 그걸 내가 작곡해 볼까?

박 : 너 작곡할 줄 알지. 아, 됐다. 그럼 상송 조로 해봐. 그걸 부르며 쓸쓸한 이 명동을 적셔 보자. 내일 써 가지고 올게.

그래서 이튿날 박인환은 슬픈 시 「세월이 가면」을 써 가지고 '동방싸롱' 나타났다.

이진섭 씨는 그의 시를 받아들고 10일만에 곡을 완성해 악보를 들고 어느 대폿집으로 들어가 한 잔 마시면서 이진섭 씨가 노래를 불렀다. 이때 마침 송지영 씨가 들어와 이 노래를 듣고는 '명동을 적시는' 노래라며 극찬하자 박인환 시인과 합석했던 일행들은 모두 그 자리에서 술집이 떠나가라고 노래를 합창했다. 그렇게 해서

박인환 생가 터. 현재 서울 교보빌딩 주차장으로 사용되고 있다.

박인환이 살았던 집터임을 알려주는 표지석이다. 그런데 오류가 두 군데나 있다. 박인환 시집제목은 '박인환 시선집'이 아니라 「박인환 선시집」이고, 생애 마지막 발표작은 '세월이 가면'이 아니라 「죽은 아폴론」(한국일보, 1956년 3월 17일)이다. 이 시는 박인환 시인이 존경하던 이 상 시인을 추모한 작품으로 죽기 일주일 전 한국일보에 발표했다.

이 노래는 명동에 들르는 문화예술인들 사이에서 퍼져서 마침내 작곡가 전오승 씨가 편곡해 KBS방송을 통해 방송이 되기에 이르렀다. 이것이 노래 「세월이 가면」의 탄생 팩트이다.

그렇다면 「세월이 가면」을 제일 먼저 음반으로 녹음한 가수는 누구일까? 최근까지 확실한 실물 자료는 공개되지 않았다. 그래서 명동 술집에서 처음 발표될 당시 가수 나애심과 테너 임만섭이 즉석에서 불렀다는 증언에 따라 녹음을 가장 먼저한 가수는 나애심, 음반은 「신라의 달밤」으로 유명한 가수 현인이 맨처음 발표했다는 두 가지 설이 있었다.

그런데 최근 1959년 현인이 녹음한 때보다 훨씬 먼저 나애심이 녹음한 유성기 음반이 발견되어 누가 가장 먼저 취입했느냐는 논쟁은 마침표를 찍는다. 「세월이 가면」은 나애심이 음반을 낸 이후에도 여러 가수들이 뒤를 잇는다. 1959년 현인, 1968년 현미, 1972년 조용필, 1976년 박인희 등이다. 그 중에서는 박인희 곡이 가장 인기가 높고 가장 많이 알려졌다.

박인환은 인제군 인제읍 상동리 159번지서 태어났다. 사업을 하는 아버지 덕분에 집안은 윤택했다. 훗날 서울과 황해도 재령 등지로 이사하면서 중고등학교를 나왔고, 평양의학전문까지 입학할 정도였으니 대단한 부잣집이었던 셈이다. 박인환은 보통학교 4학년 때, 요즈음 학제로 말하면 초등학교 4학년 아홉 살 때 고향을 떠난다. 그러므로 박인환은 생애의 대부분을 고향과 유리된

객지에서 보낸다. 그래서일까. 박인환이 고향을 소재로 쓴 시는 죽기 얼마 전에 발표한 「인제」와 6.25 한국전쟁 기간 종군기자단 신분으로 고향 인제에 들렀을 때 지은 시 「고향에 가서」 정도가 전부다.

갈대만이 한없이
무성한 토지가
지금은 내 고향
산과 강물은 어느 날의 회화繪畵
인간이 사라진
고독한 신神의 토지
거기 나는 동상처럼
서 있었다.

–박인환 시 「내 고향 인제」 일부

박인환문학관은 인제읍 상동리 159번지 생가 터에 있다. 문학관이 처음 문을 열 무렵 방문한 적이 있었는데, 첫 느낌은 매우 혼란스러웠다. 전시실을 이 방 저 방 살펴보면 볼수록 박인환 시인은 '명동의 시인'이었다. '인제의 시인'이 아니라 '서울의 명동'의 시인일까? 이 점에 대해서는 월간 '시'가 발굴한 박인환 시인의 산문 「내 고향 자랑」이 답을 주고 있다.

나는 인제에서 태어났다. 일 년에 한두 번씩 지방순회 극단이

박인환 이정숙 커플은 5개월 간의 교제 끝에 1948년 5월 덕수궁에서 결혼식을 올린다. 신혼살림은 서울 세종로 135번지 한옥에서 시작한다. 장인 장모가 살고 있는 처가였는데 집 앞으로는 북악산에서 발원한 중학천이 흐르고 있었다. 이곳은 현재 교보빌딩 주차장으로 사용되고 있다.

서울 명동 '동방싸롱' 앞에서. 가운데가 시인 구 상, 오른쪽이 박인환이다.

온다는 것이 내가 자라날 무렵의 마을 최대의 즐거운 일이며 그 다음에는 학교운동회일 정도밖에 내 고향에서는 일이 없었다. 장마철 4, 5일간 비가 내리면 춘천에서 부터의 산길이 무너져 자동차는 근 한 달 가까이 통행 하지 않아 교통 통신은 완전히 차단된다, 이것 뿐이랴, 말 뿐인 방파제는 아무 힘없이 파손되어 대홍수는 마을이 뒤덮어 나는 예배당 종각 위에 올라가 우리 집은 물론 소 돼지 사람들이 떠내려가던 것을 본 생생한 기억이 남아 있다.

십여 년 전에 소파 방정환 평전을 탈고한 후 망우리 공동묘지에 들른 적이 있었다. 그 때 처음으로 박인환 묘가 망우리 공동묘지에 있다는 것을 알았다. 그 후로도 해마다 한두 번씩 아차산에서 망우산까지 종주를 하게 되면 묘를 찾았다.

사실 박인환의 묘는 찾기 쉽지 않다. 애국지사 묘역과 반대쪽 오른쪽 길로 접어들면 먼저 길 옆에 있는 박인환의 시비를 만난다. 시비는 「목마의 숙녀」 몇 구절을 새겨 넣었다. '인생은 외롭지도 않고 그저 잡지의 표지처럼 통속하거늘 한탄할 그 무엇이 무서워서 우리는 떠나는 것일까?'

이 시비 아래쪽에 박인환 묘가 있다. 보행로에서 100m도 안 되는 거리인데도 경사가 심해서 오르내리기 쉽지 않다. 나지막한 봉분 앞에는 '詩人朴寅煥之墓시인박인환지묘'라고 쓴 묘비가 있고 묘비에는 「세월이 가면」의 한 구절 '지금 그 사람 이름은 잊었지만 그 눈동자 입술은 내 가슴에 있네'가 새겨져 있다. 묘의 위치가 양지

쪽이 아니라 바람맞이 장소여서인지 봉분은 떼가 잘 살지 않았다.

박인환 시인 1주기인 1957년 3월 19일자 한국일보에 발표한 김규동 시인의 추모시를 찾아 공개하는 것으로 박인환 생애 여행을 마무리한다. 김규동 시인은 박인환과 함께 1950년대에 '후반기' 동인 활동을 한 적이 있다.

어리석은 사나이
크렐의 어두운 영화에 나오는 사람처럼
큰 키를 하고
백주白晝, 초조히 쏘다니던 얼굴!
피차 바른 말 옳은 말 할 때가 없어도
남달리 뛰어난 생각과 재능을 가졌던 사람
어리석은 사나이여
분명히 그것은 역설이었다
이 상李箱을 치켜 올리는가 하면
실상 오든과 스펜더를 좋아하며
쓸쓸한 거리에서 세월을 지우던
'검은 신'과 목마木馬의 시인!

'휘가로' '세종로' '모나리자' '소공동'
기억에 떠오르는 찻집과 가로街路와
친구의 이름과 수많은 주점의
작은 이름들을 외워 보리라.

그대 남긴 한 권의 시집이

거칠은 세상을 다녀갔다는

발자취로 남는 것이라 하겠지만

그보다 중한 건

그대 열렬한 청춘과 예술에의 꿈이었기에

고약한 세상에서

외로운 싸움을 싸우며

우리들 한 줄기 슬픔에 새삼 젖는다

어찌 평탄할 리가 있으랴.

–김규동 「친구의 이름들」 부분(1957년 3월 19일)

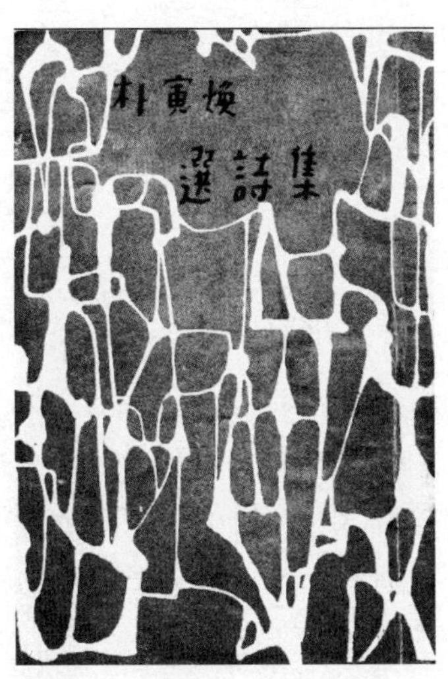

『박인환 선시집』 1955년 초판 표지. 장만영 시인이 운영하던 산호장 발행.

순아,
우리 단 둘이 살자
찾아 주는 이
없는들 어떠랴

장만영

서울 평동 생가 터–산호장 터–비엔나 다방 터–명동 예술극장–관수동 22번지

서울 종로구 평동 55번지-2호는 장만영 시인 생가가 있던 주소다. 이 시에서 장만영 시인은 30여 년 넘게 살아온 서울 평동 집터를 찾아가는 길을 초행자라도 알기 쉽게 시로 남겼다. 팔순을 넘긴 1938년생 큰아들 장석훈 선생과 함께 아버지와 함께 살던 집을 찾아나서는 데 지도도 필요 없고 별 특별한 설명도 필요없었다. 장석훈 선생은 택시 앞자리에 앉자마자 "고려병원현재 강북삼성병원으로 올라가 주세요."하고 말했을 뿐이다.

강북삼성병원 후문을 지나 기상대 방향 길가에서 택시를 내리자마자 집터가 나왔다. 녹색 창문의 강북삼성병원 구내식당 앞이었다.

돌가게의

돌 쪼는 징소리

언덕길 올라서면

경희궁 옛터 늙은 아카시아들

저만치서 반기며 꽃내음 토하는….

무너진 성줄기 따라

국립관상대로 가는 길이

하얗게 앞으로 직선으로 긋고

뻗어 올라가고, 길 아래

옹기종기 들앉은 고만고만한 집들

훈풍 속에서 낮잠을 잔다.

밤이면 부엉이 울고

소쩍새 울고

오가는 행인마저 드문 골목은

인왕산 호랭이 새끼라도

내려 와 두리번거리고

있을 것같이 호젓하다.

도심지 가까우면서도

먼 두메인양 적적한

장만영 시인이 바로 집 옆 고려병원
정원에 서서 찍은 기념사진이다.
고려병원은 그 후 성균관대
의대 부속병원 역할을 하면서
강북삼성병원으로 이름을 바꾸었다.

이 동네를 나는 떠날 수 없다.

떠나고 싶지가 않은 것이다.

–장만영의 시 「평동이라는 동네」 전문

"우리 집은 디귿자였지요. 길가 쪽으로 대문을 들어서면 본채가 있고 마당 왼쪽으로 행랑채가 있었어요."

지금은 형체도 없고 새로 지은 구내식당이 막아섰다. 장 선생은 평동 집터에 대한 설명을 하면서 그 이웃집들에 대한 몇 가지 재미있는 사실도 확인해 주었다. 장만영 시인 댁에서 병원 후문 쪽 바로 옆집은 작가 최인호가 살았던 '최변호사댁'이었고, 그 길 건너편으로는 초창기 '유한양행' 간판을 단 회사 건물이 있었다는 것이다. 또 최변호사댁에서 병원 쪽으로 석공소가 있었다고 했다. 이 석공소는 장만영 시인의 「평동이라는 동네」 맨 첫 행에 나오는 그 돌가게다. 시인이 글을 쓰는 데 꽤 시끄러웠을 석공소다.

"평동에서 사는 동안 아버지는 매일 밤 거의 하루도 쉬지 않고 청탁 받은 원고를 쓰시느라 밤을 샐 정도였는데 굉장히 방해가 되었습니다."

평동 시절을 회고하는 장선생의 눈시울이 잠시 촉촉해진다. 주부생활사, 서울신문사 등의 직장에서 나와 시쳇말로 전업 기고가 시인으로 생활해 나가자니, 쓰고 싶지 않은 원고까지 써대야 했던 그 아버지 모습이 떠오른 때문이었다. 그 무렵 아버지 장만영 모습을 '대산문화' 2014년 가을호에 「나의 아버지 장만영」이라는 글에서 이렇게 적고 있다.

서울 종로구 평동 55-2호가 장만영 시인의 생가 주소다. 시인의 장남 장석훈 선생이 생가가 있던 지점을 가리키고 있다. 생가 터는 현재 강북삼성병원 직원용 구내식당 공사가 한창이다. 시인의 장남 장석훈 선생은 당시 집 주변에는 인가가 드물었고 석재공장 소음이 심했으며 철 따라 산새들이 많이 날아왔었다고 증언했다.

서울 중구 회현동 47-7 번지 출판사 산호장 터.

아버지는 6척 장신의 거인이었다. 숱이 많은 백발은 멀리서도 눈에 띄는 모습이었고, 눈빛이 예리한 무인의 풍모를 가졌다. 하지만 강렬한 외모와는 달리 내면은 연약하고 다정다감한 분이었다. 50~60년대의 한국의 현실이 녹록하지 않은 때였으므로, 춥고 배고픈 시인의 가정은 더 말할 나위가 없을 터였다. 아버지는 신문사, 방송국, 잡지사에서 들어오는 원고 청탁을 받아 항상 밤샘 작업을 하며 커피와 담배를 입에 달고 사셨다. 그러한 작업이 아버지의 건강을 심하게 해쳤을 것이다.

이 평동 집에서 장만영 시인은 1950년 6·25 전쟁이 발발한 후 서울이 공산주의 세상이 되었는데도 미처 피난을 가지 못한 채 골방 뒤 장롱으로 막아놓은 좁은 공간에서 9.28 수복이 될 때까지 석 달을 숨어 살아야 했다. 내무서원이 들이닥쳐 당시 12살이던 장선생에게 아버지의 행방을 집요하게 캐물을 때마다 제대로 대답을 못해 곤욕을 치르기도 했다.

장만영 시인은 8.15 해방 후 1947년에 서울로 이사한다. 집 주소는 서울 중구 회현동 42번지 7호. 산호장珊瑚莊 출판사가 펴낸 책의 판권 주소다. 그러니까 이곳은 가족이 살던 집이자 출판사였던 셈이다. 산호장이라니- 출판사 이름도 한껏 멋스럽다. 산호장에서 출판한 책 종수가 그리 많지는 않지만 한국 현대 시문학사에서 빼놓을 수 없는 귀중한 시집을 여러 권 출판하였다. 김기림 시인의 『기상도氣象圖』를 비롯하여 조병화 시인의 『버리고 싶은 유산』

(1949) 박인환 시인의 『박인환선시집』(1955) 등이 모두 산호장에서 나왔다. 이 시집으로 수익을 올리기보다는 가난한 친구들의 시집을 때로는 호화판, 때로는 직접 디자인한 독특한 장정으로 출간해 주어 화제를 모으기도 하였다.

나는 1949년 7월에 고인이[장만영 시인] 경영하던 산호장에서 제1시집을 냈다. 나에겐 처음 경험이고 부끄럽기만 해서 모든 것을 장선생이 맡아서 했다. 나는 서울고등학교에서 물리를 담당하고 있었는데, 전혀 출판이고 책이고 모르고 있을 때였다. 그래서 "장선생에게 모두 맡기겠습니다." 하고 말했다. 그렇게 해서 고운 시집이 나올 수 있었다.

조병화 시인이 장만영 시인을 추억하며 한 여성지에 기고한 글 중에 산호장에서 시집을 내던 때의 일을 적었다. 조병화 시인 외에도 산호장에서 시집을 내는 시인들은 모든 것을 맡겼다. 그만큼 장만영 시인과 산호장의 솜씨를 신뢰했던 것이다.

산호장 출판사가 있던 자리는 서울 회현동 2가 42번지 7호다. 택시를 타고 신세계백화점 4거리를 지나 3호 터널 쪽으로 직진하다 터널 바로 앞에서 유턴하여 내렸다. 남산 케이블카를 타는 오르막길을 5분쯤 오르다가 첫 번째 왼쪽 골목으로 들어섰다.

"이 골목이 맞아요. 그때에도 저 앞 계단이 있었지요."

다시 왼쪽으로 꺾자마자 낙서처럼 적혀 있던 주소를 발견하였다. 중구 회현동 42번지 21호.

"이 집 다음 집이 산호장이 있던 우리 집 자리 맞습니다. 아버지가 2층 적산가옥을 사서 우리가 살던 집이지요."

장선생은 그 집 뒷골목에서 놀던 이야기며 집 앞 골목을 걸어 올라가 남산으로 갔던 일들을 회상하였다.

"저는 남산초등학교, 여동생 리라는 남대문국민학교에 다녔지요."

그리고는 이 집에서 장만영 시인 슬하의 7남매 중 석훈(맏아들) 애라, 영훈, 리라… 등 4남매가 살았다.

결국, 산호장 경영이 몹시 어려워지자 장만영 시인은 회현동 집을 처분하고 앞에 소개한 서대문구 평동 집으로 이사를 하여 타계할 때까지 그 집에서 살았다.

산호장이 있던 회현동 골목을 내려오니 큰길가에 퍼시픽호텔이 나타났다. 이 호텔 앞에서 전철 지하도를 통해 명동으로 들어섰다. 장선생이 아버지를 만나러 갔다가 우유를 마신 추억이 있다는 '비엔나' 다방이 있던 곳부터 찾았다. '명동백작'이라는 별명으로 소문난 소설가 이봉구 선생의 회고문에는 "소공동에서 다방 '하루삥'을 하던 장만영이 충무로에 옮겨 와 '비엔나'라는 이름으로 다방 문을 열었다"고 되어 있다. 이 점에 대해 동행한 장선생은 긍정도 부정도 하지 않고, 초등학교 어린 시절 아버지를 만나러 '비엔나'에 갔었다고만 했다. '비엔나'는 SPAO라는 영문 브랜드명이 적혀 있는 건물 안쪽 아주 좁은 골목으로 들어가, 지금은 '전주중앙회관' 식당으로 막혀버린 코너에 있었다고 했다.

생가 터는 현재 강북삼성병원 직원용 구내식당 공사가 한창이다.
시인의 장남 장석훈 선생은 당시 집 주변에는 인가가 드물었고 석재공장 소음이
심했으며 철 따라 산새들이 많이 날아왔었다고 증언했다.

평생 친구 조병화 시인. 그 인연으로 장만영 시인은 조병화의 처녀시집
『버리고 싶은 유산』을 산호장에서 출판해 주었다.

'비엔나' 터를 둘러보고 명동예술극장으로 향했다. "아버지 미국인"을 공연한다는 현수막에 내걸려 있었다. 이 극장 건물 바로 옆이 옛날에는 '칠성양화점' 등 구둣가게가 늘어서 있었던 골목이다. 이 구둣가게 골목 모서리를 장선생은 손으로 가리켰다. 당시 장만영 시인은, 현재 중국대사관 앞의 일본책방 골목에 들러 책을 사거나 구경한 다음에는 자주 국립극장 옆에 있던 '삼일 다방'으로 친구들을 만나러 가곤 했다.

소설가 김용성은 장만영 시인의 흔적을 취재하면서, 장만영 시인이 1938년 전후 서울로 혼자 상경하여 관수동 22번지에 살았다고 밝혔다. 관수동 22번지는 장만영 시인 자신도 자신의 시해설서 『이정표』에서 "바로 관수동 22번지/ 담도 판장도 없이/ 집이자 뜰이자 방인 집은/ 그 옛날 내가 순이와 외롭게 살던" 집이라고 확인한 주소이다. 장만영을 잘 아는 평론가들은 '순아'는 단지 장만영 시인의 시적 상징일 뿐이라고 말하기도 했다. 그러나 궁금한 것은 궁금한 법. 그 궁금증을 위하여 '순이'를 노래한 장만영의 시 전문을 소개한다.

서울 어느 뒷골목
번지없는 주소엔들 어떠랴,
조그만 방이나 하나 얻고
순아 우리 단 둘이 사자.

숨박꼭질하던
어린 적 그 때와 같이
아무도 모르게
꼬옥 꼭 숨어 산들 어떠랴,
순아 우리 단 둘이 사자.

단 한 사람
찾아 주는 이 없는들 어떠랴.
낮에는 햇빛이
밤에는 달빛이
가난한 우리 들창을 비춰 줄게다.
순아 우리 단 둘이 사자.

깊은 산 바위 틈
둥지 속의 산비둘기처럼
나는 너를 믿고
너는 나를 의지하며
순아 우리 단 둘이 사자.

–장만영의 시 「사랑」 전문

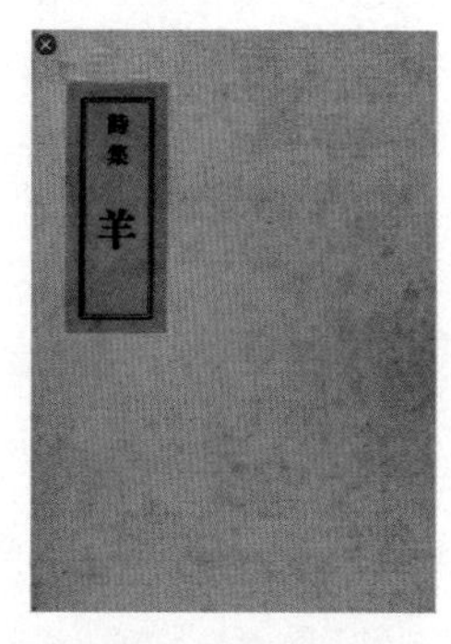

장만영 첫 시집 『양羊』(1937년)과 마지막 시집 『저녁놀 스러지듯이』(1973년). 시집 한 번 낼 때마다 한 글자씩 제목도 늘었다. 첫 시집은 양, 제2시집은 축제, 제3시집은 유년송, 제4시집은 밤의 서정, 제5시집은 저녁 종소리 등이다.

태양이 직각으로 떨어진다

김경린

서울 구기동 생가–경성전기학교 터–옛 서울시청–내무부–양재동 사무실 터

「도시계획론:한국 도시계획의 기본과제」(신경향,1950.6)

「신생활과 환경의 미화美化」(신천지, 1954.10)

「광역 도시계획에 대하여」(건설, 1963.10)

「서울을 중심으로 한 수도권지구 광역도시계획 구상」(서울시 시정연구, 1966.7)

「도시계획과 인간의 원형복귀 문제」(도시문제, 1966.9)

「도시 형태와 도시교통 문제, 외국도시 시찰보고」(도시문제, 1967.1)

「한국의 공업도시에 관한 연구:울산공업도시계획을 사례로」(건설, 1970.2)…

이 논문들을 쓴 필자는 일제 강점기 시절 경성전기학교를 졸업하고 일본 와세다대학 토목공학부에서 토목공학을 전공했으며

해방 후 귀국하여 한양대 토목공학과와 서울대 행정대학원 도시-지역계획학과 석사 과정을 마쳤을 뿐만 아니라 미국의 상하수도에 대한 연구를 위해 정부의 학비를 받아 미국 유학까지 마친 엘리트 공무원이었다. 학교 공부를 마친 이 분은 곧 전문직 공무원으로 임용되어 서울시 수도과장(1957) 내무부 도시과장(1959) 건설부 도시과장(1961) 건설부 영남국토건설국장(1968) 등 토목기술직 관련 공직을 두루 거쳤다. 이 분은 바로 박인환과 함께 후기 모더니즘 운동을 펼치고 포스트모더니즘의 기초를 닦았다는 평가를 받고 있는 김경린 시인이다.

김경린 시인의 생애 연보를 확인한 나는 심한 부끄러움을 느

김경린 시인의 딸 김예자 시인. 김경린 시인의 생애 흔적에 대해 소상하게 위치와 그 장소에 얽혀 있는 사연을 설명해 주었다.

겼다. 왜냐 하면 김경린 시인이 박인환 등과 함께 '신시론' 동인지 『새로운 도시와 시민들의 합창』을 펴낸 사실은 알고 있었지만 공직에 전념해야 하는 신분상의 제약으로 한동안 문학적 휴지기休止期를 겪은 후 다시 시단으로 돌아와 한국 현대시문학사에서 중요한 가치를 지녔다는 평가를 받은 앤솔로지 『현대의 온도』를 펴내 포스트 모더니즘의 진격을 알리는 시작 활동을 펼쳤다는 사실은 잘 모르고 있었기 때문이었다. 나는 1966년 대학 2학년 때 등단했으니까 김경린 시인과 30여 년 같은 시간과 공간에서 문학 활동을 했으면서도 김경린 시인을 1950년대 후반기 모더니즘을 이끈 눈부신 활동을 펼쳤던 '전설'로만 기억하고 있었으니, 아무리 나의 무지함을 뒤늦게 자책해도 모자랄 뿐이다.

미루나무
끝없이 이어지던
금빛 단풍길

오토바이 뒷자리에
아버지의 허리 껴안아
새벽길 가르며 신명나게 달리던
행복했던 길

–김예자의 시 「아버지의 길」 일부

김예자 시인은 김경린 시인의 따님이다. 김경린 시인의 구기동 생가 터 골목 앞에있는 작은 빵집에서 만났다. 자리에 앉아 인사를 나눈 다음 두 권의 시집을 받았다. 한 권은 김경린 시인 100주기를 맞아 펴낸 김경린 시인 유고시집 『흐르는 혈맥과도 같이』였고 한 권은 김예자 시집 『꽃씨 하나의 우주』였다.

김예자 시인은 아버지와 함께 구기동 생가에서 살던 추억이 깃든 시라면서 자작시 「아버지의 길」을 읽었다.

"아버지에 대한 추억이 많지 않아요. 워낙 바쁘셨어요. 일어나면 아버진 이미 구기동을 한 바퀴 산책하신 후 출근하신 뒤였어요. 야근을 하는 날이 많았고 지방 출장도 참 자주 가신 것 같았어요. 그래도, 바쁜 틈에도 나를 평창동 올림피아 호텔 커피숍으로 불러내 그동안 못했던 이야기를 나누곤 했어요. 이 시에 있는 것처럼 아버지 오토바이 뒷자리에 타고 바람 맞으며 달리던 추억이 가장 기억에 남아요."

아버지의 공무원 봉급으로는 생활비며 학비가 넉넉하지 않았다. 그래서 그냥 집에서 살림이나 하는 전업주부로 남편의 월급봉투만으로 살림을 꾸려나가기가 쉽지 않았다. 그래서 김예자 시인의 어머니는 사업을 벌였다. 그런데 그 사업이라는 게 남자들도 감당하기 쉽지 않은 택시운송 사업이었다.

김예자 시인은 김경린 시인의 구기동 생가를 안내했다. 생가는 아직도 그 자리에, 옛 모습 그대로였다. 담장이 높아서 집안을 들여다볼 수 없는 게 아쉬웠다. 김예자 시인은 "옛날 그 집 그대로예요."라고 말했다. 구기동 터널로 올라가는 큰길가 백 미터 정도 골목으로 들어가는 위치였다. 도로명 주소로는 구기동 진흥로 23길

15, 옛 지번으로는 구기동 81-5번지였다.

김예자 시인은 옛집 앞에 서서 말했다.

"아버지가 직접 지으신 집이에요. 아마 아랫집은 대학교수 부부가 살았던 것 같고…. 아버지는 매일 새벽이면 북한산 쪽 산길을 걸어 산책하시곤 했지요. '새벽 안개가 좋더구나, 공기가 참 좋지, 구기동으로 이사 오기 참 잘했어' 말씀하셨어요."

서울시청에서, 내무부에서 도시계획 업무에 매달려 상하수도 관련 정수장 공사 같은 일을 한 체험 덕분인지 도시 취향과 문명 비판적인 시를 쓰면서도 아버지는 실제로는 시골스러움을 좋아했다는 것이다.

따님은, 김경린 시인이 평생 남겨놓은 시집들과 모더니즘 관련 앤솔로지 출간 정보는 물론 생애의 흔적이 남아 있을 만한 장소를 여러 곳 알려 주었다. 김경린 시인이 다닌 경성전기학교, 근무처였던 당시의 서울시청, 내무부, 건설부, 직접 운영했던 세기종합기술공사 양재동 사무실, 10년 이상 시인지망생을 가르쳤던 여의도 동아일보사 동아문화센터와 오금동 동아문화센터, 불광동 버스터미널 부근 네거리, 식사를 하러 가족이 자주 모였다는 평창동 올림피아 호텔, 장만영의 산호장 출판사, 박인환의 마리서사, 명동의 다방 비엔나, 아카데미, 동방싸롱, 이진섭 누님의 휘가로, 무교동(다동)의 단골식당 용금옥, 자주 걸어서 산책하던 자하문 마루길, 북악산 팔각정 드라이브 코스… 등이었다. 이 장소들을 모두 종합해 보니 거의 모든 장소가 서울 종로 지역이었다. 말하자면 김경린 시인이 태어난 고향은 함경도 종성이지만 평생 일하고 살고 사랑한 지역은 서울 종로였다.

김경린 시인의 생애를 만나기 위해 한 곳 한 곳 찾아 나섰다.

우선 구기동에서 7022번 버스를 타고 윤동주문학관 앞에서 내렸다. 그리고는 김경린 시인이 그랬던 것처럼 윤동주문학관 옆 서울성곽을 따라 난 길을 걸어 올라갔다. 이내 시야가 탁 트였다. 남산 방향으로 시선을 돌렸다. 서울의 도심지 풍경이 한눈에 들어왔다. 빽빽하게 들어찬 빌딩들, 남산 타워, 서울역, 한강, 청와대와 경복궁 등….

자하문 마루 길에서 바라보는
서울은 커다란 스크린을 자랑하는
시네라마를 방불케 하지만
자연보다

석회성 구조물이 날로 늘어만 가는 것은
사람과 인공두뇌가 빚어내는 동심원
때문인 것은 뻔한 일

하늘 높이
마천루처럼 솟아오르는 빌딩들은
이윤과 부채와 사랑을 위한 터전임이 분명한데도

사람들은

왜 먼 소프라노를 향해 손을 흔들고만 있는 것일까

저기 수많은 지붕 아래

한때 사랑을 위해

목숨마저 마다하지 않겠다던

미스X와 '목마와 숙녀'를 사랑한다던

시인 P가 살던 곳은 어디쯤에 있는 것일까

–김경린 「자하문 마루 길에서 바라본 서울은」 일부

김경린 시인은 자하문 마루 길에서 서울 시내를 바라보며 '목마와 숙녀'를 사랑하던 생전의 친구 박인환을 떠올린다. 그리고 마천루처럼 솟아오르는 빌딩 숲에서 '사람들은 왜 먼 소프라노를 향해 손을 흔들고 있을까' 궁금해 한다. 김경린 시인은 이 시에서 서울 시내 풍경을 가리켜 모더니즘 시인답게 '서울은 거대한 스크린을 자랑하는 시네라마' 같다는 구절 한 방을 날린 것이다.

자하문 마루 길을 내려오며 김경린 시인의 시 중에서 내가 좋아하는 시 한 편을 떠올렸다. 서울을 가리켜 '거대한 스크린 같다'던 김경린의 모더니스트다운 시적 감각이 돋보이는 시다.

태양이

직각으로 떨어지는

서울의 거리는

프라타나스가 하도 푸르러서

서울 종로구 구기동 81-5
김경린 시인 생가는 현재 다른 사람이
살고는 있지만 원래 그 모습
그대로 남아 있다.

양재동 90-8 김경린 시인이 운영하던
세기종합기술공사가 있던 자리다.
김경린 시인은 이곳에 모더니즘 시운동을
이끌던 '한국신시학회' 사무실을
두기도 했다.

김경린 시인이 다닌
서울 동자동 경성전기학교
자리에는 현재
수도학교가 있다.
8.15해방 후
수도공업고등학교로
교명이 바뀌었고 서울
강남으로 이전했다.

나의 심장마저 염색될까 두려운데
외로운
나의 투영을 깔고
질주하는 군용트럭은
과연 나에게 무엇을 가져왔나
비둘기처럼
그물을 헤치며 지나가는
당신은 나의 과거를 아십니까
그리고
나와 나의 친우들의
미래를 보장하실 수 있습니까
…중략…
손수건처럼
표백된 사고思考를 날리며
황혼이
전신주처럼 부풀어 오르는
가각街角을 돌아
프라타나스처럼
푸름을 마시어 본다

–김경린의 시 「태양이 직각으로 떨어지는 서울」 부분

김경린 시인은 한국신시학회 앤솔로지 「현대의 온도」를 통해 한국 모더니즘 시운동의 맥을 이으려고 했다.

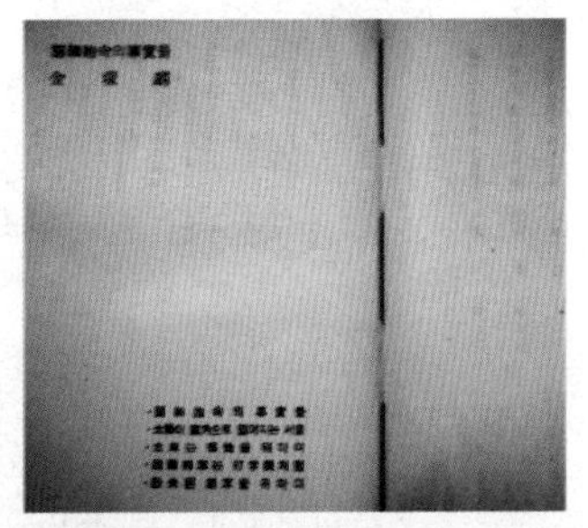
앤솔로지 「현대의 온도」 중 김경린 시인이 편집한 김경린 시인 페이지. 30여 년 전 책인데도 지금 봐도 편집이 새롭다.

김경린이 처음 이름을 알린 것은 1939년 4월 17일자 조선일보에 발표한 시 「차창」 「꽁초」 등이다. 그 후 김경린은 1940년 일본 와세다대학으로 유학을 떠난다. 유학 중에 일본의 시잡지 'VOU'에 시를 발표하면서 모더니즘 시인으로서 존재감을 나타내기 시작하였다. 1945년 8.15 해방 후 귀국해 1949년 '후반기' 동인을 결성하고 '신시론新詩論' 앤솔로지 『새로운 도시와 시민들의 합창』을 발간하면서 이 땅의 모더니즘 시운동의 꽃을 피우는 데 앞장선다. 김기림이 모더니즘에 불을 당겼다면 김경린은 후반기 모더니즘 운동을 펼치는 것이다.

김경린은 한동안 박인환, 김수영, 임호권, 양병식 등과 함께 모더니즘 시운동에 몰두한다. '청록파'로 대표되는 전통적 서정시를 거부하고 '후반기' 동인들은 도시적 감수성과 현대 의식, 그리고 전위적 시적 기법을 보여 주었다는 점에서 한국 현대시의 새로운 시의 가능성을 탐색한 대단히 중요한 시적 자산이다.

김경린 시인은 1960년대 말부터 십여 년 동안 작품 활동을 중단한다. 전문직 고위 공무원으로서 시작에 전념할 수 없었던 사정 때문이다. 그러다가 1980년 무렵부터 다시 활발하게 문학 활동을 재개해 포스트 모더니즘의 부활을 알린다.

김경린 시인은 '한국적인 전통'을 뛰어넘어 '세계적인 전통'으로 한국 현대시가 나아가야 한다는 것을 이론과 작품을 통해 역설하고 열정적으로 실천한 시인이었다.

"싸가지 없다" 그건 내 시의 존재증명이다

김수영

관철동 생가–종로6가 생가–도봉산 본가–구수동 생가–교통사고 장소

시인의 고향으로 간다. 그곳에서 남아 있는 시인의 흔적을 찾아낸다. 시인의 삶과 시를 되새겨 보면서 시인이 태어난 집과 어린 시절 살았던 마을을 둘러본다. 그리고는 시인이 다닌 학교, 시인의 대표작이 탄생되었음직한 특정한 장소, 시인이 묻혀 있는 묘소 등을 차례대로 들른다.

그러나 '서울토박이'로 알려진 김수영 시인의 경우는 난감했다. 생가, 본가, 시비가 있는 장소, 문학관 등 일일이 찾아가 취재할 곳을 메모하였지만 막상 어느 장소가 김수영의 생애를 이야기하는데 가장 중요한 장소인지 판단하기가 쉽지 않았다. 오래 전에 도봉산 산자락의 김수영 시비 앞에서 '김수영 시인 추모 시낭송회'를 갖는 자리에서 최동호 시인은 이렇게 말했다.

"서울 같은 대도시에서 산 시인은 참으로 불행하다. 지방 문인들에 비해 서울의 작고 시인들이 상대적으로 더 소외를 받고 있다. 도시가 클수록 작가도 많고 땅값도 비싸서."

그래서 나는 김수영 시인의 생애와 관련한 장소를 모두 찾아 나서기로 했다. 비록 현재 아무런 흔적이 남아 있지 않다고 해도…. 다만 김수영 생애의 흔적을 찾아가는 순서는 연보年譜 순서대로 하지는 않았다.

시인이 태어난 집 –종로 2가또는 관철동
소년시절 살던 곳 –종로 6가(대표작 '거대한 뿌리' 탄생)
시인의 본가 터 –도봉산 시루봉길 '외딴집'
시비 –도봉산
김수영문학관 –방학동
결혼 후 죽을 때까지 살던 집 터 – 구수동
교통사고 사망 지점

가장 먼저 찾은 곳은 고작 47세의 젊은 시인을 '느닷없는' 죽음으로 몰고 간, 교통사고가 났던 장소다. 1955년 부인 김현경 씨와 결혼한 시인이 생애 마지막 순간까지 함께 살았던 구수동 집터 바로 앞 도로가였다.

김수영 시인이 죽은 날을 부인 김현경 씨는 이렇게 기억하고 있다.

1968년 6월15일 아침에 돈이 급하게 쓸 곳이 있어서 출판사에 가서 번역료를 좀 선불로 받아오라고 했습니다. 그런데 자정이 다 된 한밤중에 우리 집 대문을 두드리는 사람이 있었습니다. 이웃집 여자였습니다. "아주머니, 아주머니. 저 앞길에서 교통사고가 났는데 아무래도 이상해요." 그래서 현장에 나가 보니 검은 피가 낭자하게 고여 있는데, 다친 사람이 보이지 않았습니다. 파출소에 가서 물었는데 교통사고가 났다는 사실도 모릅디다. 혹시나 해서 틀니를 잃은 남편과 함께 틀니를 찾기 위해 여러 술집을 다녔던 것처럼 이번에는 집 근처의 병원을 뒤지고 다녔습니다. 남편이 돌아오지 않았기 때문입니다. 어느 병원에서인가 "어떤 사람이 교통사고를 당해 적십자병원으로 보냈다."고 하길래 불안한 마음으로 달려갔습니다. 아, 그곳에 내 남편이… 중환자실에 누워 산소호흡기를 코에 꽂고 있었습니다.

죽은 남편의 주머니에는 그날 받은 번역료로 보이는 돈 7만 원이 남아 있었다.

그날 김수영은 신동문 시인이 편집책임자로 있는 신구문화사에 들러 번역료를 가불하였고 반가운 마음으로 평소 친했던 소설가 이병주, 한국일보 기자 정달영 등과 함께 청진동에서 소주를 마시고, 다시 무교동으로 자리를 옮겨 맥주를 마셨다. 김수영은 몹시 취했다. 걸음도 몹시 비틀거렸다. 을지로 입구에서 버스를 타고 자정 바로 직전 서강 종점에서 내렸다. 버스에서 내려 근처에 있는 집으로 가기 위해서 인도를 걷고 있는데, 좌석버스가 인도로

김수영 시인이 태어난 곳은 탑골공원에서 청계천 방향 길 건너 파고다학원 앞 종로2가 큰길가이다. 그러나 김수영 시인 네는 태어나자마자 종로6가로 이사한다.

김수영 시인은 김현경 씨와 결혼한 후 한강가인 마포구 구수동에 집을 마련한다. 이 구수동 집에 사는 동안 부인은 양계장을 하고 시인은 열심히, 시든 잡문이든, 번역이든 청탁 내용을 가리지 않고 닥치는 대로 원고를 쓴다. 사진에 보이는 영풍아파트 101동이 바로 그 양계장이 딸려 있던 김수영 시인의 생가 터다.

뛰어들면서 김수영 시인을 들이받은 것이다.

김수영 시인이 교통사고로 당한 지점은 현재 수협 서강지점 앞 보도이다. 이곳에서 구수동 집까지는 아주 가깝다. 김현경 씨와 결혼한 김수영 시인은 신혼 시절 돈암동 성북동 등에서 잠시 살았었다. 그러다가 구수동 집구수동 41-4으로 1955년에 이사 와서 1968년 죽을 때까지 살았다. 현재 영풍아파트 101동이 들어선 자리가 김수영 시인의 집터다. 지금 이곳에는 김수영 시인의 집터라는 어떤 표지판도 없다.

전통은 아무리 더러운 전통이라도 좋다 나는 광화문
네거리에서 시구문의 진창을 연상하고 인환네
처갓집 옆의 지금은 매입한 개울에서 아낙네들이
양잿물 솥에 불을 지피며 빨래하던 시절을 생각하고
이 우울한 시대를 패러다이스처럼 생각한다
버드 비숍여사를 안 뒤부터는 썩어빠진 대한민국이
괴롭지 않다 오히려 황송하다 역사는 아무리
더러운 역사라도 좋다
진창은 아무리 더러운 진창이라도 좋다
나에게 놋주발보다도 더 쨍쨍 울리는 추억이
있는 한 인간은 영원하고 사랑도 그렇다

비숍여사와 연애를 하고 있는 동안에는 진보주의자와
사회주의자는 네에미 씹이다 통일도 중립도 개좆이다

수협 서강지점 바로 옆 건물 도로 앞이 교통사고로 김수영 시인이 사망한 장소다. 집에서는 100여 미터도 안 되는 그야말로 코앞이다. 부인 김현경 씨는 번역료를 받아 오라고 시킨 자기가 남편을 죽게 했다는 자책감에 빠지기도 했다. "죽은 남편의 주머니에는 번역료 중 남은 7만 원이 들어 있었다"는 김현경 씨의 글이 마음을 아프게 한다.

은밀도 심오도 학구도 체면도 인습도 치안국
으로 가라 동양척식회사, 일본영사관,
아이스크림은 미국놈 좆대강이나 빨아라 그러나
요강, 망건, 장죽, 종묘종묘상, 장전, 구리개 약방, 신전,
피혁점, 곰보, 애꾸, 애 못 낳는 여자, 무식쟁이,
이 모든 무수한 반동이 좋다

–김수영의 시 「거대한 뿌리」 일부

'요강, 망건, 장죽, 종묘상, 장전, 구리개 약방, 신전, 피혁점, 곰보, 애꾸, 애 못 낳는 여자, 무식쟁이' 등은 김수영의 대표시 「거대

한 뿌리」에 등장하는 단어들이다. 이런 단어를 열거하며 시인은 '이런 반동이 좋다'고 했다.

VOGUE야 넌 잡지가 아냐
섹스도 아냐 유물론도 아냐 선망羨望조차도
아냐 선망이란 어지간히 따라갈 가망성이 있는
상대자에 대한 시기심이 아니냐, 그러니까 너는
선망도 아냐

마룻바닥에 깐 비니루 장판에 구공탄을 떨어뜨려
탄 자국, 내 구두에 묻은 흙, 변두리의 진흙,
그런 가슴의 죽음의 표식만을 지켜온,
밑바닥만을 보아온, 빈곤에 마비된 눈에
하늘을 가리켜주는 잡지
VOGUE야

신성을 지키는 시인의 자리 위에 또 하나

넓은 자리가 있었던 것을 자식한테
가르쳐주지 않은 죄 – 그 죄에 그렇게
오랜 시간을 시달리면서도 그것을 몰랐다
VOGUE야 너의 세계에 스크린을 친 죄,
아이들의 눈을 막은 죄 – 그 죄의 앙갚음

VOGUE야

—김수영의 시 「VOGUE야」 일부

'싸구려 번역, 6부 이자, 헌책방에서 사 온 책, 술, 낡은 라디오, 메밀국수, 양계, VOGUE잡지' 같은 단어들은 결혼 후 구수동 살 때 김수영 시인의 생활을 엿볼 수 있는 물건들이다. 앞의 시에서 등장하는 '요강, 망간, 곰보, 애꾸' 같은 단어들은 소년 김수영이 살았던 종로 6가 약방 골목을 쉽게 떠올릴 수 있는 물건들이다. 그러니까 종로 6가 약방 골목은 김수영에게 소중한 추억과 시적 상상력을 풍부하게 해 준 셈이다.

종로6가 생가 터의 주소는 종로43길이다. 지하철 동대문역에서 10번 출구로 나오면 이내 '종로267번지'라고 표시된 빌딩이 나타난다. 1층은 '동대문가발' 2층은 '시골밥상'이다. 이 건물 바로 옆 골목으로 들어가거나 동대문에서 대학로로 넘어가는 고개 직전 동대문 서울성곽공원 앞 '한신스포츠' 간판 옆에 있는 '종로43길' 표지판이 있는 골목으로 들어가면 김수영 시인의 종로6가 집터가 나온다. 지금은 주차장 으로 사용되고 있다. 김수영 시인의 집 뒤채에는 고모가 살던 40평 규모의 한옥 집이 있었다고 하는데 그 집이 어느 집인지 확인하지는 못했다. 몇 해 전에 재개발되어 집들이 모두 헐렸기 때문이다.

지하철 1호선을 타고 의정부 방향으로 가다가 방학역에서 내린다. 1번 출구로 나온다. 역 앞의 길을 건너면 시장골목이다. 시장은 경기 탓인지 손님이 별로 보이지 않고 썰렁하다. 이 시장골목을 북쪽으로 빠져나오면 오봉초등학교다. 왼쪽 담을 끼고 '외딴집' 안내판을 따라 걷는다. 바로 이 '외딴집'이 김수영 시인의 부모형제들이 살았던 본가 자리다. 방학역에서 1킬로미터 남짓, 천천히 걸어도 30분이면 충분하다.

이렇게 많은 식구들이
아침이면 눈을 부비고 나가서
저녁에 들어올 때마다
먼지처럼 인색하게 묻혀가지고 들어 온 것

누구 한 사람 입김이 아니라
모든 가족의 입김이 합치어진 것
그것은 저 넓은 문창호의 수많은
틈 사이로 흘러들어오는 겨울바람보다도 나의 눈을 밝게 한다

차라리 위대한 것을 바라지 말았으면
유순한 가족들이 모여서
죄 없는 말을 주고받는
좁아도 좋고 넓어도 좋은 방 안에서
나의 위대한 소재를 더듬어 보고 짚어 보지 않았으면

거칠기 짝이 없는 우리 집안의

수도권 전철 1호선 방학역에서 1킬로미터 남짓 시장골목을 지나 오봉초등학교 뒤쪽 북한산 산자락 '시루봉길'로 접어들면 큰 공터가 나온다. 이 공터 한구석 '사철탕' 음식점 자리가 바로 김수영 부모님이 살던 본가 터이다.

한없이 순하고 아득한 바람과 물결 –

이것이 사랑이냐

낡아도 좋은 것을 사랑뿐이냐

–김수영의 시 「나의 가족」 일부

어쩌면 김수영 시인에게도 이런 시가 있었을까 싶다. 소시민의 소박한 행복을 소망하는 시 「나의 가족」은 1954년 작품이니까, 결혼은 했지만 마포 구수동 집으로 이사하기 전이다. 시대와 끊임없이 불화하고 살아온 것으로 알려진 김수영 시인에게도 이처럼 사랑이 가득한, 착하고 순한 소시민의 삶을 꿈꾸던 시절이 있었다니 놀랍다. 형편은 넉넉하지 않았고 형제가 많았다. 종로2가, 관철동, 종로6가, 용두동, 현저동 등으로 이사하다가 마침내 도봉산 자락에 집을 마련하고 이 집을 온가족이 사는 둥지로 삼는다.

본가 자리는 현재 '외딴집' 식당이 있다. 삼계탕과 사철탕 전문 식당이다. 식당 앞 공터는 널찍하고 많은 차량들이 주차할 수 있다. 한동안 이곳에 '김수영 시인의 본가 자리였다'는 표지판이 있었다고 했지만 눈에 띄지 않았다.

이 집에서 어머니와 형제들은 양계를 하고 돼지를 기르며 생활한다. 본가 건물은 슬레이트 지붕을 한 시멘트 건물이었다. 집 앞에는 1,000평이 넘는 공터가 있다. 돼지 축사와 양계장으로 하는 데 부족하지 않은 면적이다. 김수영 시인의 수필 중에 '병아리 1,000마리를 부화하여 어머니에게 드렸다'는 대목이 있다.

"김수영 시인은 묘지가 없다."

이 말은 틀린다. 아니다 맞는 말이다. 김수영 시인의 시비詩碑는 처음에는 도봉산에 있던 본가 옆에 있었다. 그러나 가족들이 뿔뿔이 흩어져 삶의 근거지를 옮기게 되자 1991년 현재의 자리로 옮겼다. 그때 파묘破墓하고 이장하는 과정에서 시인의 유해는 화장을 하고 그 유골을 수습하여 시비 밑에 묻었다. 그러니까 김수영 시비는 다른 시비들과는 달리 묘비와 시비를 겸한 '묘비시墓碑詩'가 된 것이다.

풀이 눕는다

바람보다도 더 빨리 눕는다

바람보다도 더 빨리 울고

바람보다 먼저 일어난다

–김수영의 시 「풀」 중에서 둘째 연

김수영 시인의 부인 김현경 씨에 따르면 이 시는 1968년 5월 29일에 썼다고 한다. 그러니까 사망 2주일 전에 쓴 것이다. 시의 내용이 마치 자신의 운명을 예고하는 '유서遺書' 같다는 느낌이다.

김현경 씨는 "이 시를 쓰던 날 밤에는 바람이 몹시 불었으며 탈고한 후 남편은 매우 만족해했다."고 증언하며 이렇게 덧붙였다.

"시에 대한 시인으로서의 자세와 시 정신의 끝은 존재에 대한 사랑에 꽂혀 있었다. 자학까지 하면서 시인은 그 길을 가고 있었다. 그 길가에서 자라나는 무성한 풀잎들, 시인의 가슴 속에는 언제나 그의 싱싱한 풀들이 바람에 흔들리고 있을 것이다."

김수영 시비를 찾아가려면, 전철 1,7호선 도봉산역에서 하차하여 북한산국립공원 도봉지구 안으로 들어가 자운봉 방향으로 난 산길을 걷는다. 도봉서원 앞, 길에서 조금 떨어진 외진 장소에 시비가 있다. 도봉산역에서 약 1.8km 거리다.

정지용 소사 생가가 있었던
상가의 모습.

course 5

옥천 출신 정지용 서울에서 30년 살았다

정지용

북아현동 생가 터–소사 생가 터–휘문고보 터–녹번동 생가 터

"정지용 시인은 과연 옥천의 시인인가?" 하고 질문을 하거나 문제를 제기한다면 옥천 사람들에게서 '별 미친 놈'이라는 비난을 들을지도 모른다. 왜냐하면 정지용 시인은 1902년 충북 옥천군 옥천읍 하계리에서 태어난 사실이 분명하고, 대표작으로 꼽는 시 「향수」만 해도 고향 옥천을 노래한 작품이기 때문이다. 그러나 마흔아홉 해 동안 지구에 머물다 간 정지용 시인은, 그 생애의 70퍼센트 가까운 '30년' 동안 서울, 또는 수도권에서 살았다는 것을 따져 본 사람은 별로 없을 것이다. 옥천에서 초등학교 과정을 마치고 열네 살에 서울에 올라와 살기 시작해서, 1922년 휘문고보를 졸업할 때까지 9년, 일본 도시샤 대학을 졸업한 후 휘문고보 교

사로 봉직하며 서울에서 산 기간이 16년, 그리고 이화여대 교수와 경향신문 주간요즘의 주필을 하며 지내다가 6.25 나던 해 북으로 납북되어 가기 전까지 산 햇수가 또 5년…. 이렇게 헤아려 보니까 30년이다. 참 이 기간 중에는 제2차 대전의 전황이 불리해지자 미국과 결전하겠다는 조선총독부가 소개령疏開令을 내리는 통에 경기도 소사로 가서 2년 정도 '피난'한 기간도 포함된다.

이 정도 기간이면 '정지용 시인은 서울시인'이라고 할 수 있지 않을까? 하고 생각하고 있었는데, 때마침, 도종환 의원시인, 전 문체부 장관이 발의해서 시행되는 '국립한국문학관'을 각 지자체들이 서로 자기 고장에 짓겠다며 난리를 부리던 때 뜬금없이 "정지용 시인의 생가녹번 초당를 찾았다"는 뉴스가 터져 나왔다.

뉴스 제목이 좀 생뚱맞기는 하다. 그래서 정지용 시인의 연보를 하나하나 살펴보았다. 경향신문과 이화여대 교수직에서 물러난 정지용 시인이 녹번리녹번동 초당에서 살았다는 기록이 적혀 있다.

정지용 시인이 서울을 소재로 한 시 「소곡」을 소개하며 글을 시작한다. 「소곡」은 1938년 정지용 시인이 '여성'지에 발표한 시인데, 초여름에 서울 흑석동 명수대 주변 풍광을 그리고 있다.

물새도 잠들어 깃을 사리는
이 아닌 밤에,

명수대明水臺 바위틈 진달래꽃

정지용이 휘문고보 다닐 때 살았던 집터.

정지용 소사 생가가 포함된 상가 풍경.

어찌면 타는 듯 붉으뇨.

오는 물, 기는 물,

내쳐 보내고, 헤여질 물

바람이사 애초 못믿을손

입맞추곤 이내 옮겨 가네.

해마다 제철이면

한 등걸에 핀다기소니,

들새도 날러와

애달프다 눈물짓는 아침엔,

이울어 하롱하롱 지는 꽃닢,

설지 않으랴, 푸른 물에 실려가기,

아깝고야, 아기자기

한창인 이 봄밤을,

촛불 켜들고 밝히소,

아니 붉고 어찌료.

–정지용 시 「소곡」 전문

전철 1호선 동대문역 3번 출구로 나오면 바로 '우리은행'이 있다. 우리은행 오른쪽 골목 입구에 '창신시장'이라는 이정표가 있다. 이 골목은 Y자 형이다. 오른쪽 길로 접어들면 '창신성결교회'가 운영하는 유치원이 나온다. 이 유치원 앞에 있는 붉은 벽돌집이 바로 창신동 143번지종로구 종로 51가길 26이다. 이곳은 휘문고보 학적부에 있는 정지용 시인의 서울 주소다. 학적부에는 '창신동 143번지 유복영 방'이라고 나와 있다. 유복영은 아버지정태국의 친지라는 정도만 알려져 있다. 이 집에서 정지용은 휘문고보 졸업할 때까지 학교를 다닌다.

현재 '거대한' 현대그룹 계동 사옥이 들어서 있다. 이 건물은 1983년 정주영 회장 시절에 휘문고등학교 터에 지었다. 학교 자리를 내어준 휘문고등학교는 강남구 대치동으로 이전하였다.

정지용은 휘문고보를 다녔는데, 워낙 학업성적이 뛰어나니까 학교 측은 일본 유학을 보내 줄 테니 돌아와 교사를 하겠느냐는 조건을 걸었다. 경제적 형편이 넉넉하지 않은 터라 일본 유학은 엄두도 낼 수 없는 처지여서 받아들인다. 그래서 전액 장학생으로 도시샤 대학에 유학한다. 약속대로 정지용 시인은 대학 졸업 후 1929년부터 1945년 해방될 때까지 이 학교 영어교사로 근무한다.

이곳의 새 도로명 주소는 서울 서대문구 북아현로 18길 51-13이다. 이곳을 찾아내는 데 애를 먹었다. 2호선 애오개역에서 내려 추계예술대 부근까지 걸어가서는 인근 복덕방에 들러 종이에 적은 주소를 보여 주며 안내를 부탁하여 찾아냈다.

정지용 시인은 1929년 휘문고보 교사로 부임하면서 옥천에 있던 부인과 장남을 서울로 데려왔다. 처음에는 효자동에서 살림을 차렸고 1934년에 종로구 재동으로 이사, 다시 1937년에 서대문구 북아현동으로 이사하면서부터 비로소 셋집이 아닌 자택을 마련한 것으로 추정된다.

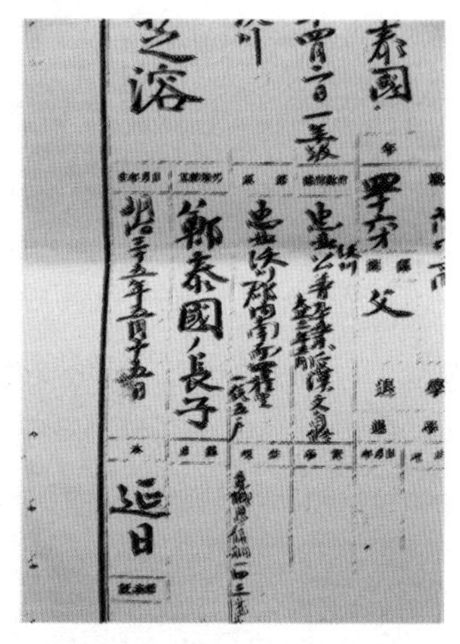
泰國
鄭泰國ノ長子
父

휘문고보 학적부. 현주소가 경성부 창신동 143 유복영 방으로 나와 있다.

북아현동은 안산 자락이다. 집 북쪽으로 성산로가 금화터널을 지나고, 남쪽은 신촌로와 지하철 2호선이 지나며, 경의선 철도가 동서로 관통하는 산동네다. 허물어질 듯 낡고 위태롭게 들어선 다세대 주택들 사이로 좁은 골목길이 끊어질 듯 이어지고, 경사가 급하고 계단이 많다. 영화 "추격자" 중 추격 장면을 이 골목에서 촬영했다는 골목이다.

> 물오른 봄 버들가지를 꺾어들고 들어가도
> 문안 사람들은 부러워하는데,
> 나는 서울서 꾀꼬리 소리를 들으며 살게 되었다…

정지용이 노래한 곳이 바로 이 북아현동이다. 정지용 집은 한옥이었을 것이다. 이미 문단에서 명성을 날리고 있을 무렵이니까 북아현동 정지용 집에는 수많은 언론인과 문인들이 드나들었을 것이다. 1939년 연희전문 문과 2학년생 윤동주가 누상동 9번지 김송 댁에서 나와 북아현동으로 하숙을 옮기고 나서 두서너 번 정지용의 집을 방문했다고 한다.

그 후 많은 세월이 흘러 이 북아현동 골목에는 무명작가 시절 작가 최인호가 살기도 했고, 영화감독 이장호, 천재화가로 불렸던 이인성, 꼽추화가 손상기도 살았었다. 그러나 정지용 시인이 살던 집터를 취재하는 동안 꾀꼬리 소리는 듣지 못하였다.

부천시 소사본동 89-14는 현재의 주소로는 부천시 경인로 316번지다. 전철 1호선 소사역 1번 출구로 나오면 바로 앞에 경인국도가 지나가는데, 오른쪽 방향으로 길을 300미터 정도 따라 내려가 길을 건너면 '성진피복' 간판이 있는 2층 추레한 상가 건물이 이어진다. 이 '성진피복' 1층에 1993년에 복사골문학회가 '정지용 소사 주거지' 안내판을 부착해 놓았다. 그리고 가게 철문에는 '향수'라는 글씨와 함께 정지용 시인을 그린 초상화별로 닮지 않은가 그려져 있다.

1943년에 총독부는 1944년에 미국과 일대 결전을 준비하며 대도시에 살고 있는 주민들에 대한 소개령을 내렸다. 이 소개령에 따라 정지용 시인은 복사꽃의 고장 소사에서 3년 남짓 머물게 된 것이다.

2015년에 나온 서정시학 발행 『정지용 전집』연보에는 '정지용이 1944년 제2차 세계대전 중 서울에 내려진 소개령으로 부천군

1937년에 이 집(북아현동)을 마련한 정지용은 아내와 아들과 함께 살았다. 지금 그 집은 사라지고 집터 주변은 온통 낡고 위태로워 보이는 다세대 주택 골목으로 변했다. 연희전문에 다니던 윤동주가 누상동 하숙집에서 나와 1941년 9월 북아현동으로 하숙집을 옮긴 후 여러 차례 이 집에 사는 정지용을 만나러 방문했다는 증언이 있다.
아래 지번은 정지용 북아현동 집터 주소 북아현로 18길 51-13.

소사읍 소사리로 가족을 데리고 이주해 1946년 서울 돈암동으로 다시 이사할 때까지 살았다'고 기록되어 있다.

이곳에 사는 동안 정지용은 시를 한 편도 쓰지 않았다. 그 대신 이곳에 성당이 없는 것을 알고는 성당을 세우는 데 온 힘을 기울여 벽돌을 직접 굽는 등 소사본당 건축에 힘을 보탰다. 정지용은 시인이기 이전에 독실한 가톨릭 신도였다.

서울 은평구 녹번동 126-1번지는 현재의 도로명 주소로는 은평구 녹번로 3가길 24이다. 2015년에 은평구는, "정지용 시인이 살던 녹번동 초당을 찾아냈다"고 대대적으로 홍보하고 그 자리에 표지석을 세우는 기념식과 함께 시낭송대회를 여는 등 많은 홍보 활동을 했다. 국립한국문학관 유치에 성공하기 위한 퍼포먼스로도 보였다. 어쩌면 정지용 시인의 생애에서 어쩌면 가장 중요한 장소일 수도 있는 집터를 찾아냈으니 은평구로서는 고마울 수밖에 없다. 오래 전부터 '지용제'를 주관하며 공을 들여온 충북 옥천군으로서는 좀 억울하지 않았을까.

소개령으로 소사에 피난 생활 하던 정지용 시인이 해방 후 서울로 돌아와 돈암동에 잠시 살다가 이곳 녹번리로 이사 온 것은 1948년부터이다. 그러니까 1950년 7월 납북 당하는 날까지 3년 남짓 살던 집이다. 이곳에 은거하듯 사는 동안에도 지용은 시 「곡마단」 「사사조오수」 「녹번리」 등을 발표하였다.

여보!

운전수 양반
여기다 내버리고 가면
어떡하오!

녹번리까지만
날 데려다 주오.

동지섣달
꽃 본 듯이… 아니라
녹번리까지만
날 좀 데려다 주소
취했달 것 없이
다리가 휘청거리누나

모자 아니 쓴 아이
열여덟 쯤 났을까?
"녹번리까지 가십니까?"
"너두 소년감화원께까지 가니?"
"아니요."

캄캄 야밤중
너도 돌변한다면
열여덟 살도

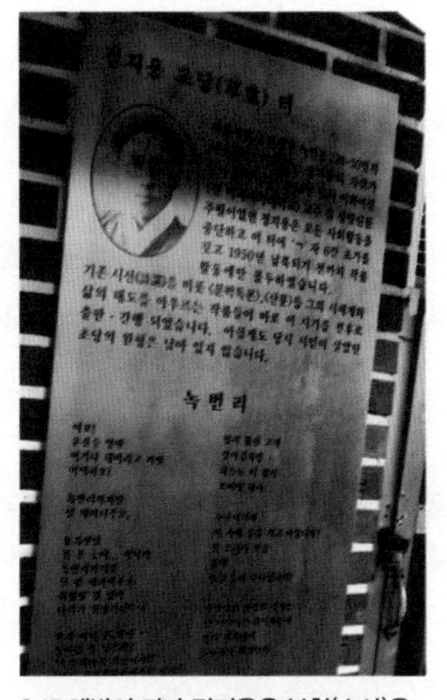

8.15 해방이 되자 정지용은 부천(소사)을 떠나 잠시 돈암동에 살다가 1948년부터 1950년 납북되기까지 3년 동안 녹번리 초당에 살았다. 주소는 서울 은평구 녹번로 3가길 24. 경향신문 주필, 이화여대 교수 등 잘나가던 정지용이 생활에 편리한 시내를 버리고 한적한 이곳에 왜 초당을 짓고 은거했을까. 좌우 이념의 격랑 속에서 지식인의 설 곳이 만만치 않았던 시대에서 잠시 벗어나고 싶었는지도 모르겠다.

내 마흔아홉이 벅차겠구나
헐려 뚫린 고개
상엿집처럼
하늘도 더 껌어
쪼비잇하다.

누구시기에
이 속에 불을 키고 사십니까?
불 들여다보긴
낸데
영감 눈이 부시십니까?

북아현동 집에 살 무렵 촬영한 것으로 추정되는 정지용 시인 가족사진.

탄탄대로 신작로 내기는
날 다니라는 길이겠는데
걷다 생각하니
논두렁이 휘감누나

소년감화원께까지는
내가 찾아 가야겠는데

인생 한 번 가고 못 오면
만수장림萬樹長林에 운무雲霧로다
–정지용의 시 「녹번리」 전문

이 시를 읽으니까 나에게도 어린 시절 추억이 있다. 1960년대 초 서울의 초등학교 학생들이 봄 소풍 코스로 많이 가는 곳은 서오릉이나 서삼릉이었지만 간혹 녹번리로 소풍을 가는 학교도 있었다. 나도 초등학교 5학 때인가, 시내버스를 타고 홍제동 종점에서 내려 야트막한 계곡 산길을 따라 녹번리로 소풍을 갔었다. 고개를 넘으니 편평한 초원 같은 곳이 있었다고 기억한다. 계류는 수량은 많지 않았지만 맑고 차가웠다. 별로 멀지 않은 신작로로 버스가 지나가곤 했는데, 그 버스들 중에는 소년원행도 있었다. 정지용의 시 「녹번리」에 나오는 소년감화원이 아마 불광동에 있었던 소년원을 가리키는 모양이다.

이 녹번리 초가에서 살던 7월 어느 날이다. 6.25전쟁 발발 후 한 달도 채 되지 않은 날, 정지용 시인은 가입은 했지만 별로 활동을 하지 않았던 좌익 문인단체 후배로 보이는 방문자를 따라 "문안에 잠시 다녀오리다."하고 집을 나간 후 영영 소식이 끊겼다. 정지용 시인의 사망 추정일 1950년 9월 25일도 다만 추정일 뿐이다. 언제, 어디서, 어떻게 정지용 시인이 사망했는지는 아무도 모른다.

이 세상에서 오직 시인으로만 살다 떠났다

박용래

중앙초등–강경상고–경경 중앙동–옥녀봉–오류동 대전집–삼과동 천주교 공원묘원

싸리울 밖 지는 해가 올올이 풀리고 있었다.

보리 바심 끝마당

허드렛군이 모여

허드렛불을 지르고 있었다.

푸슷푸슷 튀는 연기 속에

지는 해가 이중으로 풀리고 있었다.

허드레,

허드레로 우는 뻐꾸기 소리

징소리

도리깨꼭지에 지는 해가 또 하나 올올이 풀리고 있었다

–박용래의 시 「점묘」 전문

조각가 최종태 씨는 「맑은 이슬방울처럼 그렇게 : 박용래를 회상함」이라는 글에서 박용래 시인을 이렇게 표현했다.

맑은 이슬방울이 연잎에서 또르르 굴러 떨어졌는데, 그것은 늙지 않을 것 같다. 박용래는 내 안에서 늙지 않은 채로 항상 이슬처럼 있다. 박용래는 그 타고난 자리를 잃지 않고 그 천분의 자리를 지켜낸 사람 같다. 박용래를 생각하면 내가 지금 꿈의 세계에 있는 듯도 싶다. 박용래라는 사람은 타고 날 때 묻어 있었던, 타고나기 이전의 어떤 것을 아직 지닌 채 살았던 사람 같다. 세상 파도가 아무리 거셌어도 박용래에게서 그것을 앗아가지 못했다. 그것이 시가 되고 그는 이 세상에서 오직 시인으로만 살다가 갔다.

박용래 시인은 1925년 충남 강경에서 3남 1녀 중 막내로 태어나 1980년 11월 21일 대전 오류동 자택에서, 쉰다섯 살 때 심장마비로 사망했다.

그해 여름, 술에 취해 길을 건너다가 그만 택시에 치여 3개월 동안 입원했었는데, 이때부터 건강에 적신호가 온 것이다. 그런데도 술을 무척이나 좋아하던 그는 술잔을 놓지 않았다. 죽기 하루 전날에도 여전히 소주를 마시고 돌아와 다음날 셋째 딸 수명이가 점심을 준비하고 있던 오후 한 시에 안방에서 조용히 숨을 거두었다.

박용래 시인은 술자리에서 엉엉 잘 울던 마음 여린 시인이었다.

천진하게 잘 울어 '눈물의 시인' 혹은 '정한情恨의 시인'이라는 별명까지 얻는다. 박용래 시인과 매우 친했던 소설가 이문구 씨는 「박용래 약전」이라는 글에서 자주 우는 박용래 시인에 대해 이렇게 썼다.

모든 아름다운 것들은 언제나 그의 눈물을 불렀다. 기특한 것, 어여쁜 것, 소박한 것, 조촐한 것, 조용한 것, 알뜰한 것. 인간의 손이 안 탄 것, 문명의 때가 아니 묻은 것, 임자가 없는 것, 아무렇게나 버려진 것, 갓 태어난 것, 저절로 묵은 것. 그는 누리의 온갖 생령生靈에서 천체의 흔적에 이르도록 사랑하지 않은 것이 없었으며 사랑스러운 것들을 만날 적마다 눈시울을 붉히지 않을 때가 없었다.

소설가 이문구 씨가 글로 썼듯이 박용래는 우렁껍질, 먹감, 조랑말, 원두막, 얼레빗, 쇠죽가마, 개비름, 초가지붕, 도깨비불 같은, 세상의 사라져가는 것들, 아무도 돌보지 않는 것들을 즐겨 노래했다.

박용래 시인이 살아생전 '눈물의 시인'이라는 별명으로 불리게 된 이유는 여리디 여린 그의 고운 성품 탓도 있겠지만, 어릴 때 그를 업고 키운 엄마 같았던 '홍래鴻來 누이'의 영향도 컸을 것이라고들 말한다. 엄마 대신 그를 업고 언제나 함께 하면서 그를 키우다시피 한 '홍래 누이'가 시집을 간 지 얼마 안 되어 초산의 산고로 세상을 버린 것이다. 엄마는 길길이 뛰며 울다 까무러쳤고, 당시 중학교 2학년이었던 용래는 이 충격으로 삶에 회의를 품기 시작하여 우울한 성격으로 변한다. 그 후 박용래는 검정 치마, 흰 저고리, 옆 가르마를 단정히 한 홍래 누이의 그 고운 마음결을 평생 그리워하며 살았다. 그래서 화내는 것까지도 후회스러워하며 세상의 모든 생령들을 보면 그렇게 눈물을 흘렸다는 것이다.

벗가리 하나하나 걷힌
논두렁
남은 발자국에
뒹구는
우렁껍질
수레바퀴로 끼는 살얼음
바닥에 지는 햇무리의
하관下棺
선상線上에서 운다
첫 기러기떼.

–박용래의 시 「하관(下棺)」 전문

박용래 시인은 중학교 시절부터 책읽기를 좋아해서 「부활」 「죄와 벌」 등을 읽으며 문학에 빠져든다. 1943년에 강경상업학교를 전교 수석으로 졸업한 후 조선은행 본점에서 근무한다. 1944년 블라디보스토크 조선은행권 현금 수송열차의 입회인으로 러시아를 다녀온다. 조선은행 대전지점이 개설되자 대전으로 전근하였

강경상고는 당시 명성이 드높은 명문 상업학교였다. 강경상고 동문 중에는 기인으로 알려진 김관식 시인이 있다. 박용래는 학교 성적, 특히 주산 실력이 뛰어나서 졸업하자마자 당시 최고의 직장으로 손꼽힌 조선은행에 특채되었다.

다. 그러다가 1945년 7월초 일제에 의해 강제징집영장을 받게 되자 은행을 사직한다. 8월 14일 저녁, 입대하기 위해 미군의 B-29의 공습 때문에 담뱃불 붙이는 것조차 허락되지 않던 칠흑 같은 어둠 속에서 부모의 애절한 흐느낌을 멀리한 채 대전역을 떠나 군용열차를 타고 그 이튿날 용산역에 도착했는데, 그날이 바로 8.15해방이 되던 날이다. 역사는 하룻밤 사이에 이루어진다고 했던가.

박용래는 고향으로 돌아온다. 이 무렵부터 일본에서 귀국한 시인이자 수필가, 번역가로 유명한 김소운(1907~1981) 선생에게서 문학수업을 받으며 계룡산의 사찰과 부여 일대의 백제 유적지를 답사한다. 시를 쓰기 시작하는 것도 이 무렵이다. 그는 고향의 문인들과 함께 '동백시인회'를 조직하고 동인지 '동백'을 창간하면서 호서중학교 교사로 부임해 국어와 상업을 가르친다. 이때 동료 교사였던 화가 백 양 씨의 화실에서 미술과 음악에 빠져든다. 백 양 씨는 피아니스트 백건우의 부친이다.

박용래는 1956년 '현대문학'에 「황토길」「땅」으로 박두진 시인의 추천을 받아 문단에 정식 데뷔한다. 중학교 준교사 자격증을 따서 대전에 있는 철도학교로 영전(?)하면서 대전간호학교 출신 이태준을 만나 결혼한다. 그리고는 계속 교직에 있다가 1965년 당진의 송악중학교 교사를 끝으로 교직에서 물러난다. 간호사로 일하는 아내에게 생계를 부탁하고는 스스로 '청시사青柿舍'라고 이름 붙인 자신의 집 마당에 상추, 아욱, 대추, 라일락, 감나무 등을 심어 가꾸면서 본격적인 전업시인으로 들어앉는다. 이곳이 대전 중구 오류동 149-12번지, 박용래 시인이 세상을 떠나기 전까지 살았던 곳이다. 현재 이 집은 대전시 중구청 소유 공영주차장으로 바뀌어 자취를 찾아볼 수 없다. 이 집에 대해 소설가 이문구 씨는 이렇게 쓰고 있다.

옆에는 허름한 제재소와 물엿가게가 있어 마차꾼, 손수래꾼, 지게꾼이 온종일 두런두런 해동갑을 하고, 짐꾼들의 요기를 돕는 음팡간 주막이 하나, 나귀랑 노새랑 황소랑 하품 섞인 투레질이 그치지 않던 곳. 축담 용고새 위로 고추잠자리가 뜨면 쓰르라미 번갈아 울어 해거름을 부르고, 동짓달 시래기두름이 가랑잎 소리를 할 때 처마 끝의 개밥별이 깃들어 참새를 재우던 곳이었다.

이곳은 당시 우리나라를 대표하는 문인들이 대전에 들르면 반드시 들렀다 가는 명소였다. 무명의 예술가들도 이곳에 들러 박용래 시인의 술대접을 받기도 했다. 자주 들른 이들 중에는 박목월, 박두진, 이동주, 고 은 시인 외에도 도예가 이종수, 조각가 최종태 등 많은 예술가들이 있었다. 박용래 시인의 따님은 박목월 시인이 집에 들를 때면 항상 돼지고기를 사가지고 왔다고 말했다.

고 은 시인과 박용래 시인은 누구보다도 각별한 친구였다. 두 사람은 친구 이상의 관계였다. 고 은 시인은 박용래를 가리켜 '참 좋은 시인이자 순수한 울보, 진정한 술꾼' 등으로 기억하고 있다. "박용래 형과의 대화는 말보다 눈물이었어요. 길을 걸으면서 마주친 우체국을 보며 '몇 십 년 전에 누구한테 편지 부친 우체국'이라 하면서 울고, 눈만 오면 함경도의 어떤 것을 생각하면서 또 울었지요. 울음의 이유가 참 많았던 그런 사람이었어요."

이렇게 박용래 시인을 추억하는 고 은 시인의 『만인보』에는 박용래가 등장한다.

술 먹은 박용래가
대전 유성온천 냇둑
술 먹은 고 은에게 물었다
은이 자네는
저 냇물이 다 술이기 바라지? 공연스레 호방하지?
나는 안 그려

나는 저 냇물이 그냥 냇물이기를 바라고
술이 그냥 술이기를 바라네

고 은이 킬킬 웃어대며
냇물에 돌 한 개를 던졌다
물은 말 없고
그 대신 냇둑의 새가
화를 내며 날아갔다
박용래가 울었다 안주 없이 먹은 술을 토했다
괜히 새를 쫓았다고 화를 냈다

은이는 나빠
은이는 나빠

박용래가 울었다 고 은은 앞서가며 울지 않았다
-고 은의 시 「어느 날 박용래」 전문

'은이는 나빠 은이는 나빠' 많은 시인들은 이 대목에서 미소를 짓는다. 어른스러운 고 은은 아이 같은 박용래보다도 여덟 살이나 아래다. 박용래 시인은 1925년생, 고 은 시인은 1933년생이다. 시 속으로 들어가 보면 박용래는 술은 술이길 바라고 물은 물이길 바라는 마음으로 고 은에게 묻는 것이다.

"저 냇물이 다 술이길 바라지?"

이 말을 듣자 고 은은 은근히 화가 났다. 그래서 낄낄 웃으면서 아무 죄 없는 냇물에 돌멩이 하나를 던진다. 박용래에 대한 소심한 화풀이였다. 낄낄 웃는다는 것은 냉소적인 웃음이다. 박용래의 질문이 자신의 마음에 들지 않는다는 뜻이다. 비단 고 은 뿐만 아니라 많은 시인들이 박용래를 시어詩語로 삼아 시를 쓰기도 했다. 그만큼 박용래 시인의 심성이 고왔다는 의미일 것이다.

아내와 아이들 다 직장에 나가는
밝은 낮은 홀로 남아 시 쓰며 빈집 지키고
해 어스름 겨우 풀려 친구 만나러 나온다는
박용래더러 '장 속의 새로다' 하니,
그렇기사 하기는 하지만서두 지혜는 있는 새라고 한다.
요렇처럼 어렵사리 만나러도 나왔으니,

지혜는 있는 새지 뭐이냐 한다.
왜 아니리요.
그중 지혜 있는 장 속의 시의 새는
아무래도 우리 박용래인가 하노라.

–서정주의 시 「박용래」 전문

소나기 속에 매미가 우네.
황산나루에서 빠져 죽고 싶은 사람
막걸리잔 들고 웃다 우는 사람

상치꽃 쑥갓꽃 하며 호호거리는 사람

맷돌 가는 소리에 또 우는 사람

싸락눈 속에 매미가 우네.

–홍희표의 시 「박용래」 전문

박용래는 홋승에서 개구리가 되었을라

상칫단 씻다 말고 그리고… 그리고…

아욱단 씻다 말고 그리고… 그리고…

죽은 홍래 누이 그립다가 그리고… 그리고…

박용래는 홋승에서 그리고로 울었을라

–서정춘의 「박용래」 전문

박용래 시인의 둘째딸 박 연 씨는 「아버지는 오십 먹은 소년」이라는 글에서 "돈 세는 일이 역겨워 은행을 그만두시고, 등록금을 독촉하기가 안쓰러워 결국 교직을 떠나셨다고 말씀하시던 아버지. 어느 곳에나 얽매이기를 싫어하셨던 자유분방함과 어린아이와 같은 순수하고 여린 심정으로, 어쩌면 아버지는 태어날 때부터 시인으로 운명 지워져 있었는지도 모를 일"이라고 했다.

김용택 시인은 "그이는 얼마나 조심스럽게 언어를 세상에 가져다가 시의 나라를 만드는가. 그는 시인으로서 가장 시인다운 삶을 산 사람"이라고 평했고, 문태준 시인은 박용래의 시 「저녁 눈」에 대해 "그의 시는 가난한 것과 세상이 거들떠보지 않는 작고 하찮은 것들을 세필細筆로 세세하게 그려내고 돌보았다"고 했다.

박용래 시인은 아들딸 자랑을 자주 했다. 하도 자주 듣다 보니까 이를 부담스러하는 이들도 있었다. 주위 문인들에게서 별 생각 없이 해대는 이런 저런 뒷말이 싫었던지 이문구 씨에게 "문구야, 사람들이 나를 애보개라구 놀린단다. 내가 우리 성이 녀석을 한 번 업었더니 애보개라구 놀린단다. 야, 내가 내 자식이 귀여워 업어 주는 것두 흉이냐? 제 자식 업어 주는 것두 흉이여? 야, 문구야. 나는 슬프냐? 너두 내가 슬프냐? 아니지? 그런데 왜 그냥 눈물이 나오지? 야, 실업자는 애두 못 업어 주냐? 아니지? 나는, 나는 행복하단다."

박용래 시인이 얼마나 자식을 사랑했는지 알 수 있는 증거자료가 하나 있다. 1978년 가을부터 겨울까지 '문학사상'에 연재했던 박용래 시인의 유일한 산문 중에 나오는 대목이다.

골담초 숲에서나 구름 위에 태어났어도 좋았을 무능한 아버지의 울새들이여. 새삼 너희들의 얘기사 쑥스럽지만 허나 어쩌랴. 찌는 듯한 복중의 낮술 탓이랴. 맏이 이름은 노아. 노아의 방주가 아니더라도 남태평양 어느 섬엔가는 향기롭다는 뜻의 노아, 노아. 병원 창구에 앉아 온종일 주판알을 굴리다 해바라기가 좁은 담장을 한 바퀴 돌면, 총총히 돌아오는 새. 한 달에 한 번 제 먹을 만큼의 먹이를 물어오는, 애오라지 그냥 두고 봐도 좋을 화단의 꽃을, 굳이 꺾어 화병에 꽂아야 직성이 풀리는, 너는 당년 몇 살?

노아 아래는 연, 연꽃 연이 아닌 물 찬 제비 연. 암록색을 가장 좋아하는 새, 나름대로 밀레의 생애를 동경하며 샤갈의 환상을 좇는, 장차 화가

지망의 고3. 국민학교 1학년 때, 1등을 하고도 울고 온 새, 성적표 순위란에 숫자가 100이 아닌 1이었기에.

셋째는 수명, 산자수명의 수명, 명경지수의 수명. 아동극 경연대회에서 연기상을 탄 무대의 새바지가 벗겨지는 것도 모를 정도로 열연을 하더니, 풀잎각시. 소망을 물을라치면 서슴지 않고 아빠의 금주를 먼저 드는 우리 집 효녀?

진아는 넷째, 진선미의 진, 진주알의 진. 어느 날 길을 건너다 그만 연탄 삼륜차에 치여 구사일생으로 소생한 새. 밀 빛 방아개비 같은 아이, 쪼르르 쪼르, 집안의 잔심부름은 도맡아 한다.

혼자 집을 보는 날이면, 다락방에 박혀 피리를 부는가. 심지어 변소 안에서도 피리를 분다.아동용이지만.

여섯 살 성이는 막동이, 만리장성의 성, 재성. 까투리 중의 유일한 한 마리 장끼랄까. 아빠는 만년 낭인이어서 엄마한테만 응석을 부리는 엄마의 새, 치외법권의 새. 방안 퉁소인 성이가 10원짜리 종이호랑이 탈을 쓰고 으르렁거리다 제풀에 시큰둥해, 이번은 수돗가 물탱크에 장난감 통통배를 띄우더니 물장구를 치기 시작하였다. 동시에 창변에 파닥이던 울새들이 약속이나 한 듯 일제히 장단 맞춰 바다! 바다를 외치며 아우성이다.

이런 딸 바보 아들 바보 눈물 낭비한 시인 박용래를 만나러 길을 떠난다. 박용래가 살아생전 머물던 흔적을 찾으러 떠나기 전 이문구의 「박용래 약전」을 읽었다. '약전'은 이렇게 시작한다.

이런 난세에도 한 아름다운 이가 있었다. 박용래가 바로 그 사람이었다. 살아서는 그의 작품을 모르던 이가 없고, 죽어서는 그의 이름을 지울 이가 없을 터임에 세상은 그를 일컬어 시인이라 한다. 그는 조상 적 이름의 풀꽃을 사랑하여 풀잎처럼 가벼운 옷을 입었고, 그는 그보다 술을 더 사랑하여 해거름녘의 두 줄기 눈물을 석 잔 술의 안주로 삼았다. …아아, 앞에도 없었고 뒤에도 오지 않을 하나뿐인 정한情恨의 시인이여. 당신과 더불어 산천을 떠난 그 눈물들, 오늘은 어느 구름에 서리어 서로 만나자 하는가.

그를 그리워하고 기리던 평생지기 작가 이문구도 세상을 떠난 지 여러 해 되었다. 문득 그 사실을 깨닫는 순간 '박용래도 없고 이문구도 없는' 세상이 문득 까마득하게 멀어지고 적막해진다. 이문구의 표현처럼 '앞에도 없었고 뒤에도 오지 않을 그 시인 박용래'를 찾으러 떠나는 여행이기 때문이었다.

박용래 시인이 태어난 곳은 일제 강점기 당시 지명으로는 충남 논산군 강경면 본정리本町理였고 현재는 강경읍 중앙동이다. 정확한 번지를 알 수 없기 때문에 생가는 찾을 수 없다. 다만 중앙초등학교와 강경상고 학교 앞에 있는 마을 중앙동을 생가 마을로 짐작한다. 현재는 강경 젓갈시장이다.

강경상고는 당시 우리나라 최고의 명문 중 하나였다. 1939년에 입학한 후부터 그는 전 과목 우등, 수석을 빼놓지 않았다. 또한 학교 대표 정구 선수, 전교생을 호령하는 대대장이었다. 요즈음 학생들 말대로라면 '짱'이다. 외모 역시 호리호리한 미남형이었다. 이웃 학교 여학생들 사이에서는 선망의 대상이었지만 박용래의

대전시 오류동 149-2번지. 박용래 시인이 고향 강경을 떠나 결혼하고 아이 낳고 죽을 때까지 살던 대전 집터다. 현재는 대전시 중구청이 공영주차장으로 사용하고 있다.

이상적인 여인상은 오로지 '홍래 누이'밖에 없었다. 홍래 누이가 죽자 용래 소년은 죽은 누이를 가슴에 묻고 평생 그리워했다. 담장 옆에 심어진 오동나무, 그 나무를 쳐다보면 담장 위에 사위어진 낮달이 보이고, 검정 치마, 흰 저고리, 옆 가르마를 단정히 한 죽은 홍래 누이가 자꾸만 생각이 났던 것이다.

「담장」은 짧고 간략하게 누이를 그리워하는 마음을 절창한 시다.

오동梧桐꽃 우러르면 함부로 노한 일 뉘우쳐 진다.
잊었던 무덤 생각난다.

검정치마, 흰 저고리, 옆가르마, 젊어 죽은 홍래 누이 생각도 난다.
오동꽃 우러르면 담장에 떠는 아슴한 대낮.
발등에 지는 더디고 느린 원뢰遠雷
─박용래 「담장」 전문

강경상고를 둘러본 후 옥녀봉에 오른다. 옥녀봉은 지도에는 '강경산'이라고도 나와 있지만 해발 100미터도 안 되는, 산이라고 부르기에도 미안한 야트막한 언덕일 뿐이다. 강경읍 북옥리, 금강 하구와 서해가 만나는 지점이다. 이 산에서는 부여군 세도면이 이웃마을처럼 빤히 건너다보인다. 부여 세도로 시집 간 홍래 누이가 보고 싶을 때면 용래 소년은 자주 이곳에 올랐다. 홍래 누이가 저세상으로 떠난 뒤에는 더욱 자주 이 산에 올라 강 건너를 바라보며 한없이 눈물을 흘리곤 했다.

누이야 가을이 오는 길목 구절초 매디매디 나부끼는 사랑아
내 고장 부소산 기슭에 지천으로 피는 사랑아
뿌리를 대려서 약으로 먹던 기억
여학생이 부르면 마아가렛
여름 모자 차양이 숨었는 꽃
단추 구멍에 달아도 머리핀 대신 꽂아도 좋을 사랑아
여우가 우는 추분秋分 도깨비불이 스러진 자리에 피는 사랑아
누이야 가을이 오는 길목 매디매디 눈물 비친 사랑아
─박용래 시 「구절초」 전문

술을 좋아하던 박용래가 단골로 삼았던 집은 '서창집'이다. 강경시장
골목 안에 있는 허름한 술집이지만 박용래 김관식 두 시인이 들락거리는
단골집으로 소문이 나자 전국 각지의 문인들이 모여들곤 했다.

박용래는 이 옥녀봉에 올라서서 강건너 부여 쪽을 바라보며
일찍 죽은 누이 박홍래를 그리워하며 하염없이 울곤 했다.

홍래 누이는 박용래의 마음속에서 영원히 지지 않는 한 송이 구절초였다. 가을이 오는 길목에서 나부끼던 사랑이었다. '단추 구멍에 달아도 머리핀 대신 꽂아도' 좋은 사랑이었다. 아마도 옥녀봉에 올랐던 용래 소년은 누이의 숨결을 좀 더 절실하게 느끼고 싶을 때는 세도면이 좀 더 가까운 포구로 내려갔을 것이다. 용래 소년이 걸어 내려간 길을 따라 나도 걸어서 포구로 향해 걸었다. 때마침 중국에서 날아온 미세먼지 때문에 시야는 아주 나빴다. 가을이 깊어 가면 강 건너 쪽에는 억새가 흐드러지게 필 것이다.

강경 옛 장터는 지금은 젓갈시장으로 변했다. 박용래 시인이 즐겨 찾던 장터골목 안에서 탁배기를 팔던 서산집도, 들어오는 손님마다 욕을 바가지로 해대곤 했는데도 인심이 넉넉했던 그 집 욕쟁이 주모도 죽고 없다. 다만 '객주촌'이라는 이정표가 세워진 골목을 들어서면 그 옛 명성을 잇기라도 할 양으로 '서창집'이란 목로주점 하나가 서산집과 목표집의 명맥을 유지하는 듯 보였다. 그래도 당대를 풍미하던 강경의 시인 박용래와 김관식이 단골로 드나들던 골목인 만큼 시詩의 흔적을 찾으려는 길손이 헤매다 심심치 않게 찾을 것 같았다. 강경 하면 젓갈이요 젓갈 하면 객주가 떠오르듯이, 옛 장터 바로 옆 당시 한국의 3대 시장으로 명성을 날리던 강경 포구와 객주촌도 이제는 지난 시절의 명성만 남아 있을 뿐이었다.

대전시 중구 오류동 149-12번지는 박용래 시인이 고향을 떠나 결혼 후 살던 집터이다. 이곳에서 세상을 떠날 때까지 살았다. 대전에서 10여 년간 살면서 많은 작품을 써 온 이 집은 현재 대전시 중구청 소유의 공영주차장으로 바뀌었다. 서대전 삼거리 현대자동차 대리점 뒤, 세손병원 건물 옆이다.

박용래 시인이 살아 있을 때는 이 집은 그야말로 한국의 내로라하는 대표 문인들이 대전을 들르면 반드시 들렀다 가는 명소였다. 유명하거나 무명이거나를 가리지 않고 찾아 온 많은 예술가들이 박용래 시인와 함께 술잔을 기울이며 열정적으로 예술과 문학을 토론했다.

교사를 그만둔 후 박용래 시인은 평생 이 집에서 살며 시를 쓰다가 죽는다. 하루 종일 집에서 놀다가 조산원으로 일하던 아내가 돌아오면 새장에서 풀려난 새처럼 밖으로 나가곤 했다. 생활은 궁핍했지만 일상은 느리고 편안하고 평화로웠다. 초식동물처럼 살았던 것이다.

한때 나는 한 봉지 솜과자였다가
한때 나는 한 봉지 붕어빵였다가
한때 나는 좌판에 던져진 햇살였다가
먼 먼 윤회끝
이제는 돌아와
오류동의 동전
–박용래의 시「오류동의 동전」전문

박용래 시인이 자기가 살던 동네 오류동을 제목으로 쓴 유고 시다. 말하자면 '오류동의 동전'은 박용래 시인의 자화상과 같은 시다. 세상을 떠날 때 그의 호주머니에는 몇 잎의 동전만 남아 있었다.

생가를 둘러보고 나서 마지막으로 박용래 시인이 잠들어 있는 묘소로 향했다. 그러나 묘를 찾는 데 적잖이 헤매야 했다. 수집한 자료마다 묘소 위치가 충남 연기군 산내면으로 되어 있다. 그러나 지금은 대전시 산내동, 삼괴동으로 행정구역이 바뀌었다. 삼괴동 '천주교 공원묘원'을 가리키는 이정표를 지나 묘원 관리소 앞에 차를 세우고 묘의 위치를 물어봤지만 헛수고였다. 워낙 많은 묘들이 있어서 이름만으로는 위치를 알 수 없다고 했다.

작은 산봉우리 하나가 통째로 묘지였다. 봉우리 꼭대기까지 빼곡하게 묘가 메우고 있다. 4, 5천기는 될 듯하였다. 한 시간 이상 묘 한 기 한 기를 더듬어가다가 드디어 묘를 찾았다. 묘비 앞면은 '크리멘스龍來之墓', 뒷면에는 부인과 네 자녀, 사위의 이름이 새겨져 있다. 그리고 묘비 뒷면에는 박용래의 시 「군산항」 일부가 새겨져 있다. 많은 시편들 가운데 왜 하필 이 시를 새겨 넣었는지 알 수는 없다.

오늘, 내 불시不時 나그네 되어 빈손 찌르고 망대에 올라 멀리 갈매기 행방을 좇으면 곶은 굽이치는 탁류

–박용래의 시 「군산항」 일부

박용래 시인의 묘는 산으로 에워싸여 있다. 이 산에 곧 가을이 오고 가을이 깊어지면 낙엽도 지고, 이따금 산새들도 찾아올 것이다. 다만 묘의 위치를 찾기가 쉽지 않아 시인들이나 지인들의 발걸음은 뜸할 것이고, 차츰 잊혀져 갈 것이다. 나는 속으로 가을빛이 아름다운 날 다시 찾아오겠다고 내 스스로에게 약속을 하고 묘원을 나왔다. 아주 조금, 그에게서 전염되었는지 나도 눈물이 났다. 그와 같은 시인을 이 세상에서는 다시 만날 수 없는 것이 아쉬워서였을 것이다.

대전시 삼괴동 '천주교 공원묘원'은 경부 고속도로가 지나는 바로 옆에 있다. 5천기 가까운 묘 속에서 '크리멘스龍來지묘'를 찾는 일은 쉽지 않았다. 묘비에는 박용래의 시 「군산항」 한 구절이 새겨져 있다. "오늘, 내 불시不時의 나그네 되어/ 빈손 찌르고 망대에 올라/ 멀리 갈매기 행방을 좇으면/ 곶은 구비치는 탁류"

시대와 이념 그리고 남자에게 더럽혀지고 버려지다

노천명

누하동 생가– 가회동 성당–조선일보 매일신보사–고양 천주교 공원묘지

일 년 가까이 『노천명 전집』 엮는 일을 했다. 시집에 이어 수필집, 소설집까지 세 권으로 진행하는 전작품 발굴 공개 작업을 위해 노천명 생애 취재를 해야 했다. 생가는 물론 노천명 묘소, 평생 다니던 가회동 성당, 여기자 생활을 하였던 언론사, 사망 직전까지 입원하였던 위생병원 등등….

노천명 시인의 묘소를 찾는 데 무척 애를 먹었다. 인터넷에 '노천명 묘소'를 검색하면 그 위치가 '파주 장명산 아래'라거나 '고양 벽제동 가회동 천주교 묘'라고 나오는데 모두 정확하지 않다. 그 주소를 내비게이션에 치고 따라가니까 묘소가 아닌 엉뚱한 장소가 나온다.

정확한 위치는 '고양시 대자동 천주교 묘지'이다. 조금 더 자세하게 설명하면 중부대학교 고양캠퍼스 앞을 지나 도로가 '역C자' 방향으로 굽어지는 지점에서 오른쪽 마을 길로 들어서면 천주교 묘지로 가는 길이다. 마을에서 한 10여 분 계곡으로 들어가다가 승용차용 도로가 끝나는 지점에서 초입에 있는 여러 묘들을 지나 능선 쪽으로 올라가다 보면 거의 정상 가까운 곳에 노천명 시인 묘가 있다. 묘 위쪽 고개 너머는 올림픽CC 골프장이다.

노천명 시인의 사진. '찢겨진' 상태로 남아 있다.

전망 좋은 묘 자리다. 육안으로도 멀리 여의도 쌍둥이빌딩이 보일 정도다. 그런데 묘소의 형식이 독특하다. 건축가 김중업이 디자인하고 시비 글씨는 서예가 김충현의 솜씨다. 묘 한가운데, 돌로 만든 사각형 묘가 노천명 시인의 묘다. 왼쪽에는 살아생전 유난히 우애가 깊었던 언니 노기용, 오른쪽에는 노기용의 남편 최두환 변호사의 묘가 나란히 누워 있다. 묘비석 뒷면에는 시 「고별」의 한 구절이 새겨져 있다. 이 시는 노천명의 생애를 살피는 데 중요한 작품이므로 조금 길더라도 전문을 소개한다.

어제 나에게 찬사와 꽃다발을 던지고
우레 같은 박수를 보내 주던 인사들

노천명의 묘는 경기도 고양시 대자동 천주교 묘지'에 있다. '노천명 묘소 위치'를 검색했더니 부정확한 정보가 너무 많았다. '파주 장명선 아래' '고양 벽제동 가회동 천주교 묘' 등등. 세 분의 묘 중 가운데가 노천명, 왼쪽은 언니 노기용, 오른쪽은 형부 최변호사 묘다.

노천명의 시 「고별」 중 9행이 묘비 시에 새겨져 있다. "눈물 어린 얼굴을 돌이키고/ 나는 이곳을 떠나련다/ 개 짖는 마을들아/ 닭이 새벽을 알리는 촌가들아/ 잘 있거라// 별이 있고/ 하늘이 보이고/ 거기 자유가 닫혀지지 않는 곳이라면"

오늘은 멸시의 눈초리로 혹은 무심히
내 앞을 지나쳐버린다

청춘을 바친 이 땅
오늘 내 머리에는 용수가 씌워졌다

고도孤島에라도 좋으니 차라리 머언 곳으로 -
나를 보내다오
뱃사공은 나와 방언이 달라도 좋다

내가 떠나면
정든 책상은 고물상이 업어갈 것이고
아끼던 책들은 천덕구니가 되어 장터로 나갈 게다

나와 친하던 이들 또 나를 시기하던 이들
잔을 들어라 그대들과 나 사이에
마지막인 작별의 잔을 높이 들자

우정이라는 것 또 신의라는 것
이것은 다 어디 있는 것이냐
생쥐에게나 뜯어먹게 던져주어라

온갖 화근이었던 이름 석 자를

갈기갈기 찢어서 바다에 던져버리련다
나를 어느 떨어진 섬으로 멀리 멀리 보내다오

눈물 어린 얼굴을 돌이키고
나는 이곳을 떠나련다
개 짖는 마을들아
닭이 새벽을 알리는 촌가村家들아
잘 있거라

별이 있고
하늘이 보이고
거기 자유가 닫혀지지 않는 곳이라면 –

이 시는 6.25 한국전쟁 기간 동안 피난 가지 못하고 서울에 남았다가 조선문학가동맹에 가입하여 공산군에 부역했다는 죄목으로 감옥에 갇혀 있을 때 썼다. 믿었던 사람들에게서 잊혀지고 무심한 존재가 되어버린 자기 자신이 얼마나 서러웠으면 '고별'하는, 절연絶緣하는 내용의 시를 썼을까.

노천명 묘소에서 확인한 것이 하나 있다. 노천명의 사망일자가 6월 16일이라는 것이다. 네이버 인물사전은 물론 구글 인물정보, 하다못해 위키피디아까지 한동안 '노천명 사망 1957년 12월 10일'이라고 나와 있었는데 이 모든 자료들이 모두 고쳐졌으면 한다.

노천명의 부음을 전한 경향신문 1957년 6월 17일자 기사다.

여류시인 노천명 여사는 숙환인 빈혈증으로 3개월 여를 병석에서 신음하다가 16일 상오 1시 30분 서울 누하동 225의 1 자택에서 향년 46세를 일기로 애석하게도 별세하였다.

노천명 시인이 처음 쓰러진 날은 1957년 3월 7일이다. 오랫동안 차고 다니던 손목시계가 갑자기 가지 않게 되자 종로에 있던 단골 시계방으로 시계를 고치러갔다가 길에서 쓰러진 것이다. 시인은 곧장 위생병원으로 실려갔다. 병명은 '재생불능성빈혈'이었다. 여기에 영양실조까지 겹쳐 병세는 최악이었다. 평생 친구 이용희진명여고 동창, 공병우 안과의사 부인가 입원했다는 소식을 듣고 문병을 하러 가서 보니 위독하다는 환자는 병원비를 벌기 위해 병실 벽에 원고지를 대고 글을 쓰고 있었다고 했다. 왜? 물으니까, "지인들에게 괜한 민폐를 끼칠 수 없다."고 말했다는 것이다.

노천명 시인이 위생병원에 입원한 날부터 작성한 병상일기다.

3월 7일, 오후 세 시 입원위생병원, 다섯 시쯤 5백 그램 수혈, 두드러기가 돋아 괴로웠음.

8일, 아침에 박 선생 예방. 조석朝夕으로 2회 수혈.

9일, 낮의 수혈에 48분이나 걸려 불안하다. 돈 걱정. 모든 것들이 걱정이 되더니 밤 자정까지 잠을 이루지 못하여 수면제를 먹다.

10일, 낮 두 시경 목욕, 닥터 루우 회진, 또 수혈, 불면.

11일, 바람 센 맑은 날. 언니가 오후에 오셨다. 반가웠다. 오늘 수혈할 것까지 4만환 내놓고 가시다. 이에서 피가 나와 기분이 상했음.

12일, 엊저녁에 피를 넣고 참 몸이 편안한 중에 잠을 처음으로 잘 자다. 아침에 기분이 좋아 일곱 시에 산보를 좀 나가겠다고 말했더니, 바깥이 춥다고. 이에서도 피가 멎다. 오후에 언니가 장조림이랑 밤초를 해 갖고 추운데 또 나오시다. 형제밖엔 없는 것. 눈물겨운 정성.

13일, 잠 잘 자다. 아침에 혀에 피가 묻다. 또 조금씩 이에서 피가 나다. 내 피가 처음엔 1백만이던 것이 이젠 341만이 되었다고 한다.황 간호원 어젯밤 꿈이 좋더니 기쁜 소식 듣다. 모든 것은 천주님의 은총임을 같이 깨닫다. 꿈에 친구 조경희를 보고 통곡을 해 봤더니 어쩌면 오전에 언니랑 반갑게 석영과 함께 달려드는 것일까. 처음으로 기쁘게 웃고 즐거운 시간을 보내다. 언니는 통하면서도 내게는 참 정답거든. 이틀 동안은 내게서도 피가 생기나 보다고 안 넣다. 처음으로 서무과에 나가 전화를 걸다.

병상일기는 3월 13일 이후는 쓰지 않았다. 더 이상 쓰지 못한 것이다. 마지막 병상 일기를 쓴 지 두 달 3일 되던 날 새벽 한 시 반에 노천명 시인은 영영 돌아올 수 없는 먼 곳으로 떠나고 말았다.

노천명 시인은 누하동 집에서 임종을 맞았다. 시인이 죽었을 때 가장 먼저 찾아온 사람은 독실한 가톨릭 신자였던 김홍섭 판사였다. 미사를 마치고 혼자 살다가 죽은 교우의 집으로 연도를 가게 되었다. 저 세상으로 떠난 교우들을 위해 기도해 주는 가톨릭 평신자들의 활동 가운데 하나였다. 김 판사는 누구의 집인지도 몰랐다. 필운동 골목을 더듬어 골목 끝에 있는 작은 집의 어둠침침하고 좁은 방으로 들어갔다. 죽은 사람은 바로 혼자 살던 시인 노천

서울 종로구 누하동 225-1(도로명 주소 필운대로 26-21).
노천명이 1957년 6월 16일 평생 독신으로 외롭게 살다가 죽은
집이다. 2018년까지는 생가가 '서울문화유산'으로 남아 보존되고
있었다. 현재는 '이화한옥'이라는 게스트하우스로 변했다.

명이었다. 시신은 아랫목 한 겹 요 위 엷은 이불에 덮여 단정히 눕혀져 있었다. 방 안에는 몇 권의 책들과 앉은뱅이책상이 시인이 남긴 전 재산이었다.

이 집은 누하동 225-1번지 작은 한옥이다. 지지난 해까지 노천명이 살던 때의 모습 그대로 남아 있었는데 최근 방문해 보니 '이화한옥'이라는 게스트하우스가 되어 있었다. 집주인이 그 집을 판 모양이었다. 위치는 통인동 154번지 '이상의 집' 앞에서 몇 걸음만 올가다가 '라파엘의 집'이라는 간판이 걸린 가게 앞 골목으로 나

노천명 시인은 6.25한국전쟁 기간 중 부산 피난 시절 험한 꼴을
당한 후 가톨릭에 귀의하여 신자가 되었고 서울로 돌아온 후에는
평생 가회동성당에 다녔다. 본명은 베로니카.

노천명이 이화여전 영문과 졸업 후 첫 직장은 조선중앙일보
기자였다. 붉은 벽돌 건물인 조선중앙일보 사옥은 원래 모습이
그대로 잘 보존되어 현재 농협이 사용하고 있다.

있는 막다른 골목이다.

노천명 시인은 가회동 성당엘 다녔다. 그래서 장례식은 가톨릭 미사로, 6월 18일 명동성당에서 거행되었다. 장의위원장은 변영로 시인이 맡았고, 작가 박화성과 이대 불문과 교수 이헌구가 조사를, 구 상 시인과 김남조 시인이 조시를 읽었다. 또한 평생 친구 작가 최정희는 울면서 약력을 소개하였고 수필가 전숙희 역시 울면서 노천명의 유작을 읽었다. 처음에는 중곡동 천주교 묘지에 안장했었는데, 그 후 재개발로 묘지 일대가 주택지로 바뀌게 되자 경기 고양시 대자동 천주교 묘지 현재의 장소로 이장했다.

1934년 이화여전 영문과를 '우수한' 성적으로 졸업한 노천명에게는 여러 신문사에서 오라고 했다. 그 중에서 노천명은 조선중앙일보를 선택했는데 이는 단순히 집에서 아주 가깝다는 이유때문이었을 것이다. 집이 안국동이어서 조선중앙일보는 걸어서 10분도 안 되는 거리였다. 조계사에서 종로 보신각 네거리로 가는 큰 길가에 있었던 조선중앙일보 건물은 현재도 그 모습 그대로 농협은행이 사용 중이다.

노천명은 조선중앙일보 학예부 기자로 4년간 근무한다. 신문기자 생활이 답답했던지 노천명은 1937년 조선중앙일보를 사직하고 한동안 북간도, 용정, 이두구, 연길 등 만주 지역을 여행한다.

만주 여행에서 1938년 돌아온 노천명은 조선일보 출판부 '여성' 잡지에 취직한다. 친구 최정희가 김동환 시인이 발행하는 '삼천리' 잡지사로 갑자기 직장을 옮기는 통에 공석이 된 덕분이었다. 그러나 이른바 '대동아전쟁'이 치열해지자 조선총독부는 1940년 말 조선일보 동아일보 등 우리말 발행 민족지들을 모두 강제 폐간시킨다. 노천명은 졸지에 실업자가 된 것이다. 생계를 위해 다시 취직을 해야 했는데 우리말로 발행되고 있는 신문은 조선총독부 기관지 '매일신보'밖에 없었다.

노천명 시인에게는 선택지가 없었다. 결국 매일신보 학예부 기자로 취직하게 되는데, 이 신문이 노천명을 친일의 길로 잡아 끈 셈이었다. 참으로 고고하게 「사슴」과 같은 삶을 꿈꾸던 노천명으로서는 불행하고 안타까운 현실이었다.

현재 서울 태평로 서울시청 옆에서 광화문으로 뚫린 세종대로 앞에 가면 노천명 시인이 기자로 봉직하던 두 언론사가 길 하나를 사이에 두고 있다. 이른바 '대동아전쟁'에 '영예롭게 출정하는 대일본 병사'들을 응원하는 군중대회가 열리곤 하던 '부민관'은 현재 서울시의회 건물로 사용 중이고 그 옆에 고층빌딩으로 지은 조선일보사, 바로 길 건너 프레스센터로 불리는 한국언론재단 빌딩 안에 현재 서울신문이 입주하고 있다. 서울신문사 터인 이 매일신보에서 한때 노천명 시인은 '친일파 언론인'으로 일한 것이다.

1957년 사망하는 날까지 노천명 시인은 남산에 있던 중앙방송국에 촉탁으로 근무하는 한편 틈틈이 서라벌예대, 이화여대 등에 강사로 출강했다. 방송국에서 노천명 시인이 맡았던 일이 PD직이었는지 행정직이었는지는 확인하지 못했다.

신문사에서 방송국으로 근무처를 바꿔 근무한 것은 1951년부터 1957년 사망할 때까지 7년간이다. 공산당을 도왔다는 부역죄로 부산형무소에서 복역하다가 석방된 직후 노천명 시인은 곧장 부산 피난지에서 방송을 계속하던 부산방송국으로 취직하였고, 방송국이 서울로 환도한 후에도 계속 다녔다. 노천명 시인이 방송국 근무할 때의 모습은 '스무고개 출연' '작가 조풍연 씨와의 대담' '방송국 엔지니어와 찍은 사진' 등이 사진으로 남아 있다. 이 사진들로 미루어 사무행정직은 아니고 방송제작 업무에 종사한 것으로 추측된다.

부산 피난 시절 부산방송국에서 방송을 진행하고 있는 노천명.

그 큰 느티나무 아래 지금도 많은 제자들이 서식하고 있다

박목월

경주 모량리 생가 터–건천교회–건천초등학교–효동교회–원효로 집터

'미래는 신의 영역이다. 인간이 침범할 수 없는 하느님의 고유 영역이다.' 지금도 기억하는 문장이다. 박목월 시인에게 받은 수필 원고에 나오는 한 대목이다. 1970년대 후반 한 여성잡지 편집자였을 때 특집에 수록할 원고를 청탁하거나 원고를 받기 위해 여러 번 뵈었다. 선생님은 아무리 까다로운 테마라도 물리치지 않으셨다. 원고를 주실 때도 거리가 먼 한양대학교보다는 시내로 약속 장소를 잡으셨다. 지금 플라자호텔 건물 뒤편에 있었던 '가화' 다방에서 주로 만나 뵈었다.

그 박목월 시인의 고향 경주와 서울 원효로 집터를 찾았다. 마치 큰 느티나무처럼 살아생전 그 그늘 아래 많은 제자들을 모이게

한 시인의 생애를 더듬어 보기 위해서다.

모량리는 케이티엑스 신경주역에서 그리 멀지 않다. 생가는 여느 유명시인들 생가처럼 말쑥하게 새 옷을 차려 입은 새신랑 같은 모습이다. 마당으로 들어서니 섬돌 위에 자그마한 고무신이 두 켤레 놓여 있다. 하나는 박영종 소년의 신발일 터였다.

1915년 경북 경주군 서면 모량리에서 박준빌과 박인재의 장남으로 출생하다.

생가 앞에 있는 연보의 기록이다. 그러나 몇 해 전 목월의 출생지는 '경남 고성'으로 밝혀졌다. 따라서 연보의 사실 관계는 "대구농림학교를 나와 수리조합에 근무하던 부친이 잠시 고성에 근무할 때 그곳에서 태어나 곧 경주 모량리로 이사와 살았다."고 수정해야 옳다. 현주소는 경주시 서면 모량리 행정길 61번지살구정 마을이다. 방문을 열면 낡은 농짝과 앉은뱅이책상, 중년 시절의 박목월 시인 사진이 푸근하다.

모량리 생가에서 금척리 고분을 지나 건천읍 시내로 들어서는 초입에 건천초등학교가 있다. 박영종 소년이 다닌 학교이다. 당시 학교 이름은 '건천공립보통학교'였을 것이다. 아주 오래된 고목들이 운동자 주변에 여러 그루 있다. 2층 교사 앞에도 수령이 꽤 오랜 향나무들이 보초처럼 늘어서 있다. 교사 오른쪽에는 「윤사월」

경주시 생가 앞에 있는 연보에는 “경주군 서면 모량리에서 태어났다”고 되어 있는데 이는 사실과 다르다. 박목월이 태어난 곳은 경남 고성이다. 대구 농림학교 출신 아버지가 잠시 경남 고성군에 근무할 때 태어났으므로 박목월은 ‘경남 고성 출신 시인’이라고 해야 맞다.

박목월 (1915~1978)

1915년 경북 경주군 서면 모량리에서 박준필과 박인재의
(본명 : 영종 泳鍾, 아호 : 소원素園)
1923년 건천보통학교 입학.
1933년 계성중학교 3학년 때 잡지 〈어린이〉에
동시 ‘통딱딱 통짝짝’ 이 뽑힘.
1940년 〈문장〉 9월호에 ‘가을 어스름’, ‘연륜’ 으로 추천을
1946년 4월 김동리, 서정주 등과 함께 조선청년문학가협회
6월 박목월, 조지훈, 박두진 3인의 합동 시집 〈청록집
1949년 9월 ~ 1952년 9월 서울대학교 음악대학에서 강의.

시비가 세워져 있다.

송화가루 날리는
외딴 봉우리

윤사월 해 길다
꾀꼬리 울면

산지기 외딴 집
눈먼 처녀사

문설주에 기대이며
엿듣고 있다

모량리 생가에서 건천초등학교까지는 직선거리로도 10km는 된다. 30리 가까운 거리다. 그런데 바람을 막아줄 산도 없는 모량리에서 금척리 들판을 지나 이 학교를 다녔다면 참으로 힘들었겠다. 과연 박영종 소년은 모량리에서 매일같이 걸어서 이 학교를 다녔을까?

박목월 시인의 어머니는 독실한 기독교 신자였다. 영종 소년이 초등학교 4학년 때부터 교회를 다녔다고 했다. "시아버지가 이해심이 많아 교회 다니는 것을 용인하였다"고 한다.

'향나무가 참 예쁜' 건천초등학교를 나와 '건천교회'를 찾기 위해 검색해 보니 '건천제일교회'가 뜬다. 일요일이 아니어서 교회에는 아무도 없다. 교회 주차장에 주차 중인 교회버스에서 교회 전화번호를 알아내 전화를 걸었다. 강윤규 담임목사가 전화를 받았다. 목사님에게 "이 교회가 박목월 시인 어머님이 다닌 교회지요?"하고 채 묻기도 전에 "처음 담임목사로 부임할 때 교회 이름을 검색하니 박목월 시인 어머니 이야기부터 나오더라."고 답을 했다.

강 목사를 통해 여러 가지 새로운 사실을 확인할 수 있었다. 지금도 시인의 친척 한 분이 이 교회 권사님이라는 것과 시인의 어머니가 살던 집터가 바로 교회 뒤 담임목사 사택이라는 것이다. 강 목사는 나와 만나는 자리에서 박목월 시인의 친척이라는 권사님에게 전화를 걸었다. 권사님은 노령에다 건강이 좋지 않아 직접 인터뷰는 힘들다시면서 "박목월 시인은 모량리 생가에는 살지 않았다. 어머니와 함께 내내 이 교회 뒤에 있는 집에서 살았다."고 증언하였다.

'권사님'의 증언에 따르면 영종 소년은 모량리 생가에서 먼 거리를 걸어 통학하지 않고 이곳 어머니 집에서 학교를 다녔다는 것이다. 건천초등학교와 어머니 집은 아주 가깝다. 어머니가 왜 모량리 집에서 아버지를 비롯한 가족들과 동거하지 않고 이곳에 따로 나와 사셨는지 이유는 분명하지 않다. 연보에는 "건천교회가 멀어 교회 옆에 살았다"는 기록이 있을 뿐이다.

조지훈 박두진 박목월 청록파 시인 세 사람이
『청록집』 출간을 기념하며 찍은 사진.

모량리와 건천초등학교 사이가 금척리이다. 이 고분은 임금이 나 왕족 무덤이 아니니다. '금자金尺'를 묻은 무덤이라는 뜻이다. 신라 시대 죽은 사람도 금자로 재면 금방 살아나곤 해서 백성들 사이에 온갖 유언비어가 나돌기 시작하자 이를 겁내 금자를 압수하여 무덤을 만들었는데, 누군가가 도굴해갈까 우려해서 한 무덤에만 금자를 묻고 가짜 무덤을 여러 개 만들었다는 것이다.

박목월 시인은 소년 시절 이 고분에 와서 자주 놀았을 것이다. 그래서 온통 밀밭인 모량리 들판과 함께 이 금척리 고분이 「나그네」「윤사월」「청노루」 같은 명시의 모티프가 되었을 것이다.

박목월 시인은 대구 계성중을 졸업한 후 고향 경주로 돌아와 한동안 동부 금융조합 서기로 청년의 삶을 시작하였다. 이미 18세 때인 1933년에 개벽사가 펴내는 '어린이' 잡지에 박영종朴泳鍾이라는 본명으로 동시 「통딱딱 통짝짝」으로 데뷔하였지만 동시를 쓰는 데 만족하지 않았다. 낮에는 금융조합 서기로 근무하며 퇴근 후에는 반월성으로, 오릉으로, 남산으로 돌아다니며 사색의 시간을 가졌다. 동부 금융조합 터에는 현재 '경주상공회의소' 빌딩이 들어서 있다.

경주 동부 금융조합 서기로 재직하는 동안 박목월 시인은 성동동 골목 안, 성동시장으로 들어가는 입구에 있는 집에서 하숙했다. 해방이 되어 생활 근거지를 서울로 옮길 때까지 이 하숙집은 시인의 둥지였다. 이곳에서 살 때 '문장' 지에 정지용 추천으로 등단하여 시인으로 정식 등단하였다. 이때부터 박영종이라는 본명

원효로 효동교회. 독실한 어머니의 영향을 받아 박목월은 평생 신앙생활을 게을리하지 않았다.

서울 원효로에 있는 '목월공원'.

대신 박목월이라는 필명을 사용했다. 예전에 대구 근화여고가 있던 뒷골목인 이곳 하숙집 터는 현재 헬스장, 사우나, 휴게실을 갖춘 상업빌딩이 들어서 있다.

모량리와 건천읍 취재를 마치고 경주 시내로 들어와 점심을 들었다. 그런데 점심을 들기 위해 주차한 곳이 경주문화원 정문 앞이었다. 경주문화원 정문울 들어서서 경내로 들어가면 수령이 아주 오래된, 그러나 볼품없어 보이는 산수유나무가 한 그루 있다. 아직 꽃망울을 터뜨리기에는 이른 때여서 감흥은 없었다. 박목월 생애를 이야기할 때 이 산수유나무가 꽤 중요하다. 경주에서 금융조합 서기로 일하던 시인 지망생 박목월과 야심만만한 청년 김동리 작가가 이 나무 앞에서 자주 만나 문학과 작품에 대해 의견을 나누곤 했기 때문이다.

황성공원은 경주운동장 옆에 있다. 경주운동장 광장 한쪽에 차를 세우고 박목월 시비 있는 곳으로 걸었다. 이 황성공원 역시 박목월 시인이 젊은 시절 김동리와 함께 자주 산책하며 문학적 교감을 나누던 장소이다. 목월은 황성공원에 세워진 자신의 동시 「얼룩송아지」 시비를 무척 자랑스러워했다. 그래서 문단 친구들이 경주에 내려오면 으레 이 시비 앞에서 사진을 찍곤 했다.

동리목월기념관은 작가 김동리와 시인 박목월을 기리는 문학관이다. 언젠가 충남 보령에 갔을 때, 이문희 작가와 임영조 시인의 '통합' 문학관을 방문할 기회가 있었는데, 어째 두 분의 궁합이 잘 맞지 않는 것 같은 느낌을 받은 적이 있다. 그러나 동리목월문학관은 그 정반대였다. 참으로 잘 맞는 궁합이라는 생각이 들었다. 또래도 비슷하고, 문학적 성과도 누가 더 크다고 할 수 없는, 그야말로 경주를 대표하는 한국문학의 '투 톱'이라고 해도 틀리지 않으니까 하는 말이다.

동리목월문학관의 박목월관은 시인의 명성과 달리 서재가 몹시 소박했다. 서재에 걸려 있는 편액 '청록산방青鹿山房' 글씨는 서예

서울 용산구 원효로 4가 5, 6-2번지. 박목월 시인은 이 집에서 별세할 때까지 살았다.
이 집터에는 현재 '청노루힐'이라는 다세대 주택이 들어섰다. 청노루힐 벽면에
이 집이 '박목월 문학산실'이라는 명패가 부착되어 있다.

가 시암是菴 배길기裵吉基 선생 솜씨다.

서울 원효로에 있는 효동교회는 박목월 시인 내외가 평생 함께 다닌 교회로, 장로 안수를 받은 교회이다. 또한 아들 박동규 문학 평론가 내외도 이 교회 장로이다. 효동교회 위치는 원효로 2가 사거리 부근, 서울 용산구 새창로 144-5에 자리잡고 있다.

박목월 시인은 장로 안수를 받은 그해 3월 24일 산책에서 돌아와 별세했다. 평생 어머니의 신앙심을 삶의 지표로 삼아 성경을 하루도 빠짐없이 곁에 두고 살았던, 시인이기 전에 독실한 크리스천이었다.

유품遺品으로는 그것뿐이다.
붉은 언더라인이 그어진 우리 어머니의 성경책.
가난과 인내와 기도로 일생을 보내신 어머니는
파주의 잔디를 덮고 잠드셨다.
오늘은 가배절嘉俳節
흐르는 달빛에 산천이 젖었는데
이 세상에 남기신 어머니의 유품은 그것뿐이다.
가죽으로 장정된 모서리가 헐어 버린 말씀의 책
어머니가 그으신 붉은 언더라인은
당신의 신앙을 위한 것이지만
오늘은 이순耳順의 아들을 깨우치고
당신을 통하여 지고하신 분을 뵙게 한다.

동양의 깊은 달밤에 더듬거리며 읽는

어머니의 붉은 언더라인 당신의 신앙이

지팡이가 되어 더듬거리며 따라 가는 길에

내 안에 울리는 어머니의 기도소리.

–박목월 「어머니의 언더라인」 전문

해방 이후 서울로 올라온 박목월 시인은 원효로에서 쭉 살았다. 처음 차린 살림집은 현재의 묘법사 절집 옆이었는데, 1965년 현재의 집터서울 용산구 원효로 4가 5, 6-2번지에 새로 2층 집을 짓고 이 집에서 생을 마쳤다. 그런데 십년 전 쯤 유족들이 이 집을 헐고 다세대 주택으로 개축했다. '청노루힐'이라는 이름의 그 다세대 주택 정문 옆에 '박목월 문학산실'이라는 작은 표석이 있다.

박목월 시인은 쉬지 않고 새로운 시의 형식을 탐구한 시인이다. 경주 지역 자연을 소재로 한 시로 시작하여 생애 말년은 신앙 시로 마무리했다. 평론가들은 "한국어의 가능성을 궁극의 경지까지 추구하여 민족적 자긍심과 우월성을 보여준 시인"이라는 평가를 하고 있다.

김종삼 시인이 근무했던
동아방송이 있었던
옛 동아일보사(현재 일민
미술관). 앞의 큰 빌딩은
현재의 동아일보사 사옥이다.

course 6

"내용 없는 아름다움처럼 구질구질하게 너무 오래 살았음"

김종삼

동아방송–아리스 다방–르네상스–옥인아파트–울대리 천주교 묘원

해마다 12월이 되면 여기저기서 들려오는 크리스마스 캐럴 중에서 나는 「북치는 소년」을 참 좋아한다. 비엔나소년합창단인가가 합창하는 곡이었는데 다른 캐럴에 비해 마치 행진곡 같은 경쾌한 리듬과 흥겨운 분위기가 정겹다.

김종삼 시인의 대표작 중의 하나인 「북치는 소년」을 읽으면 이 크리스마스 캐럴이 생각난다. '아기 예수님, 저는 당신처럼 가난한 소년이에요, 저는 가지고 올 선물이 없어요. 어린 왕에게 드릴 만한 선물이'라는 캐럴의 가사와 김종삼 시인의 시 내용은 전혀 다른 데도 말이다. 그건 아마 시 속에 '서양나라에서 온 크리스마스 카드처럼'이라는 시구 때문일 터이다.

"12월에는 광화문 부근에서 어슬렁어슬렁 돌아다니던 김종삼을 보고 싶다"고 어느 시인은 블로그에 올렸다. 그렇다. 나도 그 시인처럼 크리스마스 캐럴이 흘러나올 때쯤은, 조선일보 옆에 있던 '아리스' 다방이나 농협은행 종각 지점 자리에 있던 클래식감상실 '르네상스' 같은 데서 「북치는 소년」을 쓴 김종삼 시인을 보고 싶다.

내용 없는 아름다움처럼
가난한 아이에게 온
서양 나라에서 온
아름다운 크리스마스 카드처럼
어린 양들의 등성이에 반짝이는
진눈깨비처럼

–김종삼의 시 「북치는 소년」 전문

1982년인가, 그때 나는 경향신문사에서 편집장을 맡아 여성잡지를 창간하던 해였다. 그 해 초겨울에 김종삼 시인을 '아리스' 다방에서 만난 일이 있다. 아니 정확하게 말하면 박재삼 시인이 수필 원고를 다 썼다면서 그 다방에서 만나자고 하여 원고도 받을 겸 근처 국제극장 옆 골목에 있던 '명동칼국수집'에서 점심을 하기 위해서였다. '아리스'에서 박재삼 시인과 마주 앉아 대화를 나누고 있는데, 찬 겨울바람이 들어오길래 문 쪽으로 고개를 돌렸더니 그가 들어섰다. 그러자 박재삼 시인은 앉은 채로 반갑게 인사를 나

김종삼 시인(육명심 사진)

누었다. 그뿐이었다. 한 20여 초…. 사실 김종삼 시인과의 인연은 이것이 전부다. 키가 좀 컸었나? 걸음걸이가 좀 흔들리는 듯 했고, 보헤미안처럼 정처 없는 길을 걸어온 사람 같았다. 진한 어두운 색깔의 가죽점퍼를 입었는지, 목도리를 했었는지 기억이 가물가물한다. 박재삼 시인도 나에게 "김종삼 시인 아시지?" 하는 정도 외에는 그에 대해 별 이야기를 하지 않았다.

'아리스' 다방은 조선일보사 옆에 있었다. '아카데미' 극장인가 하는 영화관이 있었고 그 옆의, 길가 1층의 작고 평범한 다방이었다. '아리스'에서 길을 건너면 바로 동아일보사다. 오랫동안 김종삼 시인이 근무하던 동아방송국도 그 건물에 있었다. 동아방송은 전두환 정권이 들어서자 언론통폐합으로 강제 폐쇄되었다가 지금은 종편 채널A가 그 자리에서 다시 방송을 하고 있다.

김종삼 시인이 동아방송에 근무한 것은 1963년 2월부터 1976년까지 13년간이었다. 처음에는 총무국 촉탁으로 입사했다가 1967년 정식직원이 되어 제작국으로 옮겨 퇴직할 때까지 음악효과를 맡았다.

그러니까 시인은 1976년 정년으로 동아방송을 나오는 날까지 '월급을 받으면서' 그토록 좋아했던 고전음악을 원 없이 들었겠다. 얼마나 고전음악에 심취했으면 남들이 퇴근할 때는 함께 퇴근하는 것처럼 회사 밖으로 나가 방송국 근처 무교동 일대에서 어슬렁거리다가 저녁을 간단히 해결하고는 다시 방송국으로 출근(?)했다고 한다. 당연히 수위가 수상쩍은 눈초리로 쳐다보면 미소를 지으며 손을 번쩍 들어 "내일 방송에 쓸 시그널 좀 만들려고…." 하면 무사통과였다.

그럴 때는 옷 속에 소주 한 병을 감춰 가지고 들어와 텅 빈 레코드 실에서 홀짝 홀짝 마시며 새벽 내내 모차르트와 바흐를 듣곤 했을 것이다. 방송국에 근무하면서 듣고 싶은 클래식을 마음 놓고 들을 수 있었으니 아마 그의 인생에서 가장 행복했던 시절이었을 것이다.

방송국에서 음악을 듣는 것만으로는 부족했는지 동아방송국 인근에 있는 클래식 음악감상실 '르네상스'에도 거의 매일 출근하다시피 했다. 이곳에서 그는 아무에게도 방해받지 않고 음악을 들었다. '르네상스'는 한 자리에 죽치고 하루 종일 있다고 해서 누구 하나 눈살 찌푸리는 이가 없는 클래식 애호가들의 천국이었다.

이 '르네상스'는 대구 출신 음반 수집가 박용찬 씨가 일본 유학할 때 단골로 다녔던 음악살롱 이름에서 따왔다고 했다. 청진동 무과수 제과점현재 르메이에르 빌딩에서 종각 쪽 다음 건물인 영안빌딩 4층이었는데, 그 빌딩은 통째로 헐리고 새로운 상가 건물이 들어서 있다. 이 상가 건물 1층 농협은행 종각 지점 자리가 '르네상스'가 있던 곳이다. 종로1가 버스 정류장 바로 앞이다.

『김종삼 전집』의 해설에서 엮은이권명옥 시인는 '평생 그는 가족들을 데리고 옥인동이나 정릉의 산동네와 같은 도심 변두리로 전전했으며, 셋방 신세를 벗어나지를 못했다'고 쓰고 있다. 그렇게 궁핍한 생활을 해야 했던 이유로 '변변한 직업을 갖지 못했기 때문'이라고도 하였다. 그러나 이는 사실과 달라도 너무 다르다. 김종삼 시인은 13년 간 동아방송에서 음악PD로 근무했고 정년퇴직을 했다. 당시 동아일보사 급여는 언론사 중에서도 상당한 높은 수준에 속했다. 생계를 꾸리는 것은 물론 어느 정도 저축도 할 수 있는 수준이었다. 그런데 시인은 봉급을 받아 생계에 쓰기보다는 자기 자신을 위해, 선후배 시인 동료들과 마신 술값을 내기 위해 썼거나 명품 옷과 명품 액세서리, 명품 음악기기 등을 사는 데 다 써 버렸다고 알려졌다. 여러 가지 기행奇行으로 알려진 거지시인 천상병 시인의 수첩에는 아예 김종삼 시인에게서 '용돈'을 받는 날이 기재되어 있을 정도였다.

김종삼이 살던 서울 종로구 옥인동. 직장이었던 동아방송(광화문 사거리)까지 걸어서 10분 정도밖에 안 걸리는 가까운 동네다.

김영태 시인이 생전에 겪은 김종삼 시인과 겪은 에피소드에 이런 이야기가 있다.

나는 사직동에 살고 김 선생은 내수동에 살 때였다. 이른 아침에 김 선생이 지우산을 들고 나를 찾아왔다. 김 선생의 용건은 급한 돈 때문이었다. 작은 액수였다.

공고

오늘 강사진

음악 부문 모리스 라벨

미술 부문 폴 세잔느

시 부문 에즈라 파운드

모두
결강

김관식, 쌍놈의 새끼들이라고 소리 지름
지참한 막걸리를 먹음
교실 내에 쌓인 두꺼운 먼지가 다정스러움

김영태가 그린 김종삼 시인의 캐리커처.

김소월
김수영 휴학계
전봉래

김종삼 한귀퉁이에 서서 조심스럽게 소주를 나눔
브란덴부르크 협주곡 제5번을 기다리고 있음

교사校舍
아름다운 레바논 골짜기에 있음

–김종삼의 시 「시인학교」 전문

이 「시인학교」는 김종삼의 대표작 중의 하나다. 실제로 인사동에는 '시인학교'가 있었다. 물론 시를 가르치는 학교는 아니고 시인들이 모이던 카페였다. 정태승 시인이 문을 열었다가 경영난을 이기지 못하고 문을 닫은 지 오래다. 인사동의 랜드마크나 다름없는 카페 「바람 부는 섬」바로 옆이었다.

이 시에 등장하는 인물들은 모두 죽은 예술가들이다. 시인도 있고 음악가도 있다. 그런데 이 학교의 교사는 '아름다운 레바논 골짜기'라는 비현실적인 공간에 위치하고 있다고 했다. 그러니까 지금도 김종삼 시인의 '시인 학교'는 이승에 있는 게 아니라 저승에 있을 것이다. 시인 김관식이 결강을 한 강사들프랑스 상징주의 작곡가 라벨, 후기인상파 화가 세잔느, 미국 이미지즘 운동의 시인 에즈라 파운드을 향해 술을 취해 욕을 하는 장면이 재미있다. 이 시에 등장하는 김소월, 김수영은 한창 나이에 요절한 시인들이다. 김소월은 20대에 요절했으며, 김수영은 40대에 교통사고로 비명횡사하였다.

이런 요절시인들을 가리켜 김종삼 시인은 '휴학'이라고 표현했다. 멋진 상징이다. 또한 전봉래는 6.25 한국전쟁 당시 피난지 부산의 한 다방 구석에서 약을 먹고 자살한 시인으로 전봉건 시인 형이다. 전봉래와 김종삼 시인 두 사람이 음악을 들으며 한귀퉁이에서 소주를 마시고 있다는 구절을 읽자니까 초겨울 가난하게 살다가 죽은 김종삼의 죽음이 더욱 아름답고 쓸쓸하고 춥다. 김종삼은 이 시에서처럼 지나친 음주 때문에 급성 간경화로 죽었다.

김종삼 시인은 죽기 한 달 전인 1984년 11월호 '문학사상'에 「전

김종삼 묘는 경기도 양주시 장흥면 울대리 '천주교길음동교회묘원'에 있다.

김종삼 시비. 경기도 포천시 소흘읍 '고모저수지' 둘레길 광장에 있다. 시비에는 김종삼 시 「민간인」이 새겨져 있다. "1947년 봄/ 심야/ 황해도 해주의 바다/ 이남과 이북의 경계선 용당포// 사공은 조심조심 노를 저어가고 있었다./ 울음을 터뜨린 한 영아(嬰兒)를 삼킨 곳/ 스무 몇 해나 지나서도 누구나 그 수심水深을 모른다.

정前程」을 발표하면서 자신의 죽음을 암시하는 시작 노트를 남겨 놓는다.

구질구질하게 너무 오래 살았다. 더 늙기 전에, 더 누추해지기 전에 죽음만이 극치가 될지도 모른다. 익어가는 가을햇볕 속에 작고한 선배님들이 아른거린다.

이쯤 김종삼 시인 이야기를 쓰다 보니 앞에서 김영태 시인에게 돈을 빌리러 왔다는 일화가 이해된다. 1976년 동아방송 퇴직 후 십 년 가까이 벌이가 없어, 하다못해 소주 마실 돈조차 빌려야 했던 것이고 그런 자신을 김종삼은 '삶은 구질구질한 것'이라고 자학한 것이다.

임종을 열흘 남겨놓고부터는 음식을 제대로 먹지 못했다. 가끔 생선초밥을 먹고 싶어 했었는데, 정작 임종하는 날은 곶감을 찾았다. 따님이 감을 사러 시장을 헤맸으나 제철이 아니어서 구하지 못하다가 겨우 한 집에서 감을 사 가지고 집에 전화했더니 수화기 너머에서 가족들이 통곡하는 소리가 들렸다고 하였다. 이 상이 임종할 때 먹고 싶어 했던 멜론과 김종삼의 곶감…. 먹는 음식마저 시인 김종삼은 작고 예쁜 것을 원했다. 생의 마지막 소망마저 김종삼다웠다고 할까.

12월8일 사망했다. 영결미사는 12월 11일 미아리 길음동 성당에서 있었다. 길음동 성당의 김보니파시오 신부가 대세代洗로 집전하고, 시인의 관 위에 성수를 뿌리고 기도문을 봉독하였다. 이 영결식에는 시인 한 명, 문학청년 한 명이 참석했을 뿐 시인의 명성

詩人 金宗三씨 별세

1984년 12월 10일 동아일보에 실린 김종삼 시인 부고 기사.

에 비하면 상상하기조차 힘든 쓸쓸한 장례식이었다. 영결식 후 경기도 의정부시 송추 천주교 길음동 성당 묘지에 안장했다.

죽어서는 호강이 대단하다. 송추 울대리 길음 성당 묘지의 산록에 있는 그의 묘지에서는 북한상의 도도한 연봉이 한눈에 들어오고 구파발에서 의정부로 뚫린 시원한 길이 발 아래로 보이는 것이다.

신경림 시인의 『시인을 찾아서』에 나오는 김종삼 시인의 묘소를 묘사한 대목이다. 그러나 인터넷을 아무리 검색해 봐도 김종삼 시인의 묘소를 알려 주는 자료는 전혀 없다.

그래서 나는 무작정 신경림 시인이 밝힌 '송추 울대리 길음 성당 묘지'를 찾아 나섰다. 전철 3호선 구파발역에서 34번 의정부행 시내버스로 갈아타고 송추를 지나 '울대고개'에서 내렸다. 묘지 위치는 도로명 주소로 '호국로 785번길'이었다. 묘지 관리사무실에 들러 '김종삼 베드로'의 묘를 물었지만 알 수 없다는 대답이 돌아왔다. 묘의 숫자가 5,000여 기에 달한다는 것이다. 신경림 시인이 묘비 옆에 시비가 세워져 있다는 것을 단서로 해서 몇 시간 동안 묘를 하나하나 살펴보았으나 결국 찾지 못하고 말았다.

신경림 시인의 표현대로, 묘역 맨 위에 올라서서 남쪽을 바라보니 오봉을 비롯한 북한산 연봉이 한눈에 보였다. 대단한 명당이라는 느낌이 들었다.

'문둥이 시인'의 슬픈 생애를 더듬다

한하운

백운공원–십정동 생가–부평농장–신명보육원–김포 묘소–무하문화사 터

주말마다 종주산행을 계속할 때 '한남정맥' 종주를 한 적이 있다. 김포 문수산에서 출발하여 안성 칠장산에 이르는 코스인데, 계양산 철마산 소래산 성주산 수리산 광교산 등 경기도 지방의 야트막한 산들을 잇는 산길이다. 이 때 철마산을 지나 만월산 능선을 탄 적이 있는데, 한하운 생애 흔적 취재를 하면서 확인해 보니, 한하운 시인은 생애 가장 중요한 시기를 만월산 산자락에서 보냈다는 사실을 알게 되어 감회가 새로웠다.

흔히 '문둥이 시인'으로만 기억하는 한하운 시인은 보육, 육영사업, 출판, 나병구제 활동, 잡지 발행 등 상당히 폭넓은 활동을 하면서 산 사업가였다.그런데 「보리피리」를 비롯한 그의 시들이 거

의 모두 잊혀지고 저평가되고 있다.

전철 1호선 백운역에서 내려 2번 출구를 나와 역 왼쪽 길로 조금 걸어가면 백운공원이 있다. 철길을 사이에 두고 만월산을 바라보는 자리에 있는 작은 자연공원인데, 푸른 숲 덕분에 인천 시민들이 삼림욕장으로 애용하는 공원이다. 이 공원 안에 독특한 디자인으로 세워진 한하운 시비가 있다. 한하운 생애의 흔적을 찾는 첫 출발지이다.

나는 나는 죽어서 파랑새 되어
푸른 하늘 푸른 들 날아다니며
푸른 노래 푸른 울음 울어 예우리
나는 나는 죽어서 파랑새 되리

한하운의 시 「파랑새」이다. 이 시비 꼭대기에 앉아 있는 파랑새 한 마리가 계속 내 마음 속에서 떠나지 않았다. 이승을 떠돌고 있는 한하운의 혼 같았다. 「파랑새」에서는 평생을 자신의 불운에 가슴을 치며 호소하는 시인의 외침 소리가 들려온다. 시인은 차라리 자유로운 파랑새처럼 푸른창공을 날고 싶어 했는지 모른다. 한하운 시비에는 '한하운 연보'와 그가 쓴 산문에서 옮겨온 듯한 육필과 대표작 「보리피리」 그리고 한센병문둥병의 병세가 역력한 반신 사진 등이 새겨져 있다.

이 백운공원이 있는 지명은 십정동이다. 우물이 열 개가 있어

부천 백운공원 한하운 시비. 수도권 전철 1호선 백운역 1번 출구. 한하운의 생가가 있는 만월산이 바라보이는 자리에 있다. 시비에는 한하운 대표작 「보리피리」 전문이 들어 있다.

'열우물' 또는 '십정十井'이라고 부른 데서 붙여진 지명으로, 지하철 백운역에서 5분 거리이다.

백운공원을 벗어나 만월산으로 오른다. 인천 제일고등학교 방향으로 능선을 넘어가다 보니 산마루쯤 되는 곳에 한하운 시인이 죽을 때까지 살았다는 인천시 십정동 산39-1번지 생가 터가 있다. 이곳에서 살며 시인은 한센병 환우들이 모여 사는 집단촌 성혜원成蹊園(부평농장)과 함께 신명보육원, 출판사 무하문화사, 국립 나병원 등을 운영하는 왕성한 사회 활동을 펼친다. 1975년 2월 28 간질환으로 별세할 때까지 살았다는 이 생가 터는 현재 시민들을 위한 간단한 체육시설이 한켠에 있을 뿐인 평범한 공터이다. 한하운 시인의 생가 터라는 표지판도 없다. 백운공원에서 이 생가 터까지는 보통 걸음으로도 30분 정도면 충분하다. 생가 터 사진 한 장을 찍고는 다시 발길을 돌려 제일고등학교 방향을 눈짐작으로 확인한 다음 서둘러 하산하였다.

제일고등학교 정문을 지나 동암역 사거리 방향으로 조금만 올라오면 '사회복지 법인 신명재단' 표지석이 있는데, 이 표지석 안쪽에 신명보육원이 있다. 신명재단은 신명보육원은 1952년에, 신명재단은 2002년 11월에 설립되었다. 바로 이곳에서 한하운 시인은 이웃 주민들이 가까이하기 꺼려하던 한센병 자식들을 돌보기 시작하였다.

신명보육원 건물은 붉은 벽돌 2층으로 제법 규모가 커 보였다. 사회복지법인 신명요양원도 겉보기에 제법 번듯한 건물이었다. 그러나 신명보육원 근무자 어느 누구에게 물어 봐도 신명보육원이나 재단을 한하운 시인이 창립했다든가 관련이 있다는 사실을 아는 이는 없었다. 이 신명보육원 외에도 한하운 시인은 서울 상도동에다 청운보육원을 설립하기도 했다.

1948년 북한에서 월남한 한하운 시인은 한동안 명동성당 안의 방공호, 용산 삼각지 다리 밑, 강릉, 수원 등지를 헤매며 떠돌이 생활을 하던 끝에 서울, 경기, 강원 일대의 한센병 환자들을 모아 부평에 수용하라는 정부의 제안을 받아들인다. 그래서 1949년 섣달 그믐날 밤, 70여 명을 이끌고 공동묘지 골짜기로 알려진 부평에 자리를 잡았다. 그러자 소문을 들은 한센병 환자들이 600여 명 만월산과 앞산 사이 골짜기 안으로 모여들었다. 환자들은 한하운 시인의 지휘에 따라 자치회를 조직하여 '그들만의 나라'를 세웠다. 자치위원장을 맡은 한하운은 이곳을 '성혜원成蹊院'이라고 명명하고 유토피아로 만드는 실천을 하기 시작했다. 불치의 병, 저주 받은 천형의 낙인으로 사람들에게서 따돌림 당하고 세상과 등져야 했던 사람들의 유토피아였다. 그들은 스스로 일하며 공부하며 조심스럽게 세상을 향해 따뜻한 손을 내밀었다. 인간처럼 살고자 하는 강렬한 소망이 꿈틀대는 집단촌이었다. 한하운 시인의 포부는 아무도 찾지 않는 이곳을 그들만의 낙원으로 만들려고 한 것이다.

유토피아를 꿈꾸던 그들의 자취는 모두 사라졌다. '성혜원' 간판도 없어졌다. 한하운 시인이 죽은 지 10년 만인 1986년에, 이 자리는 공업단지로 변했다. 당시 전국 최대 규모의 양계장으로 소문났던, '부평농장'이라는 이름으로도 불렸던 흔적은 모두 사라진 것이다. 다만 랜드마크처럼 고갯마루에 우뚝 솟아 있는 인광교회의 첨탑만이 오랜 세월의 변화를 지켜보고 있다.

성혜원부평농장 터이 있던 곳은 부평삼거리에서 인천가족공원 입구를 지나 간석사거리로 넘어가는 고갯길 왼쪽 편이다. 인천시 간석동 산24번지, 인광교회 앞 평지에 지금은 공단 건물들이 꽉 들어차 있다.

1967년 서울 명동 한가운데에 유네스코 회관이 들어섰다. 그

부평농장사무소 사무소. 한하운은 한센병 환우들과 함께 이곳에 터를 잡고 양계장 등을 운영한다. 멀리 한하운 당시에도 있었던 인광교회 첨탑이 보인다.

한하운은 사회활동을 펼치기 위해 신명재단을 설립했다. 현재 이 재단에는 신명보육원, 신명요양원 등이 부속되어 있다.

시절 나 역시 다른 대학생들처럼 명동을 뻔질나게 드나들었다. 요즈음이야 홍대 앞, 강남, 압구정동, 관철동 등 대학생들이 가서 놀 만한 장소가 많지만 그때는 명동이 유일했다.

그 명동에서 우리들은 술 마시고 노래하고 문학을 이야기하며 청춘을 낭비했다. 바로 이 명동에 13층짜리 고층빌딩이 들어선 것이다. 유네스코 회관은 명동의 얼굴이자 랜드마크가 되었다. 유네스코 앞쪽으로는 국립극장과 많은 술집들이 있었고 유네스코 회관 뒤로는 '명동순두부집' '25시' '양산박' '오비스캐빈' 같은 식당과 술집들이 줄을 이었다. 그 뒷골목에다 한하운 시인은 출판사무하문화사를 차린다. 한하운 시인의 '수양딸'은, 한하운 시인이 운영하던 출판사 무하문화사는 '유네스코 회관 바로 뒷골목 3층 옥탑방'이라고 증언했다. 한하운이 명동에 무하문화사 간판을 내걸고 출판사를 시작하자 많은 문인들이 정거장처럼 들렀다. 특히 이웃 충무로 파출소 옆에 출판사 사무실인간사이 있었던 박거영 시인은 하루 일과처럼 드나들었다.

30여 종의 책을 출판한 무하문화사는 문학서적만 내지는 않았다. 정치, 경제, 사회 전반에 걸쳐 다양한 분야의 책을 냈다. 무하문화사 판권 주소에 나와 있는 대로 '명동 2가 817번지'를 찾기 위해 유네스코 회관 뒷골목에서 한 집 한 집 확인하던 끝에 어렵사리 '명동 81-7' 표지판을 찾아냈다. 이 표지판이 있는 건물은 3층이다. 바로 유네스코 회관 뒷골목이고, 3층은 옥탑방이다. 행정지명은 변경되었지만 무하문화사 판권 주소지였다. 지금은 1층에는 삼보식당, 3층 옥탑방은 제일모직 협력업체가 세 들어 있었다.

한하운이 운영하던 출판사 무하문화사는
서울 명동 유네스코회관 뒷골목 상가 골목 2층에 사무실이 있었다.
삼보식당 옆 건물 제일모직협력업체 간판 2층이다.

한하운 묘소는 김포시 풍무동 '장릉 공원묘지'에 있다. 서울 광화문에서 6004번 직행버스를 타고 풍무동 정거장에서 만나기로 한 김포의 이영균 시인이 안내를 맡았다. 이영균 시인은 한하운 시인이 생존했을 때 성혜원부평농장을 자주 방문했던 일을 떠올리며 즐거운 마음으로 한하운 시인의 묘소 안내를 자청했다. 정거장에서 내려 30분 이상 걸었다. 공원묘지는 '공단입구'를 알리는 시내버스 표지판 삼거리에서 오른쪽 '복락원'이라는 장례식장 건물 앞쪽에 자리잡고 있었다. 복락원 앞을 지나 묘지 쪽으로 발길을 옮기는데, 고맙게도 '한하운 시인 길' '한하운 유택 50m'라는 친절한 표지판이 묘소를 찾는 수고를 덜어 주었다. 이 표지판이 가리키는 방향의 공원묘지 길로 들어서니 다시 '한하운 시인 유택 30m'라는 친절한 표지가 나타났다. 표지 옆의 묘소 안내판에는 한하운 시인이 1920년 함경남도 함주에서 출생했다는 것묘비에는 1919년 생으로 되어 있다과 1949년 '신천지'에 13편의 시를 발표하며 시작활동을 했다는 것, 1975년 2월 28일 간경화증으로 타계했다는 연보가 빼곡하게 적혀 있다.

묘소는 정갈하고 아담했다. 그러나 묘 바로 뒤에 둘러쳐진 병풍 같은 시설물들은 파랑새처럼 자유로운 영혼이 되고 싶어 했던 시인의 염원을 훼방하는 듯 했다. 묘비 한 면에는 대표작「보리피리」가 새겨져 있고 그 옆면에는 '1919년 2월 24일 생 1975년 2월 28일 졸' '미망인 유임수'라는 문구가 새겨져 있다. 유임수는 한하운 시인의 임종을 지켰다고 알려진 여성으로, 한센병 음성환자라고만 알려져 있을 뿐 자세한 이력은 알 수 없었다. 초여름의 훈풍은 기분 좋게 두 볼을 간질이고 묘소 주변 잔디는 푸른 보리처럼 잘 자라고 있었다.

묘비에 새겨진 대표작「보리피리」 전문을 소개한다.

보리피리 불며
봄 언덕
고향 그리워
피-ㄹ 닐니리.

보리피리 불며
꽃 청산

어린 때 그리워
피-ㄹ 닐리리.

보리피리 불며
인환人寰의 거리
인간사 그리워
피-ㄹ 닐리리.

보리피리 불며
방랑의 기산하幾山河
눈물의 언덕을 지나
피-ㄹ 닐니리

경기도 김포시 풍무동 장릉 공원묘지. '한하운 시인 유택 50m' 안내 표지를 따라가면 묘가 나온다. 묘비에 '1919년 2월 24일 생, 1975년 2월 28일 졸'이라고 생몰일이 나와 있다.

자유가 나를 구속하는구나

오상순

이근배 시인과 함께 명동 청동다방 터–서라벌 다방 터–조계사–북한산 묘소

공초 오상순에 관한 거의 모든 기사들을 보면, 공초의 명동 아지트는 '청동' 다방이라고만 알려져 있다.

"잘못 알려졌어. 청동 다방 시절은 잠깐일세. 나랑 함께 다녀 보면 알게 돼."

공초 시인이 작고한 달에 공초 생애 취재를 한다고 말씀드리니까 선뜻 이근배 시인이 안내를 자청한다. 대한민국에서 바쁜 것으로 치면 두 번째라고 해도 억울해할 이근배 시인의 제안 덕분에 바로 그 다음날 명동 예술극장 앞에서 만나기로 약속을 잡았다. 하기야 이근배 시인은 공초 시인의 '청동문학' 제자 중에서 '수제자'라고 해도 누가 뭐랄 수 없는 분이다. 스승 공초의 생애를 다시 한번 추모하는 의미도 있으렷다.

명동 예술극장 앞에서 만나 명동 골목을 구석구석 뒤지며 다녔다. 그 두 시간 동안 그야말로 '1960년대 명동문학사'를 총정리한 셈이었다.

명동 예술극장 사거리에서 11시 방향 건너편 골목으로 들어서면 신발가게 ABC마트가 있다. '송옥양장점'이 있던 자리이다. 그 2층이 '향지원' 다방이다 공초의 마지막 단골 다방이다. 그 앞을 지나 충무로 방향으로 한 블록 오른쪽으로 꺾어져 골목이 서로 만나는 끝에 '엉터리생고기집' 옆 길모퉁이에는 여자속옷 가게 'WONDER BRA'가 있다. 이 속옷가게 자리가 바로 '청동다방'이다.

이근배 시인은 생고기집 2층 계단이 있는 입구로 들어서서 벽을 가리키며 "문이 이 안쪽에 있었고, 현재 이 가게처럼 유리벽이 아니어서 밖에서 다방 안은 볼 수가 없는" 테이블 몇 개 안되는 작은 규모였다고 했다. 그래서 공초를 찾아오는 제자들이 늘어나자 주인의 눈총이 심해지게 되자 널찍한 다방으로 옮겨야 했다. '서라벌' 다방은 '청동' 다방 바로 건너편에 있었다. 현재 '자연별곡'이라는 대형 음식점이 영업을 하고 있는 자리다.

'서라벌' 다방 시절에는 진객들이 많았다. 훗날 대통령 출마도 하는 정치인 김준연 의원은 공초를 만나러 올 때마다 전매청에서 의원님들에게 선물하는 무궁화 그림이 있는 담배를 가지고 왔고, 한국을 방문했던 노벨문학상 수상작가 펄벅 여사도 누구에게서 공초가 애연가라는 소문을 들었는지 '사슴' 담배를 공초에게 선물했다.

'공초 오상순 숭모회' 초대 회장 이근배 시인이 '청동' 다방 있던 곳은 물론 '서라벌' 다방 등 명동 시절 문인들의 단골집을 일일이 안내했다. 이근배 시인은 누구나 '공초 수제자'라고 인정하는 '공초'에 관한 것이라면 모르는 것이 없는 전문가'다.

오상순의 생가는 서울 중구 장충동 1가 10번지다. 집터의 위치는 유명한 냉면집 '평양면옥' 바로 뒷골목에 있다.

그 다음 단골 다방은 '창일' 다방이다. 현재 헤어샵 '준오헤어'가 있는 2층 건물이다. 그리고 '창일' 다방 다음으로 단골로 삼았던 다방이 '향지원'이다. '향지원'을 끝으로 공초의 명동 시대는 끝난다. 1963년 2월부터 공초는 병이 깊어져서 병석에서 투병하다가 6월에 작고했다.

공초 오상순은 '서울 장충동에서 태어났다. 목재상을 하는 아버지 덕분에 경제적으로는 유복했다. 일제 강점기에 바다 건너 일본으로 유학을 떠나 도시샤 대학 종교철학과를 졸업할 수 있을 정도였으니 부잣집 도련님에 틀림없다.

그렇지만 장충동에서 태어났다는 것만 알려졌지 생가가 어디쯤인지는 알 도리가 없었다. 이근배 시인이 명동 취재 때 참고하라고 건네준 '문학사전' 자료가 아니었다면….

그 자료에는 공초의 생가가 '서울 중구 장충동 1가 10번지광희문, 수구문 안'이라고 적시되어 있었다. 공초가 시인 양명문과 친하게 지낼 때 양명문의 집에서도 몇 달 묵었는데 양명문의 집 주소 장충동 2가 192의 47번지는 현재 동국대 캠퍼스 안이다. 그리고 장충동 1가 10번지는 동국대 정문과 가까운, 평양냉면으로 유명한 '평양면옥' 뒤편 작은 집들이 촘촘한 들어선 골목 안이다.

공초의 회상기에 따르면 '우리 집 뜰 안에 큰 버드나무가 한 그루 서 있다'고 했는데, 지금은 그 주소지에 버드나무는커녕 번듯한 한옥 한 채도 없이 변해 버렸다.

공초는 고등학교는 물론 대학교도 기독교 계통의 학교를 다녔다. 그래서 도시샤 대학을 졸업한 후 젊은 시절 한때 전도사로 일하기도 했다. 그러다가 범어사, 금강산 신계사를 비롯하여 전국 사찰을 순례하면서 불교에 심취하기 시작했다. 그렇다고 공초는 평생 불교도가 되지는 않았다. 역경원에서 불경을 번역하거나 안국동 선학원에 한동안 머물기는 하지만 끝내 불교의 교리 속에 갇혀 살지는 않았다.

그러나 고맙게도 불교는 담배쟁이 괴짜 시인 오상순을 큰 품으로 안았다. 그래서 말년은 조계사 경내 요사채 '요마실'에서 기거하도록 내주고, 이곳에서 담배도 마음껏 피우면서 스님들과 함께 지내게 해 주었다. 조계사 관리 사무실을 방문하여 '요마실'을 아느냐고 물었는데도 아무도 아는 이가 없었다. 관리실에 계시던 법사 한 분이 "아마 극락전 뒤편에 요사채가 있었는데 그 건물 속의 한 방이었을 거"라고 귀띔해 주었다.

공초 오상순의 묘가 있는 지명은 '빨래골'이다. 북한산 국립공원 산자락이다. 전철 4호선 수유역 3번 출구를 나오면 마을버스 정류장이 나타난다. 여기서 03번 마을버스를 타면 종점이 '빨래골'이다. 빨래골 종점에서 내려 등산복 입은 사람들을 따라 올라가면 북한산 공원지킴이가 나온다. 이 공원지킴이를 지나 완만한 산길을 500m쯤 올라가면 백암배드민턴 경기장이 나오고, 이곳을 지나자마자 제법 널찍한 공터가 나온다. 이 공터에서 길은 두 갈래로 나뉘는데, '대동문 3.5km' '칼바위능선 1.3km' 이정표 중에

북한산 산자락의 속칭 빨래골에 있는 공초 오상순 묘소.

공초 오상순 묘비는 화가 박고석이 디자인하고 서예가 김응현이 글씨를 썼다. 이근배 시인은 "공초 묘비는 명품 중의 명품"이라고 극찬했다. 묘비에는 시 「방랑의 마음」 첫 구절을 새겨 넣었다. "흐름 위에 보금자리 친 오 흐름 위에 보금자리 친"

서 왼쪽 화장실을 끼고 완만한 '대동문' 방향 산길로 올라간다. 잠시 후 '공초 오상순 묘소 가는 길'이라는 작은 돌이정표에 화살표가 그려져 있고 이 화살표 방향으로, 야트막한 산자락에 오상순 시인이 누워 있다. 하늘로 피어오르는 담배연기를 그윽한 눈초리로 바라보며 '흐름 위에 보금자리 친' 모습으로, 영원히 말이다.

공초 사후에 출판된 시집 『공초 오상순 시선』.

묘소의 규모는 아담하다.

이근배 시인은 메디칼센터와 적십자병원에 입원하는 날부터 공초가 끝내 일어나지 못하고 임종을 맞는 순간까지, 장례식은 물론 묘를 조성하는 일 등 모든 일정에 빠짐없이 참여했다. 그래서 어느 누구보다도 공초의 마지막 모습을 가장 세세히 기억하고 있다.

이근배 시인이 증언한 공초 오상순 시인의 장례식 이야기다.

공초의 사망이 확인되자 구 상 시인은, 지상에서 외로운 생을 마감한 평생의 외우畏友 공초의 장례를 제대로 치러야겠다고 마음먹는다. 그래서 '박첨지'라는 애칭으로 터놓고 지내는 사이인 박정희 대통령에게 "위대한 시인이 죽었다"고 말하고는 협조를 부탁했다.

그 결과 장례식은 국회의사당 건물현재 태평로에 있는 서울시의회 건물에서 치러졌다. 장례식 후 묘소로 가는 길에는 3군 군악대가 앞에 서고 수를 헤아릴 수 없는 만장 행렬이 영구차 뒤를 따랐다. 연도에 늘어선 시민들도 영구차를 따르기 시작하여 행렬은 천 명을 헤아렸다. 묘 터도 '박첨지'가 하사했다. '위대한 시인'에 걸맞도록 대통령은 천 평을 제공한다고 했으나 구 상 시인이 "공초는 백 평이면 족하다"고 사양하여 천 평 중에서 백 평만 묘 자리로 썼다.

지금은 제법 산길이 다듬어져 있어 걸어 오르는 데 문제가 없지만 1963년 공초의 묘를 쓸 당시에는 길이 나 있지 않아서 군 공병대가 길을 내야 했고 잡초가 우거져서 군 장비로 힘든 평토 작업을 한 후에야 겨우 묘를 쓸 수 있었다.

생전의 공초는 탈속한 생애를 살았다. 그래서 외롭다거나 하는 범속한 말로써 그의 삶을 이야기할 수는 없다. 하늘 탁 트인 명당에 자리한 공초의 묘 앞에 있는 멋진 디자인의 시비를 바라보며 공초 시인이 마지막으로 남긴 명언 한 마디가 귀를 떠나지 않고 쟁쟁하게 울린다.

"자유가 나를 구속하는구나."

해장을 하고도 버스 값이 남으니 난 참 행복하다

천상병

마산고등학교–솔밭공원–만날재–진동마을

내 고향은 경남 창원군 진동면
어린 시절 아홉 살 때 일본으로 떠나서
지금의 서울 사는 나는 향리 소식이 소연해

어른되어 세 번쯤 왔지만
옛이 안 돌아옴은 절대 진리니 어찌할꼬?

–천상병 시 「고향사념」 일부

마산은 서울에서 꽤 멀다. 고속버스로도 다섯 시간 남짓 달려야 도착할 수 있는 곳으로, 생전에 천상병 시인이 여비가 없어 부모님 산소도 찾지 못했다는 말이 절로 실감이 들 정도이다.

터미널에서 나온 후 둘러본 마산의 첫인상은 생각보다 큰 도시였다. 물론 경관이 수려하거나 별다른 특징이 있는 도시 같지는 않았지만 깔끔한 풍경과 편리한 교통만으로도 사람 살기 좋은 곳이라는 인상을 주기에 충분했다.

먼저 천상병 시인의 모교 마산고등학교를 찾았다. 1936년 5년제로 개교한 마산고는 천상병 시인이 일본에서 귀국한 후 중학교 2학년으로 편입해 졸업한 학교이다. 마산고에는 천상병 말고도 김춘수 시인과도 인연이 깊은 학교다. 개교 초기 김춘수 교사는 이 학교에서 국어를 가르쳤다. 천상병의 시를 자세히 살펴보면 김춘수 시인의 초기 서정시에서 많은 영향을 받았다는 것을 알 수 있다. 그때 국어선생님이었던 김춘수의 영향을 받은 것이라는 추측이 가능하다.

어쨌든 학교행정실의 도움을 받아 천상병과 관련이 있는 자료들을 살펴보았다. 그러나 아쉽게도 당시 자료들이 거의 사라진 상태였는데, 다행히 시인의 학적부는 남아 있었다. 이 학적부를 통해 천상병이 재학할 당시 살았던 생가 터를 정확히 찾을 수 있는 소중한 자료를 얻었다.

학교를 나와 학교 뒤 언덕빼기의 솔밭공원으로 이동했다. 시인의 생가 터를 찾기 전에 이곳에 들른 이유가 있었다. 김준태 시인의 저서 『사랑의 확인』에 따르면 바로 이곳에서 천상병 시인은 첫 발표작인 「강물」을 창작했다고 알려졌다.

강물이 모두 바다로 흐르는 그 까닭은

천상병의 모교 마산고등학교.
천상병은 중2 때 국어를 가르치던
김춘수 시인을 만나 시에 눈을
뜨게 되었다.

언덕에 서서
내가
온종일 울었다는 그 까닭만은 아니다

밤새
언덕에 서서
해바라기처럼 그리움에 피던
그 까닭만은 아니다

언덕에 서서
내가
짐승처럼 서러움에 울고 있는 그 까닭은

강물이 모두 바다로만 흐르는 그 까닭만은 아니다

–천상병 「강물」 전문

요즈음은 아파트 공원으로 변했지만 예전에는 학생들이 이곳으로 소풍 올 정도로 아름다운 솔밭 길이 있었다. 천상병은 이 공원 벤치에 앉아 마산 앞바다를 바라보며 자주 시를 썼을 것이다. 그렇게 해서 씌어진 작품 「강물」은 스승인 김춘수 시인의 추천을 받아 유치환 시인이 주간을 맡았던 '문예'에 발표를 하게 된다. 고등학교 2학년 때의 일이다.

천상병의 생가 터가 있는 오동동으로 이동하다 보면 용마산 자락을 지나게 된다. 산이라고 해야 작은 동산 정도의 높이지만 마산 시내 전경을 한눈에 볼 수 있는 곳이다. 또한 시비공원이 조성된 곳이므로 한 번쯤 들러볼 만한 장소이다. 사실 마산은 천상병 시인뿐만 아니라 걸출한 시인들을 여러 명 배출한 도시이기도 하다. 천상병만큼 알려져 있지는 않지만 이선관 시인을 비롯해 김용호 시인, 권 환 시인 등 눈 밝은 시인들이 모두 이곳 출신이다.

푸른 녹음 사이로 여러 시인들의 시비들을 감상하다 보면 어느새 마음이 청량해지는 것을 느낄 수 있다. 물론 천상병 시인의 「귀천」 시비도 이곳에 있다.

용마산 정상에서 잠시 마산 전경을 살펴본 뒤 오동동으로 이동했다. 행정구역 명칭이 많이 달라진 탓에 길을 찾는 데 적잖이 헤매야 했다. 그도 그럴 것이 생가라고 알려진 '오동동 94번지'를 찾았더니 주차장과 낡은 폐건물이 들어 서 있기 때문이다. 건물 주변을 둘러보았지만 어디에도 시인의 생가 터였다는 푯말이나 단서가 없었다. 한국을 대표하는 시인의 고향이자 생가 터가 이처럼 소홀히 관리되고 있다는 사실이 조금은 아쉬웠다. 이곳에 사는 분들에게 혹시 이곳이 천상병 시인이 살았던 생가라는 사실을 아느냐고 물었지만 모두들 모른다고 대답했다.

안타까운 생각을 지우지 못하고 만날재 공원으로 이동했다. 생가 터에서 버스를 타고 약 25분 정도만에 도착했다. 무학산에 오르는 둘레길 초입에 위치한 만날재 공원은 천상병의 「새」 시비가 세워져 있다. 이 시비는 2009년 마산 문인협회가 세운 것이다. 위치가 좋아 지금은 무학산의 명물로 자리 잡았다. 마산 앞바다의 풍광과 어우러져 보는 이로 하여금 영혼의 자유로움을 느끼게 하는 시비였다.

나는 내 고향을 진동이라고 말한다. 어린 시절에 나는 무척 귀여움을 받고 자랐다. 위로 형님이 계셨는데도 아버지나 어머니는 나를 무척 귀여워하셨다. 더구나 외할머니까지도 나를 귀여워하여 이모님과 같이 외가에 살다시피 했었다. 어린 시절 초등학교 2학년까지 살던 고향 진동의 기억은 생생하다.

–천상병 수필 「괜찮다 괜찮다 괜찮다」 중에서

천상병 시인이 태어난 곳은 마산시 진동이다. 같은 마산 권역인데도 마산 시내에서 꽤 멀다. 버스를 타고도 족히 한 시간은 걸리는 마을이다.

천상병의 출생지에 대해서는 서로 다른 주장이 있다. 마산시 진동이라는 의견, 일본 효고현 히메지라는 주장. 그러나 어느 곳에서 태어났든 천상병이 유년 시절을 보낸 곳은 분명 진동이라는 사실이다.

> 내 고향은 경남 진동
> 마산에서 사십 리 떨어진 곳
> 바닷가이며
> 산천이 수려하다.
>
> 국교 일년 때까지 살다가 떠난
> 고향도 고향이지만
> 원체 고향은 대체 어디인가?
> 태어나기 전의 고향 말이다.
>
> —천상병 「고향」 전문

천상병만큼 고향이 여러 곳으로 알려진 시인도 드물다. 왜냐 하면 시인 자신이 자신의 시와 수필 등을 통해 여러 곳을 고향이라고 썼기 때문이다. 대체로, 거의 모든 문학사전 등에는 "천상병은 1930년 일본 효고 현에서 태어나 3세 때까지 살았다"고 알려졌다. 그렇다면 출생지는 물론 고향이 일본이라는 걸까.

그런데 이런 사실을 부정하는 천상병의 시와 수필이 있다. 산문

「천가지변天哥之辯」을 통해 자신의 고향이 '진북면'이라고 언급한다. 조상 대대로 살아온 곳이기 때문이다. 뿐만 아니라 시 「고향」과 「고향사념」 등에서는 주로 진동을 고향으로 언급하고 있다. 시인의 외가가 진동에 있었으며 만 3살 되던 해 한국으로 귀국해 초등학교 2학년 무렵까지 거주한 곳이 진동이기 때문이다.

천상병 스스로 고향에 대해 언급한 글은 여기서 그치지 않는다. 「고향이야기」라는 시에서는 제1의 고향은 진동, 제2의 고향은 부산, 제3의 고향은 일본 다테야마라고 말한다. 이는 20대 초반까지 부모를 따라 이주한 경로를 제1, 제2, 제3의 고향이라고 구분한 것이다.

이처럼 많은 고향을 가진 시인이지만 출생과 유년 시절의 거주지라는 기준으로 볼 때 시인의 고향은 일본 효고 현과 마산, 진동 세 곳으로 나누어도 좋을 듯싶다. 그런데 마산문학관 학예사로 일했던 문학평론가 한정호 씨는 '심각한 오류'라고 지적하면서 천상병의 출생지를 바로잡아야 한다고 말한다. 한정호 씨에 따르면 시인의 출생지는 일본 효고 현이 아닌 진북면 대티리라는 것이다. 현재의 행정구역 명은 경남 창원시 마산합포구 진북면 대티리이다.

①천상병은 1930년 일본 효고 현 히메지에서 태어나 중학교 2학년 때까지 거주하다가 해방을 맞아 귀국한다. 마산 중학교 3학년 편입한 그는 매우 조숙한 천재의 면모를 보인다. 그의 조숙한 재능은 당시 마산중학교 국어교사이던 김춘수의 눈에 띄어 1949

년 시 「강물」을 '문예'에 발표한다. -네이버캐스트 〔나는 문학이다〕 천상병 편

②천상병(1930년 1월 29일~1933년 4월 28일)은 대한민국의 시인, 문학 평론가이다. 일본 효고 현 히메지 출생이며 원적지는 경상남도 마산이다. 종교는 천주교이며, 소풍 온 속세를 떠나 하늘 고향으로 돌아간다는 내용을 담은 시 「귀천歸天」으로 유명하다. 1967년 불행히도 동백림사건에 연루되어 심한 옥고와 고문을 겪었으며, 1993년 지병인 간경화로 인해 타계하였다. 일본 효고 현 히메지에서 한국인 부모에게서 출생했으며, 8.15 광복 후 부모를 따라 귀국하였다. -위키백과 천상병 편

천상병

③천상병은 1930년 1월 29일 일본에서 2남 2녀 중 차남으로 출생. 중학교 2학년 재학 중 해방을 맞음. 1945년-일본에서 귀국, 마산에 정착함. 1949년-마산 중학 5년 재학 중 당시 담임 교사이던 김춘수 시인의 주선으로 시 「강물」이 '문예'지에 첫 번째 추천됨. -도서출판 답게 '천상병 연보' 중에서

여기서 ①을 조금만 주의 깊게 살펴보면 중대한 오류가 발견된다. 즉 1930년 일본 효고 현에서 태어난 천상병 소년은 1945년 해방되던 해에 귀국했으므로 출생 이후 중학교 2학년까지 일본에서 거주한 셈이 된다. 그렇다면 '국교 1년 때까지 살다가 떠난 진동'이라는 천상병의 시 「고향」과는 완전 배치되는 기록이다. 그렇다면 '고향 진동에서 상북초등학교를 다닌 천상병 소년'은 유령이란 말인가.

상북초등학교는 현재 폐교되어 그 자리에 진동초등학교가 있다. 사실은 상북초등학교를 다니던 천상병 소년은몇 학년 때인지는 불분명하지만 아버지를 따라 일본으로 건너가 중학교 2학년 때 해방을 맞았다는 게 맞다.

아무튼 이처럼 시인의 고향이 일본으로 알려진 이유는 무엇보다 시인 스스로 자신의 출생지를 일본으로 밝혔기 때문이다. 자기 입으로 일본에서 태어났다고 하는데 누가 이견을 제기할 수 있단 말인가.

그렇다면 왜 천상병은 스스로 일본에서 태어났다고 말했을까? 이에 대해 먼저 생각해 볼 점은 시인이 일본에서 태어난 후 거주한 기간은 3세 때까지라는 점이다. 물론 한국으로 귀국했다가 다시 초등학교 2학년 때 다시 일본으로 건너가지만, 출생 후 일본에 거주한 기간은 만 3세가 될 때까지였다. 아무리 시인이 기억력이 좋다 해도 3세 때까지의 기억이 정확하다고는 보기 힘들다.

천상병 시인은 1933년 1월 29일 진전면 대티마을 799번지(현재 생가 흔적 유실)에서 태어나 1937년 진동초등학교에 입학한 뒤, 1939년 아버지를 따라 일본에서 중학교에 다녔다. 1945년 귀국해 그해 마산공립중학교현 마산고등학교 2학년으로 편입하여 1951년에 졸업했다. 이것이 천상병 시인의 정확한 연보다. 천상병 시인의 출생지 오류에 대한 설명이 좀 길어졌다. 천상병 문학을 바로잡는 중요한 기록이기 때문이다.

천상병이 다녔던 진동초등학교를 찾았다. 천상병이 다닐 때는 '상북국민학교'였다. 교무실에 들러 천상병과 관련된 자료를 찾으려고 했지만 아무 소득도 얻지 못했다. 워낙 오래 전 일인데다 졸업을 하지 못한 채 일본으로 떠났으므로 남아 있는 자료가 없었다. 상북초등학교 터는 진동에서도 버스로 20여 분 정도 걸리는데, 마을로 들어서기 전에 작은 미술관 하나를 만났다. '삼진미술관'이다. 이 미술관이 들어선 자리가 옛날 천상병이 다녔던 상북초등학교 터였다. 폐교한 학교 건물을 리모델링해 세운 미술관은 지역 문인들은 물론 여행객들이 한 번씩 들러보는 숨은 명소다.

이 미술관 옆에 천상병이 태어난 대티리 생가 터가 있다. 대티리 한가운데 마을회관 겸 경로당으로 사용중인 건물이 있고 이 건물 옆이 생가 터로 추정되는 장소다. 마을 노인 한 분에게 이곳에서 천상병 시인이 태어났다는 사실을 아시느냐고 여쭤보니 반갑게도 안다고 대답하신다. 이미 몇 해 전 마산문학관을 비롯한 마산 지역 문인들이 천상병 시인의 출생지를 조사하러 여러 번 방문했다는 것이다.

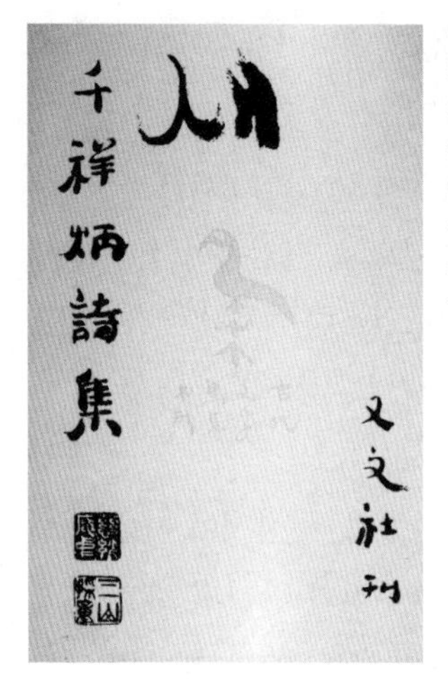

1971년 조광출판사에서 펴낸 천상병 유고 시집 『새』 표지. 1971년 천상병 시인이 실종되어 소식이 없자 민 영 시인을 비롯한 여러 지인들은 서둘러 흩어져 있던 작품들을 모아 천상병 유고시집을 출판했다. 그러나 정신병원에 입원 중이라는 생존 사실이 알려지게 되자 이 시집은 살아 있는 사람을 위해 '유고시집'을 낸 최초의 사례가 된 셈이다.

생가 터를 살펴본 다음 진동마을 앞 해안으로 이동했다. 천상병은 「고향」이라는 시를 통해 자신의 고향이 바다가 바라보이는 산천이 수려한 마을이라고 회상한 적이 있다. 물론 지금은 개발이 되어 예전 같은 아름다운 풍광을 느끼기는 힘들었다. 그래도 바다는 역시 변하지 않았다.

천상병의 시에는 '바다'를 배경으로 한 시가 여러 편 있다. 서울에 살면서 고향 방문을 못했기에 바다는 당연히 그리움의 대상이자 고향 그 자체였을 것이다.

그대의 그리움이
갈매기로 하여금
구름이 되게 하였다.
기꺼운 듯
푸른 바다의 이름으로
흰 날개를 하늘에 묻어 보내어

이제 파도도

빛나는 가슴도

구름을 따라 먼 나라로 흘렀다.

그리하여 몇 번이고

몇 번이고

날아오르는 자랑이었다.

아름다운 마음이었다.

–천상병 「갈매기」 전문

천상병이 그리도 보고 싶어하고 그리워한 고향의 모습 그대로 간직한 진동마을 앞바다를 보며 잠시 천상병이 우리 시대의 어떤 시인이었는가 생각해 보았다. 육신은 비록 견디기 힘든 고문으로 상처투성이였지만 영혼은 소년 같은 동심과 순수를 잃지 않았던 고귀한 영혼의 소유자였다고 생각했다. 그래서 많은 독자들이 사랑하고 존경하는 것이겠다.

진동마을 해안에는 작은 파도를 따라 봄바람이 시원하게 불어오고 있었다.

민족주의 깃발 높이 쳐들고 거침없이 시를 썼다

정공채

부산 국제신보–하동 성평마을–금오영당 묘소

지금 하늘이여
총을 맞은 이 땅의 봄이 마산馬山에서
마산에서 핏빛으로 안타깝게 타고 있습니다.

꽃같이 피어오르는 소년을
남쪽바다
부두 앞 수면 위로
실종失踪은 얼굴에 포탄砲彈을 박아
십칠 세를 떠올렸습니다.

하늘은 웬일로

이렇게
구름으로 거칠읍니까

민주주의의 수목樹木 때문에
그 수목에
총과 피의 내음새가 자욱합니까

이 땅에 자라나는 민주주의의
어린 수목 때문에
이 땅에 자라나는
어린 소년이 죽어야 합니까.

1960년 4월, 자유당 독재 정권을 비판하고 3.15 마산 시위 때 살해당한 김주열 군을 추모하는 시 「하늘이여」를 부산에서 발행되는 국제신보에 발표할 당시의 청년 정공채.

하늘이여, 어서
본래의 뜻대로 우리를 민주주의 나무가
자유와 평화와 행복의 -
바로 백성들의 꽃과 열매의 수목으로 자라게 하여 주소서.
-정공채의 시 「하늘이여」 부분

정공채 시인이 1960년 4월 14일 자 국제신보에 발표한 시 「하늘이여」 부분이다. 마지막 발악을 하던 이승만 독재정권은 "독재정권 물러가라"는 시위를 하던 마산의 김주열 소년을 무참하게 죽였다. 1960년 3월 15일, 최루탄을 머리에 맞은 그의 시신이 바다에 떠올랐다. 이 경악할 장면을 보자 갓 등단한 청년시인은 분노로 피가 끓어올랐다. 그래서 이 시를 쓴 것이다. 당시 국제신보 이병주 편집국장은 신문사로 찾아온 시인에게서 이 시를 받자마자 이미 조판되어 있던 1면 사설을 싹 지워 버리고 그 자리에 이 시를 게재했다.

이 시가 발표된 지 꼭 일주일 만에 4.19 민주혁명이 성공했으니까 말하자면 이 시 한 편은 도도한 역사의 흐름을 예고한 신호탄 같은 역할을 한 셈이다.

그 4월이 오고, 또 그 4월에 죽은 정공채 시인의 흔적을 찾으러 나는 하동행 새벽 버스를 탔다. 1963년에 발표한 장시 「미팔군의 차」를 통해 민족주의의 깃발을 높이 들었고, 『우리 노천명』 『아, 전혜린』 『공초 오상순』 등을 집필한 평전 저자로, 대작 역사소설 『초한지』를 쓴 작가로 일세를 풍미한 정공채 시인을 찾아가는 여행이다.

"자유롭게 살았고, 가고 싶으면 가고 가기 싫으면 안 가고, 소리치고 싶으면 소리치며 거침없이 살았던 시인이었다. 막걸리와 상송을 좋아했고, 흑인영가를 자주 흥얼거렸던 시인이었다." 정공채 시인을 추억하는 이길원 시인의 멘트다.

나는 아직도 정공채 시인을 고인故人으로 생각하고 싶지 않다. 십여 년 전 어느 날 무교동 술집에서 만났던 그의 풍모가 너무 강렬하고, 반쯤 취해 토해놓은 그의 직설적인 발언들이 너무나 담대하게 남아 있기 때문이다.

성평 돌담길 30번지가 정공채 정두수 형제의 생가다. 정씨 문중 사람이 현재 살고 있다. 아래채는 부모님, 형제는 위채에 살았다.

1959년 '현대문학'으로 등단할 때 그를 추천한 박두진 시인은 "정공채는 천의무봉한 시인"이라고 극찬하지 않았던가! 그런 찬사에 걸맞게 그 후 정공채 시인은 자유와 민주주의를 억압하는 세력과 민족의 자존심을 훼손하는 거대한 외세를 향해 통렬하게 비판하는 시를 거침없이 썼고 펜을 휘둘렀다. 그런 분이 고작 74세를 일기로 세상을 뜨다니!

정공채 시인의 고향 하동으로 떠나면서, 생애의 흔적을 찾는 순서를 역순으로 하기로 정했다. 그래서 먼저 묘소부터 찾았다. 왜냐 하면 생전에 정공채 시인이 문예지에 스스로 '유언시'라고 발표한 「고별시」 두 편이 있었는데, 그 중에 어느 것이 묘비에 새겨져 있는지 궁금해서였다.

①
친구도 없이 마시던
혼자의 술잔
가만히 놓고 떠난다
그리워라 내 사랑이여
부디 잘 계셔요

②
세상 떠나면서 운다
그때 태어날 때와 지금 운다
눈물 소리 못 내고 한 두 방울
이 빗방울에 말도 없이 고별사 안긴다
잘 있거라 내 사랑아

①번은 2004년 '문학과창작' 봄호에, ②번은 2008년 3월호 '월간문학'에 발표한 작품이다. 본인은 스스로 이 작품이 '묘비에 남기고 싶은 시'라고 밝혔다. 그것을 묘에서 직접 확인하고 싶었다. 특히 ②번의 「고별시」는 시인의 병이 깊어졌을 때, 어쩌면 마지막 유언일지도 모르는 절명시絶命辭 같은 시였다. 그래서 나는 이 시가 묘비에 새겨져 있을 것이라고 은근히 기대했다.

하동터미널에 내리자마자 하동군 진교면 술상리 '금오영당'에 있다는 묘소부터 찾아가기 위해 택시를 탔다. 하동읍 버스터미널 앞에 대기 중인 택시 기사들에게 25,000분의1 지도를 보여 주며 '금오영당'을 아느냐고 물었더니 하동토박이라는 50대의 기사가 정확하게 '금오영당'을 알고 있었다.

30여 분쯤 달렸을까. 금오산 산자락 '금오영당' 입구로 빠지는 길목에 '하동군 공설납골당'이라는 입간판이 나타났다. 관리사무소 앞 주차장에서 내려 사무실 문을 열고 들어가 관리인에게 '정공채 시인' 묘소를 물었더니 관리인은 친절하게 따라오라면서 묘소 중턱으로 올라가 중턱 통로 옆에 있는 묘를 가리켰다.

「고별시」가 묘비에 새겨져 있겠지 하는 기대는 단박에 사라졌다. 시인의 묘비 치고는 너무나 평범한 묘비가 있었다.

빛의 영광
시인 정공채
여기 잠들다

빛의 영광 시인 정공채? 뜨악한 표정으로 몇 번이고 읽었다. 시인이 생전에 그토록 원했던 「고별시」가 아니다. 정공채 시인의 묘 옆에는 2014년 타계한 작사가 정두수의 묘가 있다. 정두수는 정공채 시인의 동생이다. 본명은 정두채. 이름을 지은 조부께서 공자孔子처럼 훌륭한 학자가 되라는 뜻에서 정공채에게는 '공채孔采' 정두수에게는 두보杜甫처럼 뛰어난 시인이 되라고 '두채杜采'라고 지었다는 것이다. 동생 정두수의 묘비에는 "달과 별을 사랑한 참작사가 정두수"라고 새겨져 있었다.

묘비를 보고는 실망했지만 그 나머지는 훌륭했다. 묘 자리만큼은, 전문가가 아니더라도 한눈에 '명당'이 틀림없어 보였다. 지리산이 동남쪽으로 뻗다가 남해로 떨어지기 직전 솟구쳐 오른 봉우리가 금오산인데, 이 금오산 동쪽 바닷가, 즉 섬진강 망덕포구를 오른쪽으로 둔 묘소 주변 지형이 절묘해 보였다.

금오산은 해발 856m다. 바닷가에 있는 산 치고는 제법 높다. 해맞이 명소로 널리 알려진 덕분에 아름다운 한려수도 남해의 조망을 보기 위해 많은 관광객이 찾는다고 관리인은 말했다. 묘에서 동쪽으로 시선을 돌리면 육안으로도 사천시와 창선도를 잇는 창

하동 시립 공동묘지는 '영당'이라고 부른다. 이 묘역에 정공채 정두수 형제가 묻혀 있다.

선대교, 남해화력발전소의 굴뚝이 뚜렷하게 보였다. 시인의 유택으로서는 최적의 장소 같았다.

'금오영당' 묘소 참배를 마친 다음 진교면 면소재지까지는 걸어 나왔다. 서울에서 아침을 굶고 버스를 탄 탓에 허기가 몰려왔다. 그래서 진교 버스터미널 앞 식당에서 간단하게 점심을 든 다음 정공채 시인의 생가 마을로 이동했다.

정공채 시인의 생가 마을은 '하동군 고전면 성평리'다. 지도를 살펴보니 고전면 지명에 '성평리'와 '성평' 두 곳이 있다. 정공채 시인 연보에 따르면 시인의 출생지는 '성평리'라고만 되어 있다. 생가가 몇 번지인지는 어디에도 나와 있지 않았다.

고전면사무소를 찾아갔다. 마침 외출하려던 김향표 면장은 "정공채 시인의 생가 주소는 '성평리 29번지 아니면 30번지'일 것"이라고 친절하게 알려 주면서 직원을 한 사람을 딸려 안내하도록 했다.

고전면사무소가 있는 고전리에서 '성평마을'은 승용차로 10분도 채 안 된다. 마을 입구 안내판에는 "성평마을은 예로부터 돌이 많아 담을 쌓고 살았으며 복잡하고 긴 마을 안길도 돌담으로 되어 있다."고 씌어져 있다.

과연 골목은 돌담으로 이어져 있다. 좁은 골목길로 들어서려는데 손수레를 끌고 내려오는 할머니를 만났다. 정공채 시인 생가가 어디지요? 하고 물으니까 "요 위 밭에서 정공채 시인 당숙모가 일

정공채 시인은 시 창작 외에도 많은 책을 집필했다. 특히 「우리 노천명」 「전혜린 평전」 등은 노작으로 평가되고 있다.

하고 있을 것"이라고 했다. 고추밭을 일구고 있는 당숙모를 향해 대뜸 조카 정공채 시인의 생가를 찾는다고 말하자 밭에서 일하던 것을 멈추고 안내를 자청했다.

'성평돌담길 30번지'는 정공채 시인의 생가의 현재 도로명 주소다. 성평마을 한가운데다. 붉은 색을 칠한 현관문은 그대로 열려 있는데, 꽤 널찍한 마당 안쪽으로 두 채의 집이 나란히 있다. 당숙모 설명에 따르면 왼쪽 허물어진 채 그대로 방치되어 있는 건물이 부모가 거처하던 본채고, 오른쪽 새로 개축한 듯한 건물이 바로 정공채 정두수 형제가 살았던 뒤채라고 했다. 물론 현재 이 집에는 다른 사람이 살고 있다.

박씨 성의 당숙모는 늦게 정씨 집안으로 시집을 왔기 때문에, 그리고 정공채 시인이 어려서부터 고향을 떠나 살았기 때문에 조카에 대한 추억은 거의 없었다. 다만 어른들이 나누는 대화를 통해, 정공채 정두수 형제는 시골구석에서는 썩을 수 없고 대처로 나가면 틀림없이 한 몫을 할 인물이라는 이야기를 들었다고 했다.

하동군 고전면은 하동군 남부에 자리 잡은 작은 고장이다. 정공채 시인은 일찍 이 고향을 떠나 초등학교도 부산에 있는 초량초등학교를 다녔고, 진주에서 진주중학교와 진주농림고를 거쳐 대학은 서울에 있는 명문 연세대를 다녔다. 반대로 동생 정두수는 어린 시절 내내 고향을 떠나지 않고 고전면사무소 옆에 있는 고전초등학교를 다녔다. 그래서 성평마을에 살며 고전리까지 등하교했던 추억을 살려 정두수는 '시오리 오솔길' '물레방아 도는데' 같은 고향을 소재로 한 노랫말을 여러 곡 지었다.

정공채의 고향 경남 하동군 고전면 성평리 앞 들판 풍경이다.

짧은 생
사랑받지 못한
외로운 청춘이여

기형도

광명시 소하동 생가 터, 기형도 문화공원, 전주 서고사, 용인 천주교 공원묘지

요절 시인 중에서 젊은이들이 가장 좋아하는 시인은 기형도라고 생각한다. 1960년 연평도에서 태어난 기형도는 생전에는 단 한 권도 시집을 내지 못했다. 그가 죽은 지 서너 달 만에 나온 유고시집 성격의 『입 속의 검은 잎』은 시문학사를 송두리째 바꿔 놓았다는 평가를 받고 있다. 기형도의 사후 20년이 지난 지금까지 가장 많이 중판되고 있는 시집이 바로 『입 속의 검은 잎』이라는 사실을 떠올리며 기형도의 생애 속으로 들어간다.

가장 많은 독자가 있는 기형도지만 이제껏 그의 고향은 별 주목을 끌지 못했다. 왜냐 하면 기형도를 '시인'이 아닌 '시집'으로만 기억했기 때문이다. 그러나 최근 들어 기형도의 시는 물론 생애가 재

조명되면서 그의 고향도 주목을 받기 시작했다.

기형도 시인이 태어난 곳은 인천 서북 쪽 망망대해에 떠 있는 연평도다. 하지만 기형도는 어릴 때 부모님을 따라 연평도를 떠나 죽을 때까지 광명시 소하동에 살았다. 그러니까 광명시 소하동은 사실상 기형도의 진정한 고향이라고 할 수도 있다. 지금 광명시는 기형도를 기리기 위해 생가 터에 표지판을 세워두고 문화공원을 조성했을 뿐만 아니라 기형도문학관을 건립하는 등의 힘을 쏟고 있다.

서울과 가깝다는 이유만으로 광명시 소하동에 위치한 기형도의 생가 터가 주목받지 못한 것은 역차별일 수도 있다.

주말을 이용해 기형도 시인의 고향을 다녀왔다.

내 유년 시절 바람이 문풍지를 더듬던 동지의 밤이면 어머니는 내 머리를 당신 무릎 위에 뉘고 무딘 칼끝으로 시퍼런 무를 깎아 주시곤 하였다. 어머니 무서워요 저 울음소리, 어머니조차 무서워요, 얘야, 그것은 네 속에서 울리는 소리란다. 네가 크면 이 겨울을 그리워하기 위해 더 큰 소리로 울어야 한다. 자정 지나 앞마당에 은빛 금속처럼 서리가 깔릴 때까지 어머니는 마른 손으로 종잇장 같은 내 배를 자꾸만 쓸어내렸다. 처마 밑 시래기 한 줌 부스러짐으로 천천히 등을 돌리던 바람의 한숨. 사위어 가는 호롱불 주위로 방안 가득 풀풀 수십 장 입김이 날리던 밤, 그 작은 소년과 어머니는 지금 어디서 무엇을 할까?

–기형도의 시 「바람의 집」 겨울판화1

기형도가 주검으로 발견된 서울 인사동 파고다 극장이 있던 자리.

처음 기형도 시인의 생가 터를 찾아갈 때는 이상한 자신감이 있었다. 서울에서 가까운 곳이어서 쉽게 찾아갈 수 있을 거라고 생각했다. 가장 유명한 시인의 생가 터인 만큼 길목마다 표지판이 있을 것 같았다. 그러나 기형도 시인의 생가 터를 찾는 데 상당한 시간을 헤매야 했다.

기아자동차 소하리 공장에서 내렸다. 낯선 공간 속으로 들어온 듯했다. 어느 방향으로 가야할지도 알 수가 없었다. 이곳이 정말 기형도 시인이 살았던 곳인가 하는 의문도 들었다. 왜냐하면 내린 곳 주변이 모두 휑한 벌판이거나 컨테이너 창고 부지였기 때문이었다. 주위를 둘러보아도 기형도 시인의 생가로 짐작되는 곳은 찾아볼 수 없었다.

생가 터로 찾아가는 길목에는 고물상이 두어 집 있었다. 지푸라기라도 잡는 심정으로 고물상 주인에게 기형도 시인의 생가 터를 가려면 어떻게 가야 하는지 물었다. 고물상 주인인 듯 보이는 아주머니는 기형도 생가를 잘 알고 있다며 친절하게 알려주었다. 내 예상과는 아주 벗어난 장소였다.

고물상에서 10분 정도 거리에 기형도 시인의 생가가 있다고 말했다. 아주머니에게 어떻게 기형도 시인을 알고 있느냐고 묻자 평소에도 기형도 시인의 생가 터를 묻는 사람들이 많았다고 했다. 그래서 자기 자신도 기형도 시인에 대해 알게 되었다고 했다.

열무 삼십 단을 이고
시장에 간 우리 엄마
안 오시네, 해는 시든 지 오래
나는 찬밥처럼 방에 담겨
아무리 천천히 숙제를 해도
엄마 안 오시네, 배춧잎 같은 발소리 타박타박
안 들리네, 어둡고 무서워
금간 창 틈으로 고요히 빗소리
빈방에 혼자 엎드려 훌쩍거리던

아주 먼 옛날

지금도 내 눈시울을 뜨겁게 하는

그 시절, 내 유년의 윗목

–기형도 「엄마걱정」 전문

고물상 주인아주머니가 알려 준 대로 찾아간 생가 터에서 큰 충격을 받았다. 생가가 있던 자리에는 창고로 보이는 허름한 건물이 들어서 있었다. 기형도 생가의 흔적을 어디에서도 찾아볼 수 없었기 때문이었다. 달랑 '생가 터'라고 적어놓은 표지판 하나를 제외하고는 기형도 시인이 정말 이곳에 살았나 싶을 정도로 황량했다. 그럼에도 불구하고 젊은 시인 기형도가 살았던 집터가 이곳이라고 생각하니 조금은 숙연하고 처연한 기분이 들었다.

기형도 시인의 어머니도 가장 좋아했던 시 「엄마걱정」만 봐도 그의 어린 시절이 어땠는지 알 수 있다. 유년 시절의 이 가난한 집에서 떠나고 싶은 심정, 사랑하는 마음, 또한 죽음에 대한 공포와 그리움까지 아마 모두 이곳 터에서부터 시작되었다.

「엄마걱정」에는 일하러 나간 어머니에 대한 걱정과 집에 혼자 남은 어린 시절의 공포가 고스란히 나타난다. '아무리 천천히 숙제를 해도' '찬밥에 담겨 있는' 기분을 지울 수 없었다. 그가 집에서 경험한 이런 일들은 나중에 그의 시를 이루는 근원이 되었다. 따라서 지금 기형도 시인의 생가가 허물어지고 사라졌다고 해서 기형도의 시적 유산마저 살아진 것은 아니다.

어느 날 불현듯

기형도는 인사동 카페 '평화만들기'에 자주 나타났다. 이곳에서 '시운동' 동인들은 물론 젊은 시인들과 술 한 잔 하며 새로운 시 쓰기에 대해 토론하고 친교의 시간을 가졌다. 현재 '평화만들기'는 없어지고 갤러리로 변했다.

기형도 신춘문예 당선작은 안양천의 '안개'가 모티프가 되었다. 말하자면 안양천과 어머니는 기형도 문학의 두 기둥과 같은 소재이다.

물 묻은 저녁 세상에 낮게 엎드려

물끄러미 팔을 뻗어 너를 가늠할 때

너는 어느 시간의 흙 속에

아득히 묻혀 있느냐

축축한 안개 속에서 어둠은

망가진 소리 하나하나 다듬으며

이 땅 위로 무수한 이파리를 길어올린다

낯선 사람들, 괭이 소리 삽 소리

단단히 묻어두고 떠난 벌판

어디쯤일까 내가 연기처럼 더듬더듬 피어올랐던

이제는 침묵의 목책 속에 갇힌 먼 땅

다시 돌아갈 수 없으리, 흘러간다

…중략…

아, 가랑잎 한 장 뒤집히는 소리에도

세상은 저리 쉽게 떠내려간다

보느냐, 마주보이는 시간은 미루나무 무수히 곧게 서 있듯

멀수록 무서운 얼굴들이다, 그러나

희망도 절망도 같은 줄기가 틔우는 작은 이파리일 뿐, 그리하여 나는

살아가리라 어디 있느냐

식목제의 캄캄한 밤이여, 바람 속에 견고한 불의 입상이 되어

싱싱한 줄기로 솟아오를 거냐, 어느 날이냐 곧이어 소스라치며

내 유년의 떨리던, 짧은 넋이여

—기형도 「식목제」 일부

기형도 시인의 생가 터를 뒤로 하고 찾아간 곳은 기형도 문화공원이었다. 많은 사랑을 받는 기형도 시인을 영원히 기리기 위해 조성한 공원이다. 기형도 문화공원은 광명역 근처에 있다. 규모는 그리 크지 않았다.

기형도 문화공원에는 기형도 시인의 시비詩碑가 세워져 있다. 이곳에서 「엄마생각」「식목제」 같은 기형도의 시를 만날 수 있다.

사실 그는 너무 아까운 나이에 세상을 떠난 것이다. 기형도 시인은 1989년 아직 겨울 추위가 남아 있는 새벽에 파고다 극장에서 주검으로 발견되었다. 시단의 주목을 받고 있는 앞길 창창한 젊은 기형도의 죽음이 알려지자 그의 시를 사랑하던 많은 사람들은 충격을 감추지 못했다. 평소 그의 시에 짙게 묻어 있던 죽음의 그림자가 끝내 그를 데려간 것이라고 슬퍼했다. 기형도 시인의 직접적인 사인死因을 두고 여러 논란이 있기도 했다.

이 읍에 처음 와본 사람은 누구나
거대한 안개의 강을 거쳐야 한다.
앞서간 일행들이 천천히 지워질 때까지
쓸쓸한 가축들처럼 그들은
그 긴 방죽 위에 서 있어야 한다.
문득 저 홀로 안개의 빈 구멍 속에
갇혀 있음을 느끼고 경악할 때까지.

어떤 날은 두꺼운 종잇장 위에

노랗고 딱딱한 태양이 걸릴 때까지
안개의 군원은 샛강에서 한 발자국도 이동하지 않는다.
출근길에 늦은 여공들은 깔깔거리며 지나가고
긴 어둠에서 풀려나는 검고 무뚝뚝한 나무들 사이로
아이들은 느릿느릿 새어나오는 것이다.
안개에 익숙하지 않은 사람들은 처음 얼마 동안
보행의 경계심을 늦추는 법이 없지만, 곧 남들처럼
안개 속을 이리저리 뚫고 다닌다. 습관이란
참으로 편리한 것이다. 쉽게 안개와 식구가 되고
멀리 송전탑이 희미한 동체를 드러낼 때까지
그들은 미친 듯이 흘러다닌다.

가끔씩 안개가 끼지 않는 날이면
방죽 위로 걸어가는 얼굴들은 모두 낯설다. 서로를 경계하며
바쁘게 지나가고, 맑고 쓸쓸한 아침은 그러나
아주 드물다. 이곳은 안개의 성지이기 때문이다.

–기형도 「안개」 일부

기형도의 시를 읽다보면 물, 외로움, 죽음 등의 키워드를 읽어낼 수 있다. 그의 등단작 「안개」에서 그 이미지는 강하게 나타난다. 기형도가 이런 시들을 쓸 수 있었던 것은 집 주위에 안양천이 흐르고 있었기 때문이다. 실제로 「안개」의 모티프가 된 것도 바로 이 안양천이다.

광명시 소하동 기형도 생가 터 담벼락에 있는 시 「빈 집」이 눈길을 끈다.

전주시 서고사. 기형도는 1988년 8월 5일 서고사에 묵고 있던 강석경 작가를 만나러 왔다. 기형도는 평소 강석경 작가를 이상적인 여성이라고 생각하고 있었다.

기형도가 생전에 걸었을 안양천을 하염없이 걸었다. 안양천에는 자전거 도로가 잘 조성되어 있었다. 산책하거나 운동하는 사람들도 꽤 많았다. 안양천 둑에 앉으니까 평소 시상을 다듬으며 이곳에 앉아 심한 외로움을 겪었을 기형도의 심정이 느껴지는 듯했다.

물론 기형도의 「안개」는 김승옥의 소설 「무진기행」과 닮은 부분도 있다. 이런 경우를 2차 텍스트라고 할 수도 있다. 하지만 '안개'는 단순한 소스일 뿐이다. 같은 '안개'를 그리고 있지만 기형도의 「안개」는 순천만과는 다른 안양천의 '안개'를 소재로 했을 뿐이다. 아쉬운 것은 지금 안양천 풍경은 기형도가 보았던 「안개」 시절의 안양천과 같은 풍경은 아니라는 점이다.

기형도 시인을 안양천에 남겨두고 서울로 돌아오는 동안 머릿속에 계속 떠오른 시가 한 편 있다. 많은 이들이 기억하는 「빈집」이라는 시다. 기형도의 마지막 유고 같은 시다. 물론 '빈집'은 광명시 소하리 그의 생가다. 그러나 기형도의 생애의 흔적들을 뒤로 하고 발길을 돌리는 나는 그의 고향 '광명시'가 마치 '빈집'처럼 느껴졌다. 그래서 나는 첫 구절 '사랑을 잃고 나는 쓰네'라는 말을 '사랑을 쓰고 나는 잃네'로 고치고 싶다는 생각을 강하게 했다.

사랑을 잃고 나는 쓰네

잘 있거라, 짧았던 밤들아

창밖을 떠돌던 겨울 안개들아
아무것도 모르던 촛불들아, 잘 있거라
공포를 기다리던 흰 종이들아
망설임을 대신하던 눈물들아
잘 있거라, 더 이상 내 것이 아닌 열망들아

장님처럼 나 이제 더듬거리며 문을 잠그네
가엾은 내사랑 빈집에 갇혔네
–기형도 「빈집」 전문

기형도 생가마을을 취재한 지 꽤 여러 해가 흘렀다.

"시와함께" 유튜브 문학방송에 기형도 시인 편을 내보내기 위해 나는 '기형도 시인의 마지막 모습'을 취재하러 전주 서고사를 찾았다. 서고사는 기형도 시인이 남몰래 '사랑'한 것으로 알려진 한 여류작가와 하룻밤을 머물렀던 절이었다.

기형도 시인은 1988년 8월에 전주에 있는 서고사를 찾았다. 서고사는 후백제 때 견훤이 창건한 작은 사찰인데, 기형도 시인이 1989년 봄에 기형도 시인이 요절하자 죽기 전 해 기형도 시인이 하룻밤 묵었다는 사실이 알려지면서 덩달아 유명해진 절이었다.

당시 서고사에 하룻밤 묵었던 기형도 시인을 지켜본 주지 의성스님은 한 불교신문과의 인터뷰에서 말했다. "유난히 눈썹이 짙고 허우대가 크고 이목구비가 시원시원하게 생긴 귀공자 스타일의 청년이었어요. 함께 공양을 하고 차를 마시며 이야기를 나누면서 찬찬히 봤죠. 세상고민을 저 혼자 다 짊어지고 사는 것 같았어요. 정치와 사회를 생각하는 관점이 상당히 비판적이었고, 당시 언론 탄압 때문에 기자로서 상처를 많이 받은 것 같았어요."

서고사를 찾았을 당시 기형도는 중앙일보 문화부 5년차 기자였다. 여름휴가를 받아 대구를 거쳐 광주를 가던 길이었는데, 때마침 서고사에는 중앙일보에 소설 「가까운 골짜기」를 연재하던 강석경 작가가 머물고 있었다. 그래서 기형도 시인은 평소 흠모하고 남몰래 마음에 두고 있던 그녀를 만나러 온 것이었다.

기형도 시인이 작가 강석경을 '사랑'했다는 사실은 당시 중앙일보 문화부 데스크였던 한 선배 기자가 추모 글을 통해 문단에 알려지기 시작했다. 기형도는 편집국에서 다른 기자들 몰래 은밀한 통화를 길게 할 때가 자주 있다, 사귀는 여자냐고 궁금해 하며 물었다, 그랬더니 얼굴이 빨개지며 기형도가 대답을 못했다고 그 선배기자는 썼던 것이다. 은밀한 전화통화 상대방은 바로 서고사에 머물던 작가 강석경이었다. 기형도는 그 선배기자에게 강석경을 '이상적인 여성상'이라고 털어놓기도 했었다.

그날 서고사에서 강석경과 기형도를 함께 만났던 주지 의성 스님은 말했다. "문학을 하는 동지애가 느껴질 만큼 대화가 잘 통했고, 기형도는 강석경을 정신적 멘토로 여기는 것 같았어요."

서고사에서의 하룻밤은 암울한 시대를 힘들게 견뎌야 했던 젊은 시인 기형도로서는 자신이 품고 있던 죽음과 상실, 환멸과 혼

돈의 두려움을 잠시 내려놓고 영혼을 맑게 씻는 계기가 되었을지도 모른다.

기형도는 여행일기에 '그날밤'에 대해 "난 얼마나 작은 그릇이냐. 막상 그 작은 접시를 벗어났을 때 나는 너무 쉽게 길을 잃는 것"이라고 탄식했다고 적고는 "서고사의 밤은 깊다. 풀벌레 소리 하나만으로 나는 그 밤이 샐 때까지 즐길 수 있었다."고 적었다.

기형도 시인이 우리 곁을 떠난 지도 벌써 30년이나 되었다. 이렇게 덧없는 세월이 두렵다. 그 때, 기형도 시인이 근무하던 중앙일보와는 불과 500미터밖에 떨어져 있지 않던 회사에서 잡지 창간작업을 할 때, 나는 식당이나 술집 같은 곳, 또는 다방 등에서 자주 그와 지나치곤 했다. 훤칠한 키, 털털한 성격, 매력적인 시를 쓰는 청년시인 기형도. 그가 몹시 그립다.

기형도 시인은 1989년 3월 7일 새벽 3시 반, 서울 종로 3가 낙원시장 옆 파고다극장에서 싸늘한 시신으로 발견되었다. 사인死因은 뇌졸중. 기형도는 자기의 죽음을 예감했는지, 오래 전부터 친구들에게 "아마 나는 뇌졸중으로 죽을 것 같아."라고 말하곤 했었다. 기형도가 생애 마지막 여행으로 작가 강석경을 만나러 들렀던 전주 서고사를 다녀간 지 꼭 일곱 달이 흐른 뒤였다.

왕모산 중턱에서
바라본 이육사의 고향
도산면 원천리.

course 7

봄꽃처럼 짧게 왔다가 큰 깨우침을 주고 떠난 청년 시인

이상화

대구 수성못-달성공원-이상화 고택-이장가 묘소-대륜중고등학교

한 편의 시 그것으로

새로운 세계 하나를 낳아야 할 줄 깨칠 그때라야

시인아, 너의 존재가

비로소 우주에게 없지 못할 너로 알려질 것이다.

가뭄 든 논에는 청개구리의 울음이 있어야 하듯,

새 세계란 속에서도

마음과 몸이 갈려 사는 줄 풍류만 나와 보아라.

시인아, 너의 목숨은

진저리나는 절름발이 노릇을 아직도 하는 것이다.

언제든지 일식된 해가 돋으면 뭣하며 진들 어떠랴.

시인아, 너의 영광은
미친 개 꼬리도 밟는 어린애의 짬 없는 그 마음이 되어
밤이라도 낮이라도
새 세계를 낳으려 손댄 자국이 시가 될 때에 있다.
촛불로 날아들어 죽어도 아름다운 나비를 보아라.
–이상화의 시 「시인에게」 전문

대구 수성못으로 가는 산책로에는 '이상화를 만나는 길'이 조성되어 있다. 이 입구에 세워진 패널에는 이런 문구가 적혀 있다.

이상화 시인이 우리 시대의 청년에게 다시 묻는다
"빼앗길 들에도 봄은 오는가"

나는 이 패널이 던지는 질문에 멈칫하며 순간 동행하던 대구의 강동희 시인을 돌아보았다. 대구에 사는 시인이니까, 이 질문에 무엇인가 그럴듯한 답변이 있을 듯해서였다. 그러나 빙긋이 웃기만 할 뿐 아무 대답도 하지 않는다.

그래서 내가 대신 대답했다.

"이상화 시인 시절에는 들을 빼앗겼지만 지금은 들은 물론 숫제 봄마저 빼앗긴 셈이지 뭐."

서울보다 먼저 찾아온 봄 덕분에 수성못과 달성공원에는 매화가 만개했지만 우리들 마음은 봄이 오기는커녕 지난겨울에 얼어

대구 수성못에 가면 '청년 이상화를 만나는 길'이 있으며,
'민족시인 이상화'라 명명된 흉상과 함께 대표시
「빼앗긴 들에도 봄은 오는가」 시비를 만날 수 있다.

버리고 말아 죽지 않았을까. 지금 우리 사회는, 어떤 식의 제약을 하거나 압제를 가하는지 콕 집어 말할 수는 없지만 분명 문화 예술 정치 사회 기업 경제 모든 부문에서 무엇인가를 두려워하는 분위기다. 이게 무슨 유령 사회인가. 지식인들이 정면으로 맞서기보다 비겁하게 피하고 있는 때문이 아닐까. 이렇게 느끼는 내가 너무 예민한 탓일까.

수성못을 한 바퀴 걸었다. 약 2킬로미터 정도의 거리이니 식전 보행으로 적당하다. 널찍해 보이는 호수 가운데는 둥지 섬이 있고 십여 그루 나무에는 겨울을 견딘 새들이 새집에서 나와 하늘로 날아오르고 있다.

대구를 자주 방문하지는 못한다. 그러나 수성못과 달성공원이 대구 시내에 있다는 것쯤은 안다. 그런데 이상화 시인의 문학적 생애의 흔적이 남아 있는 길을 안내하라고 부탁했는데 강동희 시인이 수성못부터 안내하는 이유가 궁금했다.

수성못 주변을 한 바퀴 돌아본 후에야, 이곳이 이상화 시비를 비롯해서 한국 근대문학의 물줄기를 이어온 근대문학 초기의 작가와 시인들을 기리는 작은 공원이라는 사실을 알게 되었다. 그래서 이곳이 이상화 시인의 시와 삶을 살펴보는 장소로는 최적이라고 생각했다. 게다가 수성못 가까운 들길안 일대가 이상화 시인 시절에는 '들안 들판'으로 불렸던 곳이라고 하니까 이상화 고택과의 거리로 보나 지세로 보나 이곳이 바로 그 「빼앗긴 들에도 봄은 오는가」의 '빼앗긴 들'이 아닐까 하고 추측했다. (이상화 시인의 작품 무대인 '빼앗긴 들'이 자기네 구일 것이라고 주장하는 대구시 지자체가 두 곳 이상이다. '상화로'라는 거리도 두 개나 있다.)

대구 달성공원으로 들어가는 정문은 멋진 한식이다. 한식 정문이 멋지게 느껴진다. 이곳은 일제 강점기 시절에는 대구 신사가 있었다. 그 일본식 '도리' 정문이 흉물스럽게 있었던 자리에 지금 한식 정문이 떡 버티고 있기 때문이다.

달성공원 이상화 시비는 동물원 사육동 바로 옆에 있었다. 시비 앞에 서서 셔터를 누르려는데, 내리던 봄비가 잠시 잦아진다. 시비 앞쪽으로 붉게 홀짝 핀 홍매화 한 그루가 시선을 놓지 않는다. 시비는 작았지만 대형 시비가 넘볼 수 없는 위엄이 있었다.

이상화 시인은 비록 젊은 나이에 세상을 떠났지만 늘 젊은 시대정신으로 살아 있는 시인이다. 전국 각지에 100여 개 가까운 시비가 세워져 당대의 위세를 과시하는 고 은 시인을 비롯하여, 아직도 살아 있는 시인들의 시비들이 세워져 있는 전국 방방곡곡 시비공원들을 생각하면 더욱 더 이상화 시인의 작고 아담한 시비의 존재감과 품격이 다르게 느껴졌다. 시비는 당연히 사후에 생전의 공적을 기리는 뜻으로 세워져야 하는 것이다. 이상화 시비는 시인이 1943년에 세상을 떠난 지 다섯 해 후인 1948년에 세워졌다. 우리나라 최초의 시비다.

1947년 9월 어느 날, 대구 서문로의 시계포 '명금당'에 밤색 중절모자를 쓴 신사 한 분이 찾아왔다. 시계포 주인은 이윤수 시인

대구 달성공원 '상화시비'는 우리나라에서 최초로 세워진 '시비'이다.
1948년 이상화 시인 사후 5년만인 1948년에 건립되었다. 이 시비를
세우는 데 앞장선 사람은 수필가 김소운, 대구 거주 이윤수 시인 등이었다.

이었고 그 신사는 수필가 김소운 선생이었다. 그 두 분은 그날 저녁 대구 지역 문인들과 함께 모임을 갖고 이상화 시비를 세우기로 만장일치로 결정한 것이다. 시비 건립 작업은 순조롭게 진행되어 그 이듬해 1948년 대구 달성공원 현재의 자리에 시비가 세워진다.

비문은 이렇다.

마돈나, 밤이 주는 꿈, 우리가 엮는 꿈,
사람이 안고 궁구는 목숨의 꿈이 다르지 않느니
아, 어린애 가슴처럼 세월 모르는
나의 침실로 가자.

아름답고 오랜 거기로

이상화의 시 「나의 침실로」한 구절이다. 이상화 시인이 열여덟 살 때 금강산을 여행하면서 지은 작품이다. 비문은 열한 살이었던 셋째아들 이태희가 썼다. 시비를 세운 분들이 온 국민의 애송시나 다름없는 대표작 「빼앗긴 들에도 봄은 오는가」보다 이상화 시인의 처녀작 「나의 침실로」를 시비에 새긴 이유는 무엇이었을까 하고 곰곰이 생각하며 이상화 시인의 고택을 향해 발길을 돌렸다. (이 시비 외에도 대구에는 수성못, 두류공원 등에 이상화 시비가 세워져 있다.)

이상화의 고택 주소는 대구광역시 중구 계산동 2가 84번지다. 맞은편에는 일제강점기 때 '국채보상운동'을 벌였던 민족지사 서상돈의 고택이 있다. 1999년 도시개발로 헐릴 위기에 놓였는데, 대구의 상징이며 대표적인 민족시인 이상화 고택을 보존하자는 '100만인 시민운동' 덕택에 고택이 보존되었다. 2008년부터 고택은 시민들에게 개방되고 있다.

한솔약업사 앞에 차를 세우고 이상화 고택까지 걸어 들어갔다. 골목 초입에 식당으로 바뀐 시인의 큰형 이상정 장군 고택이 있다. 이상화 고택은 이 골목 안쪽에 낮은 처마를 나란히 하고 있다. 마당에는 잘 자란 석류나무 몇 그루, 안채는 물론 '계산예가' 등 집안 옛 모습을 구석구석 살펴볼 수 있도록 문이 활짝 열려 있다.

대구 중구 계산동 2가 84번지에 있는 이상화 고택.

고택은 새로 지어진 고층건물들에 둘러싸여 있어 도심 속의 고립된 섬처럼 보인다. 그러나 빛나는 보석 이상의 가치를 지닌 소중한 집이다. 이 집은 이상화 시인이 태어난 집은 아니다. 1939년부터 생애 말년을 보냈던, 1943년 위암으로 운명할 때까지 살았던 종생終生의 집이다.

1940년 말 교남학교현재의 대륜중학교 교사직을 그만둔 이상화 시인은 이 집에서 독서와 연구에 몰두한다. 춘향전을 영어로 번역하기도 하고, 국문학사와 프랑스 시 등을 한글로 번역하는 작업에 착수하기도 했으나 안타깝게도 마치지는 못했다. 1943년 봄이 채 오기도 전에 갑자기 쓰러져 3월에 위암 진단을 받아 투병하다가 4월 25일 오전 8시 45분 세상과 하직하고 말았기 때문이다. 사인은 위암과 폐결핵과 장결핵 합병증이었다.

이상화 시인은 4월에 태어나고 4월에 작고한 봄꽃처럼 짧게, 우리에게 왔다가 큰 깨우침을 남기고 떠난 '4월의 시인'이다. 4형제 중 둘째이다. 형제들도 하나같이 역사 속에 족적을 남긴 분들이다. 큰 형 이상정은 독립운동가, 셋째 아우 이상백은 한국 최초의 IOC위원, 넷째 아우 이상오는 정통 수렵가이자 초대 대한사격협회 회장을 지냈다. 이 분들은 모두 명문 집안의 후예답게, 현재 대구 근교에 있는 문중 묘소 '이장가'에 묻혀 있다.

이상화 묘소의 도로명 주소는 대구시 명천로 43번지이다. 제법 긴 터널을 통과해 대구 시내를 벗어난다. 운전대를 잡은 강동희 시인의 말로는 30분 거리다. 내비게이션이 가리키는 대로 따라가니 '이상화기념관'이 나온다. 기념관 주차장에 차를 세운다. 시간은 오후 4시 10분인데 기념관 문은 닫혀 있다. '이상화기념관에서 묘소까지는 300미터'라는 인터넷 정보대로 기념관 왼쪽으로 발길을 옮겨 반쯤 열려 있는 철문을 지나 산길을 오른다.

이상화 시인의 묘소는 '이장가'다. 문중 선산이다. 굳게 닫힌 철문의 재실과 제각을 지나니 열 시 방향 산자락에 문중 묘소가 보인다. 묘소 앞에는 '월성이씨지묘月城李氏之墓'라는 석비가 지키고 있다. 묘소로 오르는 길 양 옆으로는 노송이라기엔 조금 젊은 소나무들이 잘 심어져 있어 이상화 시인을 비롯한 월성이씨 집안 인물들의 굳은 절개와 기상이 느껴진다.

묘소 앞에 안내판이 있다. 이상화 시인의 묘소는 묘소들이 운집해 있는 제일 윗줄이다. 이상화 시인의 묘 옆에는 아내 달성 서씨

로니카의 묘소도 있다.

아직 봄은 이르다. 머지않아 잔디는 초록색으로 변할 것이다. 그때쯤이면 무덤 속이 답답한 이상화 시인 내외의 영은 무덤을 나와 푸른 하늘 위를 날아 생전의 대구 시내를 구경하러 외출할 것이다. 시인의 묘 앞에서 잠시 묵념을 한다. 묘 앞에는 언제 헌화한 꽃인지 대여섯 송이의 꽃들이 시들어가고 있다. 아내 베로니카의 묘는 남편의 묘보다 조금 낮다. 아마 남편 이상화 시인과 눈높이를 맞추는 중인가 보다.

묘소를 둘러본 후 내려오는 길에 이상화 시인의 유족인 이재원 선생을 만났다. '소남 이일우 기념사업회'를 돕는 분이다. 이재원 선생은, 이상화 시인이 '재증조부' 즉 칠촌할아버지라고 하시며 '이상화기념관' 키를 직원이 가지고 퇴근을 해서 전시관을 보여드리지 못해 미안하다고 말했다.

묘소를 벗어나 이상화 시인이 교사로 봉직했던 대륜중학교를 찾았다. 교정에는 이상화 시인이 지은 교가를 비에 새긴 교가비가 있다. 이 교가비 앞에서 대륜고 출신강동희 시인은 힘차게 교가를 불렀다. 학교를 졸업한 지 50년 세월이 지났는데도 그가 부르는 곡조는 정확했고 가사도 또렷했다.

태백산이 높솟고
낙동강이 내다른 곳에
오는 세기 앞잡이들

손에 손을 잡았다
높은 내 이상
굳은 나의 의지로
나가자 나가
아 나가자
예서 얻은 빛으로
삼천리 골 곳에
샛별이 되어라

강동희 시인은 모교의 교가가 이상화 시인이 작사했다는 사실을 몰랐다고 고백했다. 역시 대륜고 출신인 조명제 시인도 작사자가 이상화 시인인줄 모르고 있었다. 이 교가는 지금도 대륜중고등학교 재학생은 물론 졸업생들이라면 응원하거나 동창회 모임 같은 데서 불러댈 것이다. 이상화 시인이 지금도 '대륜학교 선생님'으로 살아 있다고 할 수 있는 확실한 증거인 셈이다. 네이버 지식백과는 대륜중학교와 대륜고등학교를 이렇게 설명하고 있다.

1921년 애국지사 홍주일 선생 등이 인재양성을 통한 국권회복을 목적으로 사설학원 강습소인 교남학원을 설립했다. 시인 이상화는 교사로 근무했고 독립지사 이육사는 학생이었다. 1924년 대구 교남학교로 교명을 변경하였다가 1940년 대륜학교로 변경했다. 1942년 대륜중학교, 1949년 학제 변경에 따라 대륜중학교 대륜고등학교로 개편되어 현재에 이른다.

아무튼 일제 강점기 시절 1940년 전후 이상화 시인은 교남학교 현재 대륜중고교에서 너더댓 해 조선어와 영어, 작문 교사로 봉직하며 학생들을 가르쳤다. 나중에 위암으로 밝혀지는 '신병' 때문에 교사직을 수행할 수 없을 때까지, 그것이 어쩌면 생애 마지막인지도 모를 교사 생활을 이 학교에서 마친 것이다.

그래서일까. 문단에는 대륜고 출신 시인들이 적지 않다. 정호승 시인을 비롯해서 박해수, 이근호, 이구락, 서지월, 조명제 시인 등이 모두 대륜고 출신이다. 뿐만 아니라 3대 저항 민족시인 중의 한 분으로 존경받는 이육사 시인 역시 대륜고 출신이다.

대륜고 출신 시인들의 이름을 한 분씩 소개하면서 강동희 시인의 목소리가 높아지기 시작한다.

"그럼요, 그렇구 말구요. 대륜고 출신 시인들, 훌륭하구 말구요. 이상화 시인 피가 흐르기 때문이겠지요."

나도 맞장구를 친다. 기분 좋은 맞장구였다.

매운 계절 채찍질에도 서릿발 같은 칼날이 있으니

이육사

원천리 생가 터–왕모산 갈선대

이 마을은 하늘이 아끼고 땅이 감추어둔 그윽하고 구석진 두메산골 마을로, 고려 공민왕의 전설이 그대로 살아 있고, 마을 뒤로 뻗어 내려온 다섯 산줄기와 앞으로 유유히 흐르는 낙동강의 조화는 다섯 손가락으로 비파를 타는 형국이라고 하여 아름다운 자연경관을 자랑하고 있다.

이육사 시인의 원천리 생가 터 입구 안내문이다. 안내문 몇 줄만 읽어도 아 두메산골, 즉 원천마을이 얼마나 대단한 인재 탄생의 현장인지 알 수 있었다.

이육사 시인의 생가는 경상북도 안동시 도산면 원천리 881번지이다. 서울 강남고속터미널에서 승용차 내비게이션에 이 주소를 입력하니까 248km 거리라고 나온다. 경로 확인 후 고속터미널을 출발하여 곧장 88도로를 거쳐 중부고속도로를 탄다. 호법분기점에서 다시 영동고속도로로 접어든 다음 문막을 지나 만종분기점에서 안동행 고속도로로 냅다 달리다 보니 이내 풍기 땅이다. 풍기 아이씨를 통해 고속도로를 빠져나와 5번 국도로 계속 쉬지 않고 내려가다가, 영주에서 다시 지방도로로 들어선다.

이곳부터는 그야말로 굽이굽이 급커브가 반복되는 시골 길이다. 이육사 시인이 소년 시절 잠시 살았다는 녹전면 신평리를 지나고 도산면으로 들어서자마자 도산온천이 나타난다. 세상에 이렇게 작고 아담한 온천도 있었던가. 갓 온천을 하고 온 동네 나온 아주머니 몇 분이 반 트럭에 올라탄다. 더운 여름 오후 참 시원하겠다고 생각하며 차의 속도를 줄여 이퇴계 선생이 태어난 온혜에 다다른다.

온혜는 도산면사무소가 있는 면소재지이다. 하지만 참 썰렁하다. 계절 탓인가. 시외버스 정류장 부근에 슈퍼와 편의점 치킨 집 정도가 눈에 띄고, 택시 종점에는 달랑 택시 한 대가 하릴없이 손님을 기다리고 있다.

이 온혜에서 이육사의 고향 원천리는 지척이다. 도중에 퇴계 후손들이 사는 퇴계 종택을 오른쪽으로 흘려보내듯 지나쳐 퇴계 선생 묘소가 있는 삼거리에 이르면 '이육사문학관' 방향을 가리키는 표지판이 보이고, 작은 고개를 넘어 꼬불꼬불 좁은 길을 내려가면 이내 '이육사문학관'이다. 내비게이션이 목적지에 다 왔다고 알려주는 장소에 차를 세운다.

이육사 생가 터에는 컨테이너가 세 동 들어서 있다. 그리고 한 구석에 청포도 시비와 시인의 흉상이 비켜 서 있다. 컨테이너는 관장실, 영상실, 사무실이다. 그 컨테이너 뒤편에 육우당유허비六友堂遺墟碑가 가려져 있다. 이육사 시인의 생가를 입증하는 비석이다. '육우'란 유별나게 형제애가 끈끈했던 시인의 육형제를 가리킨다. 그리고 생가 바로 이웃에는 비록 낡은 건물이지만 선비의 품격을 간직한 한옥이 두어 채 있는데 그 중의 한 채 목재穆齋 고택은 이육사 따님이옥비 할머니이 머무는 집이다.

이육사 생가 터에서 고맙게도, 이육사 시인의 따님 이옥비 할머니를 만났다. 때마침 대형 관광버스를 대절하여 현장학습 하러 생가 터를 단체 방문한 고등학생들이 있었다. 그런데 꼭 만났으면 하는 '육사의 따님'이 그들을 위해 '내 아버지 이육사'에 대한 말씀을 해주러 오신 것이다.

영상실에서 학생들과 함께 따님을 기다렸다. 잠시 후 얇은 여름용 스웨터를 입은, 할머니라고 하기엔 나이 지긋한 아주머니 같은 동안의 이옥비 할머니가 들어오셨다. 참으로 많은 풍상을 겪으셨을 텐데도 곱고 단아한 용모가 팔십 세 연세를 믿을 수 없을 정도였다.

"네 살도 채 안 된 어린 아기 때였지만 역에서 포승줄에 묶이고 용수를 쓴 아버지와 이별한 순간을 지금도 기억해요."

이육사 대표작 중 하나인 「광야」 시비.

이렇게 아버지 이야기를 하기 시작했다. 학생들을 위한 특강을 마친 따님에게 '이육사의 고향'을 취재하러 온 사람이라고 말씀드렸더니 흔쾌히 인터뷰를 승낙하셨다. 조금 전까지 '강의'를 했는데도 지친 기색이 전혀 없다.

생가 터 바로 옆 '목재 고택'으로 갔다. 원천리에 머물 때는 목재 고택에 묵는다고 했다. 첫 질문은, 안동 댐 공사로 생가가 수몰되었다는 안내 글과 달리 시인의 생가는 수몰 지점이라고 하기에는 지대가 높아 보이는데, 생가를 헐어버린 건 과하지 않았느냐고 물었다.

"아버지 집 바로 앞이 '만수선滿水線이라는 거예요. 지금은 집 앞

원래 이육사 생가는 안동시 도산면 원천리에 있었다. 그러나 안동댐 건설로 이곳이 수몰됨에 따라 1976년 안동시 태화동으로 옮겼다.

안동시 도산면 원천리 생가 터.

에 도로가 나고 땅을 돋우어 지대가 높아진 셈이에요. 도로가 나기 전에는 집에서 앞을 내다보면 굽이쳐 흐르는 낙동강 강변 풍경이 장관이었어요."

이렇게 대답하는 따님에게 아버지에 대한 추억을 몇 가지 들려줄 것을 요청했다.

"아주 어릴 때 아주 짧은 기간이었지만, 아버지는 제게 평생 두 가지 선물을 주셨어요. 하나는 '독립운동 시인 아버지의 딸이라는 혈통'이고 하나는 '제 이름'이에요. 기름질 옥沃 아닐비非자로 지으신 거죠. 주위 분들이 여식의 이름에 '아닐비'자라니 너무 하지 않느냐고 하자 아버지는 이렇게 말씀하셨다는 거예요. '기름지지 않게 살아라, 검소하게, 욕심 부리지 말고 살아라' 이런 뜻일 거예요. 오늘날 제가 이렇게 시인의 딸로 자부심을 간직하고 한 평생 살 수 있었던 힘의 원천이 바로 제 이름 덕분이라고 늘 생각하고 있어요."

질문은 많았지만 약속이 있다고 하셔서 훗날 다시 인터뷰를 약속하고 마쳐야 했다. 그런데 자리에서 일어서던 따님이 문득 생각난 듯 아버지에 대한 추억 한 가지를 보탰다.

"아버지는 참 멋쟁이셨어요. 아이보리 양복과 보타이 차림으로 사진을 찍기도 하셨어요. 아주 오래 전에, 수필가 조풍연 선생님이 제 아버지와 함께 찍은 사진을 '주간조선' 표지에 나온 걸 본 적이 있어요."

인터뷰를 마치고 왕모산에 올랐다. 원천리를 조망하기 위해서였다. 이 원천리 말고도 경상도 지방에는 낙동강이 한 바퀴 휘돌아 흐르는 지역이 여러 곳 있다. 안동 하회마을과 예천 회룡포가 그런 곳이다. 야트막한 산에 둘러싸여 있는 지형 덕분이다. 산을 따라 강물이 굽이쳐 흐르다 보니 풍광이 특히 아름다울 수밖에 없다. 이육사의 고향 원천리 역시 그림처럼 아름다웠다.

원천리 앞 강변의 수려한 풍광을 완성하는 마침표는 왕모산이다. 왕모산은 그냥 단순한 산이 아니다. 이육사 시인의 기개와 큰 뜻을 품게 한 원동력이된 산이다.

육사는 수필 「계절의 오행五行」에서 왕모산을 가리켜 "내 동리 동편에 왕모산王母山이라고, 고려 공민왕이 그 모후母后를 뫼시고 몽진蒙塵하신 옛 성터로서, 아직도 성지城址가 있지만 대개 우리 동리에 해가 뜰 때는 이 성 위에 뜨는 것"이라고 썼다.

왕모산은 바로 원천리 앞산이다. 원촌마을 앞으로 난 도로를 따라 작은 고개 하나를 넘으면 그 고개 밑이 단천리인데, 단천리 삼거리 '왕모산 등산로' 표지판 오른쪽으로 난 길을 따라가면 원천교가 나온다. 그 다리 바로 앞 오른쪽에 '안동영화예술학교'가 있다. 1자형 단층건물인 이 학교가 사실은 이육사 시인이 다녔던 '도산공립초등학교' 터다. 이육사는 도산공립보통학교 제1회 졸업생이다. 2012년 당시 폐교 상태였던 이 학교를 중고등학생들을 위한 통합과정 대안학교로 꾸려 개교한 '안동영화예술학교'는 현재 지원자가 없어 폐교 위기에 빠졌다고 한다. 차라리 '이육사 시인학교'로 만들었으면 어땠을까 하는 상상을 하면서 나는 왕모산 성터를 지나 능선을 타기 시작했다.

목재 고택 현판.
목재는 시인 이육사의
직계 조상이다.

이옥비 할머니. 목재 고택 툇마루에
앉아 조근조근 아버지 이육사
시인을 말해 주었다.

매운 계절의 채찍에 갈겨
마침내 북방으로 휩쓸려 오다.

하늘도 그만 지쳐 끝난 고원
서릿발 칼날 진 그 위에 서다.

어데다 무릎을 꿇어야 하나
한 발 재겨 디딜 곳조차 없다.

이러매 눈 감아 생각해 볼밖에
겨울은 강철로 된 무지갠가 보다.

–이육사의 「절정」 전문

왕모산 능선은 원촌마을 앞의 내살미 마을과 원천리 일대의 조망을 찍을 수 있는 좋은 촬영 장소다. 이육사 시인이 「절정」의 시상詩想을 얻은 장소라고 알려진 '갈선대'도 있다. 왕모당에서 능선을 조금만 오르면 된다.

갈선대에 앉아 이육사 시인이 마을을 바라보며 시상을 가다듬었다고 알려졌다. 일제 강점기의 엄혹한 식민지 압제를 이육사 시인은 '매운 계절의 채찍'과 '북방'의 가혹함으로 표현했다. 갈선대에서 나는 '서릿발 칼날 진' 결연한 의지로 대항하는 저항정신을 가다듬던 시인의 모습을 떠올리고 싶었다.

30여 분 급경사 능선을 숨 가쁘게 오르니 왕모당이 나오고 왕모당을 지나자마자 갈선대가 나타났다. 과연 예상대로였다. 도산면 원천리와 단천리 내살미 마을과 의촌리 부포리가 죄다 한눈에 들어온다. 왕모산 등산로 입구에서 만난 토박이 노인 말씀에 따르면 댐이 들어서기 전에는 부포리 선착장에서 떠난 돛단배가 원천리 단천리 사이를 운행했다는 것이다. 시인의 큰 꿈을 담아내는 데 이렇게 훌륭한 지리적 요소를 갖춘 장소가 또 어디 있을까 싶었다.

왕모산 정상을 가는 도중 갈선대에서 시 「절정」을 썼다고 알려졌다.

다음 생에
다시 만나고 싶은
시인을 찾아서

초판 인쇄 2019. 10. 5
초판 발행 2019. 10. 15

지은이 민윤기
펴낸이 김상철
펴낸곳 스타북스
등록번호 제300-2006-00104호
주소 서울시 종로구 19길(종로1가) 르메이에르 종로타운 1117호
전화 02-735-1312
팩스 02-735-5501
이메일 starbooks22@naver.com

ISBN 979-11-5795-478-0 03810

값 14,800원

*이 도서의 국립중앙도서관 출판예정도서목록(CIP)은 서지정보유통지원시스템 홈페이지(http://seoji.nl.go.kr)와 국가자료공동목록시스템(http://www.nl.go.kr/kolisnet)에서 이용할 수 있습니다. (CIP제어번호 : CIP2019037785)